KB010935

정년 후,
10년을 살아보니

정년 후, 10년을 살아보니

펴 낸 날   2020년 1월 17일

지 은 이   이상인
펴 낸 이   이기성
편집팀장   이윤숙
기획편집   윤가영, 정은지, 한솔
표지디자인   윤가영
책임마케팅   강보현, 류상만
펴 낸 곳   도서출판 생각나눔
출판등록   제 2018-000288호
주   소   서울 잔다리로7안길 22, 태성빌딩 3층
전   화   02-325-5100
팩   스   02-325-5101
홈페이지   www.생각나눔.kr
이 메 일   bookmain@think-book.com

• 책값은 표지 뒷면에 표기되어 있습니다.
  ISBN 979-11-7048-029-7(03810)

• 이 도서의 국립중앙도서관 출판 시 도서목록(CIP)은 서지정보유통지원시스템 홈페이지
  (http://seoji.nl.go.kr)와 국가자료공동목록시스템(http://www.nl.go.kr/kolisnet)에서
  이용하실 수 있습니다(CIP제어번호: CIP2020000625).

Copyright ⓒ 2020 by 이상인 All rights reserved.
· 이 책은 저작권법에 따라 보호받는 저작물이므로 무단전재와 복제를 금지합니다.
· 잘못된 책은 구입하신 곳에서 바꾸어 드립니다.

정년 후,
10년을 살아보니

이상인 지음

100세 시대에 꼭 필요한
삶의 선물 같은 이야기

생각나눔

100세 시대를 대비하는 삶

호서대학교 설립자이신 강석규 박사께서 쓴 「어느 95세 노인의 수기」라는 글이 2008년 8월 14일 자 동아일보에 칼럼으로 게재되어 많은 사람에게 감동을 준 적이 있다.

"나는 젊었을 때 정말 열심히 일했습니다. 그 결과 나는 실력을 인정받았고 존경을 받았습니다. 그 덕에 63세 때 당당히 은퇴를 할 수 있었죠. 그런 내가 30년 후인 95살 생일 때 얼마나 후회의 눈물을 흘렸는지 모릅니다. 내 65년의 생애는 자랑스럽고 떳떳했지만 이후 30년의 삶은 부끄럽고 후회되고 비통한 삶이었습니다. 나는 퇴직 후 '이제 다 살았다. 남은 인생은 그냥 덤이다.'라는 생각으로 그저 고통 없이 죽기만을 기다렸습니다. 덧없고 희망이 없는 삶…. 그런 삶을 무려 30년이나 살았습니다. (중략)"

그래서 95세의 생일에 10년 후에 맞게 될 105번째 생일날에는 후회하지 않기 위해서 어학 공부를 시작했다고 하였다. 결국, 105세가 되는 생일까지 살지는 못하였고, 2015년 9월에 103세의 연세로 돌아가셨지만 그 어른이 남긴 글은 인생 후반부를 살아가는 우리들에게 적지 않은 울림으로 아직 들려오고 있다.

통계청 발표에 의하면 한국인의 평균수명은 1970년에 62.3세였다. 그런데 의학 기술이 발달하고, 경제가 성장함에 따라 2017년에는

82.7세로 늘어났다. 47년 동안 20세가 증가한 것이다. 그런가 하면 직장인의 정년은 점점 짧아지고 있다고 한다. 1970년대에는 직장인의 정년이 60세였는데, 오늘날은 50대 중반이라고 한다. 최근 잡코리아의 조사보고서에 의하면 '현실을 고려할 때 몇 살까지 직장생활을 할 수 있을 것으로 보는가?'라는 질문에 응답자들은 55살을 가장 많이 꼽았다는 것이다. 이는 법정 정년인 60살보다 5살가량 적은 나이다.

이러한 통계로 보면 1970년대에는 사람들이 평균수명만큼 산다고 가정할 때에 정년과 함께 인생도 졸업하게 되는 것이다. 직장 퇴직 후 인생 후반부의 삶은 없었고, 특별히 노후를 대비할 필요가 없었다. 그런데 오늘날은 그렇지 않다. 평균수명은 점점 늘어나 100세 시대를 내다보게 되었고, 직장 정년은 점점 짧아지고 있다. 즉 직장 정년 후 평균수명까지 산다고 봤을 때 정년퇴직 후 25~30년의 세월을 더 살게 된다. 인생 후반부의 삶이 새로 생기게 된 것이다.

그런데 인간의 수명 연장으로 생긴 인생 후반부의 삶이 어떤 사람들에게는 기회이고 축복인 반면에, 어떤 사람들에게는 고통이고 재앙이 되고 있다. 한국보건사회연구원이 조사한 자료에 의하면 국민 10명 중 4명은 수명 100세의 인생을 축복으로 여기지 않는 것으로 나타났다고 한다. 장수라는 복이 오복 중에도 제일 으뜸으로 생각하고 부러워한 적이 엊그제 같은데, 장수의 축복을 제대로 누리기도 전에 장수의 재앙을 우려해야 하는 상황에 빠져버린 것이다.

인생을 축구경기에 비교하면 1970년대에는 정년과 함께 죽음의 문턱에 이르게 되기 때문에 경기는 전반전으로 승부를 가름하게 되었다. 그런데 오늘날에는 후반전이 새로 생겼다. 이 후반전을 어떤 사람들은 전반전에 먹은 골을 만회할 기회로 이용하기도 하고, 어떤 사람들은 더 많은 골을 먹게 되어 더 큰 패배로 경기를 끝내게 된다. 이런 현실을 볼 때 '우리는 직장을 은퇴하기 전 인생 후반부를 승리하기 위한 전략을 미리 세워두어야 하지 않을까?' 하는 생각을 해보게 된다.

　저자는 직장을 은퇴하고 인생 후반부가 시작된 지 10년이 되었다. 은퇴를 대비해서 인생 설계를 했는데, 인생은 계획대로 되지 않았다. 정년 후 전원으로 돌아갈 계획을 하고 직장에 다니면서 시골에 약 600여 평의 농지를 마련해두었는데, 아직도 주말농장으로 가꾸고 시골로 가지는 못하고 있다. 직장을 다니는 아들과 함께 살다 보니 아들을 장가보낸 후 귀촌하기로 계획을 수정하게 되었다. 그런데 아들을 장가보내고 나니 이번에는 손자가 태어났다. 맞벌이하는 아들 내외를 위해 우리 부부는 손자를 맡아주어야만 했다. 당초 인생 후반부를 설계할 때 없었던 변수로 인하여 시골로 귀촌하려던 계획에 차질이 빚어지게 되었다. 그러다 보니 시골로 돌아갈 때까지만 잠시 하기로 하고 개업했던 세무사업도 계속하고 있다.

　그럼에도 불구하고 인생 후반부의 삶은 전반부와 달랐고, 은퇴 후 새로 시작한 삶은 아름답고 보람있게 느껴졌다. 처자를 먹여 살리기 위해, 혹은 자신의 출세를 하기 위해 돈을 벌거나 명예를 얻기 위해 아등바등 살아왔던 전반부의 삶과는 달랐다. 인생 후반부의 삶은 조직에 충성하고 상관의 비위를 맞춰가며 살아야 했던 종속된 삶은 아니었고, 내가 내 삶에 주인이 되어 나를 지배하며 살았던 삶이었다. 은퇴를 대비해서 마련했던 농장에서 식물을 가꾸면서 살아왔던 시간들은 인생 후반부의 삶에 새로운 활력소가 되었다. 식물을 가꾸어 내 가족과 이웃이 나눠 먹는 재미는 신선한 체험이었고, 농장에 와서 원두막을 지어보고, 손자들에게 나무 그네를 만들어주면서 목수로서 새로운 세계를 체험해보는 것도 생활의 재미를 더해주는 시간들이었다. 조롱박을 만들어보고, 콩을 심어 두부를 만들고 된장을 만들며 시골 생활을 체험해보는 것도 잊어버렸던 과거의 향수로 시간 여행을 떠나 보는 재미가 있었다.

손자로 인해 시골로 내려가려던 할아버지는 발목이 잡혔고, 할아버지가 할머니와 함께 손자들을 키우는 일은 힘들고 어려웠지만 손자와 동행하는 삶도 즐겁고 보람 있었다. 손자를 데리고 농장에 와서 함께 씨앗을 뿌리고 수확을 하며 농사를 짓고, 풀벌레들을 잡으면서 놀면 할아버지의 즐거움이 배가 되었고, 그래서 손자와 할아버지가 동행하는 삶도 이전에 겪어보지 못했던 새로운 세계의 삶이었다.

그래서 일기를 써서 블로그에 올려 사이버 이웃과 삶을 나누기 시작했고, 이웃들이 관심을 가지는 것을 보고 책으로 엮어 출판도 했다. 책은 이러한 이야기들에 관심이 있는 독자들에게는 주목을 받았던 모양이었다. 처음으로 발간하게 된 『은퇴 후 귀농, 퇴직 전에 준비하기』란 책을 발간한 후 정년퇴직을 준비하는 직장인들에게 강의를 해달라는 부탁이 들어와 강단에 서기도 하였다. 또 할아버지가 손자를 맡아 키우면서 기록한 일기로 엮은 『할아버지의 육아일기』라는 책은 자식을 키우면서 맞벌이하는 부부들과 손자들을 맡아 키워주어야만 하는 조부모들에게 관심을 불러일으켰던 것 같았다. KBS가 주말에 방영하는 『다큐 공감』 프로에서 이러한 이야기들을 방영하고 싶다고 출연 제의가 들어와 할아버지와 손자가 다큐멘터리의 주인공으로 출연하기도 하고, 조부모의 육아 문제를 다루는 텔레비전 프로에 패널로 참석하기도 하였다. 그리고 퇴직 후 10년을 맞이하면서 직장 은퇴 후 인생 후반부를 살아가는 삶에 대하여 블로그에 올려놓았던 이야기들을 정리하여 다시 책으로 엮기로 하였다.

그래턴과 앤드루 스콧은 저서 『100세 인생』(2016년 출간)에서 "제대로 예측하고 계획을 세우면 장수는 저주가 아니라 선물이다. 그것은 기회로 가득하고 시간이라는 선물이 있는 인생이다."라고 했다. 인생 후반부를 아름답고 의미 있게 살아가기 위해서는 국가와 사회의 제도가 뒷받침이 되어야 하고, 노후자금도 준비되어야 한다. 그런 면에서 인생 2막을 시작하며 준비하는 독자들에게 이 한 권의 책이 해답을 줄 수는 없을 것이다. 하지만 퇴직 전에, 다가올 인생 후반부를 준비함으로써 인간의 수명 연장이 저주가 아닌 축복으로 만들어가는 데 조금은 보탬이 될 수 있을 것으로 기대하면서 감히 책을 발간하기로 하였다.

끝으로 정년 후 인생후반부를 살아오면서 남편을 신뢰하고 그림자같이 따라준 아내에게 고마움을 전하고 싶다. 평일에는 손자들을 함께 돌보고, 주말이면 농장에 와서 함께 농사짓고, 틈틈이 사진을 찍어 기록을 남기고, 원고를 정리하며 도와준 아내 덕분에 책을 발간하게 되었음을 감사하게 생각한다.

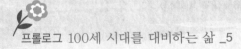

2부 | 손자들과 동행하는 삶

3부 | 살아온 길, 살아갈 길

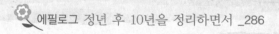

1부

전원생활로 인생 2막을 계획

제1장: 직장 은퇴를 위한 준비

퇴직 전에 농지를 매입

직장을 퇴직할 날이 얼마 남지 않았다고 생각하니 뭔가 불안하고 초조한 생각이 들었다. 지금까지 걸어왔던 길을 떨쳐버리고 새로운 길을 개척해야 하는 삶의 전환기를 맞으면서 지나온 날들을 되돌아보고 앞으로 나아갈 길을 다시 한 번 생각해보았다. 돈을 더 많이 벌기 위해서, 더 높은 자리를 차지하기 위해 그리고 더 넓은 아파트, 더 고급 승용차를 굴리기 위해 치열한 삶의 경쟁을 벌였던 도시 생활은 우리에게 물질적인 풍요함과 생활의 편리함을 안겨주긴 했지만, 내 삶이 계속 머무를 만한 평안과 여유로움은 주지 못했던 것 같았다. 힘들고 어렵던 시절, 시골 농촌에서 유년기를 보내면서 막연한 동경의 대상이었던 도시 생활은 이제 내가 꿈꾸던 그런 곳이 아니었다.

나 자신의 영달을 위해 출세를 욕심낼 나이가 지나가고 있었고, 한 집안의 가장으로서 처자를 먹여 살려야 하는 짐도 벗어나고 있었다. 더 이상 도회지에 머무를 이유가 없었다. 동시에 노후의 삶이 먼 미래가 아닌 내일의 현실로 다가오는 것을 느끼면서 아내와 전원으로 돌아갈 꿈을 꾸게 되었다. '수구초심(首丘初心)'이란 말도 생각났다. 여우는 죽을 때 머리를 자기가 살던 굴로 향한다는 뜻으로, 고향을 그리워하는 마음을 일컫는 말이다. 흙에서 태어나 흙을 파고 씨앗을 뿌려 식물을 가꾸고 그 소출로 먹고 자라난 곳에 대한 그리움이 마치 내 본향인 듯 느껴졌다.

생각이 여기까지 미치면서 우선 시골로 돌아가 집 짓고 살 수 있는 땅부터 퇴직 전에 구해놓아야겠다는 생각이 들었다. 주말이면 아내와 드라이브를 즐기면서 우리보다 앞서 노후 은퇴 생활을 하고 있는 전원주택을 기웃거려 보기도 하고, 부동산 시세에도 관심을 가지기 시작했다. 연일 부동산 가격이 치솟는다는 보도를 신문이나 텔레비전에서 접할 때마다 마음이 초조해지기도 했다. 월급쟁이가 월급을 아껴 저축해서 땅을 마련한다는 것은 계산상으로 불가능하다는 생각이 들기도 했다. 시간이 흐를수록 저축이 늘어나는 것보다 부동산 가격이 더 가파른 속도로 치솟기 때문이다. 그래서 일단 다소 무리를 해서라도 내가 집 짓고 살 수 있는 땅만큼은 얼른 확보해두어야겠다는 생각에 열심히 부동산에 대한 정보를 수집하기 시작했다.

지도를 보면서 부산에서 자동차로 한 시간 거리를 반경으로 하여 주말마다 아내와 땅을 둘러보러 다녔다. 정보를 수집하기 위해 집에서 받아보는 신문도 중앙지에서 지방지로 바꾸고, 길거리 『벼룩 신문』 등 광고지도 발행될 때마다 수집하여 땅을 보러 다녔다. 광고란에는 그럴듯하게 뒤에는 산이 있고, 앞에는 강이 흐르는 꿈같은 전원주택지가 많이 나와있었다. 하지만 막상 찾아가 보면 교통이 불편하여 접근하기가 어렵거나, 땅이 길쭉하거나 삼각형 모양 등으로 가격에 비하여 효용성이 떨어지는 등 우리가 구하는 조건에 맞지 않았다. 또한, 조망이 좋다고 생각하면 방향이 북향이고, 햇볕이 잘 드는 남향이면 대부분 주변에 무덤이 자리하고 있는 경우가 많았다. 그리고 조망이 환상적이다 싶으면 아래쪽에 축사나 공장이 있어 악취를 풍기는 등한 가지가 좋으면 다른 한 가지의 문제점이 있어 실망하기를 수십 차례, 그러면서도 주말이면 포기하지 않고 땅을 둘러보러 다녔다. 그리고 그런대로 우리가 구하는 조건에 거의 부합하고 주변에 전원주택이들어선 지역은 땅값이 예상을 초월할 정도로 비쌌다. 그렇게 돌아다닌 지 2년쯤 됐을까? 서서히 기운이 빠지고 지치기 시작했다. 우리가 꿈꾸는 전원주택이 끝내 주어지지 않을 것 같은 절망감이 들기도 했다. 광고란에 아름답게 묘사된 전원주택지도 막상 가보면 문제가 있게 마련이라는 인식 속에 신문 광고도 액면 그대로 믿지 않았다.

그러던 어느 날 우리가 돌아다녔던 부동산 중개업자 중 한 분이 좋은 곳에 땅이 매물로 나 있으니 한 번 와보라는 것이었다. 기대하고 갔다가 실망하고 돌아온 적이 한두 번이 아니었기에 이번에는 큰 기대 없이 일단 가보기로 했다. 그런데 생각지도 못했던 꿈의 장소를 발견하게 되었다. 경남 밀양시 삼랑진읍 금오산 아래 위치한 양수발전소 부근의 땅으로서, 당시 포크레인으로 산간 지대를 깎아 평탄 작업을 하고 있는 중이었는데 조망이 가히 환상적이었다. 해발 400m 정도 되는 다소 높은 지대로, 아래로 시골 마을이 내려다보이며 멀리는 호수가 펼쳐져 있었다. 그 너머로 산의 능선이 첩첩이 싸여있고 좌우

로도 능선이 아름다운 곡선을 이루며 병풍처럼 둘러쳐져 있었다. 마을과 거리도 너무 가깝지도 멀지도 않으면서 마치 아주 깊은 산 중턱의 신선지대에 와있는 느낌이 들었다. 주변에 축사라든지, 공장이 들어설 자리도 아니었다. 무덤도 없을뿐더러 산을 등지고 거의 남향으로 자리 잡고 있으니 방향도 손색이 없었다.

이 땅을 바로 내 손에 쥐지 않으면 두 번 다시 이런 기회가 없을 것 같은 느낌이 들어 그 자리에서 매매계약을 하였다. 이렇게 하여 약 600여 평의 토지를 2005년 6월에 매매계약을 하고 그때부터 임시로 사용해도 좋다는 허락을 받아 개간하던 중, 그해 12월에 소유권을 이전받아 주말마다 조금씩, 조금씩 내 손으로 주말농장을 가꿔나가기 시작했다.

자갈밭을 개간하며 인생 2막을 시작

농장 매매계약을 하고 나니 우리의 꿈이 드디어 눈앞의 현실로 다가온 느낌이었다. 고생한 보람이 있었다. 우리에게도 노후에 내 삶이 머무를 수 있는 터전이 생겼다는 게 더없는 희망으로 다가왔다. 문제는 지금까지 농사를 지어왔던 농지가 아니고, 산간 지대에 위치한 계단식 여러 필지의 논과 밭을 포크레인으로 고르고 축대를 쌓아둔 상태에서 매입하다 보니, 밭이 깔끔하게 정비되어있지 않았다는 것이다. 자갈밭처럼 온통 돌이 깔려있는 데다 경사지를 절개하여 조성한 관계로 땅이 토박해보였다. 식물이 자라지 못할 정도로 유기질이라고는 전혀 없을 듯했다.

그런데 우리는 조급한 마음에 계약한 다음 날부터 농사를 지어보기로 했다. 부산에서 차를 몰고 농장으로 오면서 철물점에 들러 삽과 곡괭이, 세 발 쇠스랑, 그리고 호미 등 농기구를 사서 트렁크에 실었고, 삼랑진읍을 지나면서 퇴비도 사서 실었다. 주변은 신록이 우거진 여름이었지만 농장으로 올라가는 길은 아직 길도 정비되지 않았고, 산지 가운데 농지는 황토빛 속살을 드러내놓고 있었다. 우리는 화전민들이 야산을 개간하는 기분으로 첫 삽질을 시작했다. 하지만 촘촘히 박혀있는 돌들 때문

에 삽이 잘 들어가지 않았다. 그래서 세 발 쇠스랑으로 돌을 캐내기도 했고, 바윗덩이 같은 큰 돌이 걸리면 곡괭이로 파내기도 했다. 힘으로는 부족할 경우 지렛대를 이용해 돌을 캐내어 굴리기도 하였다. 우리가 농사를 지으러 왔는지 돌을 캐러왔는지 모를 지경이었다. 처음부터 우리 앞에는 험난한 장벽이 가로막고 있었다. 공기 맑고 풍경이 좋은 곳을 찾다 보니 황무지를 개간해야 하는 부담이 따랐던 것이다. 영국인들이 메이플라워호를 타고 신대륙을 발견하여 개간할 때도 이랬을까, 화전민들이 야산을 개간할 때도 이렇게 힘 들었을까 하는 생각마저 들었다. 남편이 큰 돌을 대충 캐내고 나면 아내는 호미로 또다시 작은 돌을 캐내어야 비로소 무엇을 심을 수 있는 이랑을 만들 수 있었다.

　지금까지 책상에 앉아 컴퓨터 키보드를 두드리는 것이 일상이었던 화이트칼라가 이렇게 중노동을 해보기는 처음이었다. 누가 시켜서 하는 일이라면 하루 일당의 몇 배를 준다 해도 하지 않을 일인데 우리는 희망에 부풀어 하고 있었다. 돌을 캐내다 보면 얼마 지나지 않아 초여름 열기에 얼굴이 벌겋게 달아오르며 땀이 비 오듯 흐르고 허리가 아팠지만, 어디에서 힘이 나는지 쉬지도 않고 곡괭이질을 했다. 내 삶이 머무를 터전을 나 스스로 닦고 있다는 생각이 에너지를 분출시키는 모양이었다. 모든 일이 그렇겠지만 하고 싶지 않은 일을 남이 시켜서 하게 되면 조금만 힘이 들어도 피로와 권태감이 빨리 오게 되는데, 자기가 하고 싶어서 하는 일은 여간 힘들어도 피로를 느끼지 못하는 것 것 같았다.

　이렇게 신이 나서 하다 보니 우리가 조성한 이랑 길이는 얼마 되지 않았는데 돌이 무덤을 이루었다. 돌을 캐내는 것도 문제지만 캐낸 돌을 다른 곳으로 옮기는 것도 보통 일이 아니었다. 무거운 돌을 들 때마다 아내는 '허리 조심', '허리 조심'을 구호처럼 외쳐댔다.

농장에서의 첫날 일을 마치고 보니 이런 방법으로는 안 되겠다는 생각이 들었다. 돌을 옮기기 위한 도구가 추가로 필요했다. 그래서 그 다음 주에는 다시 철물점에 들러 커다란 플라스틱 소쿠리와 대야를 사 가지고 왔다. 돌을 캐면서 한 소쿠리씩 담아 밭 가장자리로 옮겼고, 때로는 큰 대야에 담아 끌어 나르기도 했다. 그런데 그것도 보통 일이 아니었다. 무거운 돌을 욕심만큼 가득 담아서 옮기려니 정말 허리가 염려되기도 했고 힘에 부치기도 했다. 그래서 또다시 새로운 방법을 궁리한 것이 세 발 수레에 담아 옮기는 것이다. 역시 인간은 도구를 사용하는 방법을 알기에 다른 동물과 구별되는가 보다. 힘이 들긴 했지만 처음에 손으로 옮기는 것과는 비교도 되지 않았고, 소쿠리에 담아 나를 때보다도 훨씬 능률적이었다. 이렇게 농장에 올 때마다 한 골, 두 골 돌을 캐내면서, 먼저 조성한 곳에는 씨앗을 뿌려 농사 연습을 시작해보았다.

농장을 함께 가꿀 친구를 만나다

농사 경험이 없이 채소를 가꾸다 보니 우리가 제대로 농사를 짓고 있는지 확신이 서지 않았다. 인터넷으로 정보를 수집하기도 하고, 텃밭 농사에 관한 책도 여러 권 읽어보았지만 막막하기는 마찬가지였다. 퇴비는 적당히 뿌리고 있는지, 씨앗을 땅에 묻고 흙을 덮는 정도는 적당한지, 그리고 물은 어느 정도 자주, 얼마나 주어야 하는지 등등, 마치 어둡고 침침한 밤길을 걷는 것처럼 감이 도통 잡히지 않았다. 그러면서도 주말마다 의욕적으로 계속 씨앗을 뿌리고 가꾸며 늦여름이 올 때는 김장 배추도 심어보았다. 지금까지 상추와 쑥갓 등을 가꾸어 본 것이 농사 연습이었다면, 가을이 되어 김장 배추를 심는 것은 본 게임 같았다. 최선을 다해 '하나의 작품'을 만들어보고 싶은데 솔직히 자신이 없었다. 누군가의 체계적인 지도가 필요했지만 정작 주위에 그렇게 도와줄 만한 사람이 없었다.

이럴 때 친구 원식 군을 만난 것이었다. 좀 더 정확히 말하면 오래 전부터 알고 지내던 친구였지만, 우리 주말농장을 지도하며 농사를 함께 지어나갈 동반자로서 새로 만나게 된 친구였던 것이다. 주말농장을 하다 보니 중학교 동창생 계 모임에서 농사에 관한 얘기가 화젯거리가 되었고, 친구가 주말농장에 관심이 있으며 실제 경험도 많다는 것을 알게 되었다. 그래서 우리 농장에 대한 지도를 부탁하여 시간이 나면 선생님으로 모시고 농장에 오기도 했다. 그때부터 친구의 농사 지도가 시작되었고, 인터넷이나 책에서도 얻지 못한 귀중한 농사 경험을 얻게 되어 큰 도움이 되었다. 농사에 경험이 일천한 우리로서는 대선배를 만난 셈이었다. 친구는 노련한 경험으로 우리의 두 명분 이상의 일도 혼자서 척척 해냈다. 물론 농사 경험이 있기 때문이었지만, 우리와 결정적으로 차별되는 점이 따로 있었다. 어떤 것은 중요하니까 세심하게 해야 하고, 어떤 것은 대충대충 해도 되는, 소위 '선택과 집중의 원칙'을 농법에 잘 적용하고 있었던 것이다.

　이를테면 우리는 돌을 캐내어 이랑을 만들 때, 내가 대충 큰 돌을 캐내고 아내가 다시 잔돌을 캐내면서 눈으로 돌이 보이지 않을 때까지 이랑을 파헤쳐 돌을 빼내고 씨앗을 파종하는 반면, 친구는 대충 눈에 보이는 큰 돌만 들어내고 바로 씨앗을 뿌리는 것이었다. 자갈밭은 3년이 지나야 제대로 밭이 된다면서 처음부터 완벽하게 옥토를 만들어 파종하지 않아도 농사를 지을 수 있고, 해마다 조금씩 눈에 띄는 돌을 캐고 그렇게 해서 3년을 농사지으면 돌이 거의 제거된다는 것이었다. 처음부터 완벽을 추구하는 것은 능률적이지 못하다며 마치 '처삼촌 뫼에 벌초하듯이' 눈에 보이는 큰 돌만 캐내고 파종하는 시범을 보였다. 돌밭에도 씨앗을 뿌려두면 식물들이 알아서 돌 사이로 뿌리를 뻗어 나간다고 했다. 정말 저렇게 돌이 많은데 식물들이 제대로 자랄 수 있을까 하는 의심이 들 정도였다.

　씨앗을 파종할 때도 마찬가지였다. 인터넷과 책에서 배운 대로 자로 재고 뼘으로 가늠하며 파종을 하는 우리와는 달리, 적당히 대충대충 심어나가는 친구를 보니 일의 진도는 비교도 되지 않았다. '이렇게 하면 안 될 텐데…' 하면서도 선생님을 따를 수밖에 없었다. 한편 이렇게 친구의 지도와 도움을 받으며 농사를 짓다 보니 남들이 불가능하다는 넓은 주말농장을 그런대로 관리해올 수 있었다.

　요즈음은 선경이 엄마(친구의 부인)도 주말농장에 합류하여 더욱 재미있고 즐거운 나날들을 보내고 있다. 특별한 일이 없으면 두 부부가 함께 농장에 와서 아내들은 우리가 다듬어놓은 이랑에 씨앗을 뿌리고 농장에서 채소를 뜯어 즉석에서 요리를 해주고, 남편들은 거름을 넣고 이랑을 조성하는 등 서로 약속이나 한 듯이 자연스러운 분업으로 농장에서 주말을 보내곤 한다.

　일을 하는 것도 혼자서 하는 것보다 둘이서 하면 능률적일 뿐만 아니라 재미가 있고 밭에서 해 먹는 음식도 여럿이 먹으면 맛이 더욱 나는 것이다. 친구가 있어 농사 경험을 쌓아가는 데 큰 도움이 될 뿐만 아니라 주말 농부에게 가당치도 않은 600여 평의 농지를 아름다운 농장으로 꾸며가고 있는 것도 친구 덕분이라 아니할 수 없다. 세상에 많은 친구가 있고 이웃이 있지만, 취미를 공유하고 주말을 함께 보낼 수 있는 친구를 만난 것은 참으로 행운이었다. 인생의 중반을 넘어가면서 코흘리개 자식들도 부모의 슬하를 떠나고 직장도 후배들을 위하여 자리를 물려주고 일어설 때가 되면서, 인생에 있어서 가장 근거리에서 동행할 수 있는 사람이 배우자이고 친구라 할 것인데, 이렇게 취미를 같이하는 아내와 친구를 만난 것은 정말이지 크나큰 행운이었다.

전원에는 낭만만 있는 것이 아니었다

처음으로 내 소유의 농지를 가지면서 장래 어디에 집을 앉히고 어디에 과수원을 조성하고 어디에 채소밭을 조성할 것인지에 대한 구상도 없이 임시로 넓은 밭 한가운데 적당히 골을 내고 상추, 열무를 심어보기로 했다. 농사에 대한 경험과 기술도 없을 뿐만 아니라 농지를 취득한 시기가 초여름이어서 농작물 파종에 적합한 시기가 아니었지만, 돌을 캐내고 이랑을 만들어 씨앗을 땅에 묻었다. 씨앗을 뿌리고 다음 주에 와보니 떡잎이 탐스럽게 올라와 있었다. 황무지에서 새로운 생명이 내 손에 의해서 자라고 있었던 것이다. 한 생명을 싹틔워보는 것에 신비함도 느끼고, 우리도 농사를 지을 수 있다는 자신감으로 가슴이 뿌듯했다. 마냥 주말이 기다려지고 즐거웠던 것이다.

하지만 생태계는 우리가 생각한 것만큼 우리에게 유토피아를 호락호락하게 허락하지는 않았다. 농사에는 씨앗이 발아되는 과정부터 꽃이 피고 열매를 맺는 과정마다 복병이 숨어있다는 것을 농사를 지어보면서 알게 되었다. 한여름 열무는 우리가 뽑아먹기 전에 벌레들이 다 갉아먹어 버렸고, 상추와 치커리 등은 고라니가 와서 싹둑 잘라 먹었다. 고구마를 심어 뿌리가 들 즈음에는 멧돼지가 기다리고 있다가 훑어가 버리는 것도 알게 되었다. 인적이 드물고, 자연이 살아있는 야산에 터를 잡아 농사를 짓다 보니 자연은 인간의 접근을 쉽게 허락하지는 않았다.

이런 곳에서 농사를 짓기 위해서는 극복하고 넘어가야 할 장애물이 하나둘이 아닌 것을 알게 되었다. 난감한 생각이 들었고, 상실감과 함께 허탈감도 들어 '여기서 농사를 지을 수 있을까?' 하는 생각마저 들었다. 하지만 포기하지 않고 울타리를 치며 다시 시작하곤 했다. 지금까지 내가 걸어온 길과 다른 새로운 길을 걷는 과정에서 만날 수 있는 장애물이라고 생각하고 이러한 장애물을 극복하며 헤쳐 나갔다. 그러한 난관을 극복하고 나니 우리가 희망했던 새로운 세계를 만날 수 있었고, 새로운 체험이 우리를 기다리고 있었다.

사람들이 붐비는 회색빛 도회지에서 생활하다 주말이 되면 도회지를 벗어나 녹색이 가득한 자연 속에서 머무르는 시간 그 자체가 즐거웠다. 농장에서 마시는 맑은 공기가 상큼하여 좋았고, 일을 마치고 흘린 땀을 닦으며 들에서 도시락을 까먹는 재미도 즐거웠으며, 농사 경험이라는 새로운 체험의 세계로 접어드는 느낌도 참 좋았다. 씨앗을 땅에 묻고 나면 다음 한 주가 기다려졌고, 돌아올 때는 뿌듯한 기분에 수확의 꿈을 안고 오는 것도 신선한 느낌이었다. 지금까지는 이웃으로부터 텃밭 농사 혹은 시골 고향에서 가져왔다는 채소를 얻어먹기만 하였는데, 이제는 우리 손으로 무공해 채소를 가꾸어 이웃과 나

뭐 먹는 재미도 참 좋았다.

그러는 과정에 8월 말 한여름이 지나고 가을이 다가왔다. 가을에 심는 김장 배추와 무를 심어보기로 했다. 김장 배추를 처음 심어보면서 책도 읽고, 인터넷으로 정보도 얻고, 경험이 많은 친구를 통하여 조언도 얻으면서 심었다. 떡잎이 올라오고 속잎이 나오기 시작하면서 땅 밑에서는 거세미 등 땅벌레들이 어린 순을 잘라먹고, 지상에서는 나방 애벌레들이 여린 잎과 줄기를 갉아먹었다. 우리가 가꾸는 배추와 무는 구멍이 뻥뻥 뚫려있었고, 심한 것은 벌레들이 갉아먹어 망가지고 있었다. 하지만 농약을 치지 않다 보니 우리가 할 수 있는 일이라고는 손으로 벌레를 잡아 주는 것밖에 아무것도 할 수 없었다. 벌레들로 인하여 배추와 무를 제대로 거둘 수 있을까 하는 생각도 들었지만 그래도 포기하지 않고, 주말마다 꾸준히 벌레를 잡아주었더니 그런대로 배추는 속을 채워가고 있었고, 무는 뿌리가 굵어가고 있었다.

그런데 어느 주말에 와서 보니 배춧잎이 온통 누렇게 단풍이 들고 있었다. 지금까지의 배추 농사가 수포로 돌아가는 듯했다. 왜 갑자기 병이 들었는지 경험이 없는 우리는 알 수 없었다. 마치 첫아기가 갑자기 고열에 시달릴 때 초보 부모가 어쩔 줄을 모르며 급히 병원으로 달려가듯, 우리는 어찌할 바를 모르고 잎을 몇 개 따서 삼랑진읍 농약상에 가져갔다. 농약상 주인은 영양 부족에다 가을 가뭄에 수분이 약해서 그런 것이라며 요소 비료를 물에 녹여 물비료를 줘보라고 자세히 설명해주었다. 그래서 아사 직전까지 간 배추를 겨우 구해내었던 기억도 있었다.

그런 일이 있은 후부터 물뿌리개를 사서 가뭄이 좀 심하다고 생각되면 수시로 물을 주었다. 시간이 지나면서 무는 뿌리가 굵어지고 배추는 속이 차기 시작했다. 우리는 뭐 대단한 것을 해낸 것 같은 성취감을 맛보게 되었다. 그런데 이렇게 계속 자랄 것 같은 배추는 날씨가 추워지면서 성장이 멈춰버렸다. 더 이상 자라지 않고 겉잎은 노랗게 단풍이 들기 시작했다. 좀 아쉬운 마음이 들었다. 그래도 우리가 농약과 화학비료를 쓰지 않고 직접 기른 배추였기에 시장에서 사고파는 배추와는 달랐다. 배추 크기는 시장에서 상품으로 나와있는 일반 배추의 반쪽밖에 되지 않았지만, 맛은 시장의 배추보다 훨씬 맛이 있었다. 처음 농사지은 배추를 형님, 동생 등 가족들에게 나눠줄 때의 그 기분은 농사를 지어보지 않은 사람은 모를 것이다.

농사 연습을 끝내고 첫 파종을 하던 해는

농지를 매입한 때가 여름이었던 관계로 해가 바뀌고 봄이 올 때까지는 농사를 연습하는 과정이었다. 장기적인 농지 이용 계획에 대한 설계나 구상도 없이 마치 어린이들이 소꿉놀이하듯 넓은 농지에 여기저기 씨앗을 뿌려보고, 새싹이 움트는 신비로움에 빠져들어 보기도 했다. 짧은 농사 연습에서 주말농장에는 낭만만 있는 것이 아니라 병충해로 인한 복병이 있는 것도 알았다. 하지만 새로운 도전은 흥미로운 것이다. 짧은 연습 농사였지만 이런 경험을 토대로 새봄이 오면 아름답고 멋있는 농장을 가꿔보리라 생각하면서 봄이 오는 동안 꿈을 키워나갔다.

농사를 지을 수 없는 겨울 동안 농사에 관한 책도 읽고, 인터넷으로 농사 정보도 얻으면서 이론적인 공부도 해두었다. 2006년 3월 4일 첫 토요일, 아직 체감으로는 추운 겨울 날씨였지만 달력상으로는 봄이 온 것이다. 동장군이 채 물러나지도 않았고 대지도 겨울의 깊은 잠에서 깨어나기 전이었지만, 봄이 오기를 기다린 우리 부부는 주말농장으로 달려갔다. 농장에 도착하니 춘설이 내리고 있었는데 우리는 눈밭에서 첫 곡괭이질을 시작했다. 들판에는 하얀 진눈깨비가 휘날리고 인적이라고는 발견할 수 없었지만, 새봄이 오면 심어야 할 것은 많은데 밭은 돌밭이고 일할 수 있는 시간은 주말뿐이다 보니 눈보라 속에 우의를 입고 우리 부부는 땅을 일구었다. 농사를 직업으로 하는 농부의 눈에는 분명 우리의 모습이 비정상적인 사람으로 보였을 것이다. 하지만 남이야 뭐라고 하든 내가 농장을 소유하여 오랫동안 소망해왔던 전원생활에 대한 체험 속으로 빠져들고 있다는 것 자체가 좋았다. 황량한 산속에는 아직 삭풍이 불어오고 생명의 흔적이라고는 발견할 수 없었지만, 조만간에 태어날 생명들에 대한 준비로 마음은 들떠있었다. 땅은 아직 얼어있고 흙 속에는 돌들이 박혀있어 이랑을 조성하는 일이 쉽지 않았지만, 곡괭이질과 삽질을 하고 있는 자체가 즐거웠다.

이렇게 시작한 주말농장의 첫 파종 준비는 아직 추운 날씨에도 불구하고 아침 일찍 도시락을 준비해서 농장으로 달려오곤 하였고, 저녁에는 서산에 노을이 질 때까지 돌을 캐고 이랑을 조성하며 퇴비 넣

는 작업을 계속해나갔다. 계절의 순환을 누가 막을 수 있을까마는 이
랑을 조성하기 전에는 봄이 좀 천천히 와주었으면 하는 마음도 들었
다. 밭은 돌이 너무 많이 박혀있어 기대했던 만큼 진도는 나가지 않
았는데, 대기는 하루가 다르게 훈훈한 봄바람으로 바뀌고 있었다.

　무언가에 쫓기는 듯 몸과 마음이 더욱 바빴다. 뿌릴 것은 많고, 이
랑은 다 조성이 되지 않았던 것이다. 하는 수 없이 먼저 조성한 곳부
터 씨앗을 넣기 시작하면서 동시에 이랑을 추가로 조성해나갔다. 초
봄에 제일 먼저 파종할 감자, 상추, 쑥갓 등은 당초부터 파종할 준비
가 되어있었고, 이랑도 계획에 차질 없이 조성되었으나 그다음부터는
순서도 없고, 계획도 없었다. 이것저것 가릴 것 없이 종자가 구해지고
이랑이 조성되는 대로 뿌렸다. 경험이 많고 현명한 농부라면 한 가지
작물을 선택하는 데도 작물의 생리라든가 토양 조건 그리고 기후 등

여러 가지 여건을 고려하고, 작물의 경제성과 시장성 등을 다각도로 검토해서 파종할 종자를 선택할 것이다. 또 농지 이용에 대한 계획도 미리 마련하여 어떤 작물을 심어 수확을 마치면 다음에는 어떤 것을 심고, 봄에 뿌릴 것과 여름에 뿌릴 것 등을 미리 구상하면서 작물을 배치하고 관리해나갈 것이다. 그러나 우리에게는 이러한 계획과 지식과 경험이 없었고, 차라리 무식했기 때문에 무엇을 심사숙고하고 무엇을 검토해야 할지 알지를 못했던 것이다. 작물에 대한 개별적인 생리를 알지도 못하면서 이랑이 조성되고 종자가 구해지는 대로 즉흥적인 파종과 모종을 옮겨 심었다. 경험도 없고 지식과 정보도 없으면서 이것도 뿌려보고 싶고 저것도 가꿔보고 싶은 욕망이 앞섰던 것이다. 단지 농약을 치지 않고 화학비료를 쓰지 않으려면 유기질 퇴비를 많이 넣어야 한다는 것만은 알고 있었다.

그래서 첫 농사를 시작하면서 퇴비를 200포나 주문하여 쌓아두고 한 해 농사를 시작했다. 주말마다 한 골 두 골 조성하다 보니 봄 파종을 마칠 때쯤에는 어느덧 채소밭의 이랑이 12m 길이로 장장 27골이나 되었다. 평수로는 150평 정도 될까? 뿌려놓은 종자 수로 계산해보니 47가지가 넘고, 품종으로는 30가지나 넘는 것 같았다. 정말일까? 한 번 기억을 되살리며 읊어보면 감자, 근대, 쑥갓, 더덕, 도라지, 치커리, 엔다이브, 브로콜리, 부추, 아욱, 케일, 취나물, 메주콩, 녹두, 땅콩, 들깨, 그리고 고추 종류는 일반 고추, 오이고추, 청양고추, 피망, 파프리카 등 5가지, 호박은 단호박, 맷돌호박 등 2가지, 상추는 치마상추, 축면상추, 재래종상추, 양상추 등 4가지, 그 외에도 방울토마토, 찰토마토, 가지, 수박, 참외, 양배추, 오이, 옥수수, 당근, 신선초, 해바라기, 미나리, 셀러리, 얼갈이배추, 열무, 대파, 조롱박 등을 심었던 것이다. 마치 주말농장의 작물 전시회라도 하듯이 심었다. 우리 농장에 적합한지, 우리에게 필요한 작물인지 검토할 겨를도 없이 이 봄이 가기 전에 파종을 하지 않으면 안된다는 절박한 심정으로 주말마다 산골짜기 어둠이 깔릴 때까지 열심히, 열심히 땅을 파고, 퇴비를 넣고, 씨앗을 뿌렸다. 무식한 사람이 용감하다는 말이 틀림없이 맞을 것이다.

여기에 또 3~4년을 내다보고 유실수를 심은 것이 참죽나무, 두릅, 매실나무, 엄나무, 복숭아, 자두, 석류, 대추, 감, 사과, 키위, 가시오가피, 무화과 등 지상의 에덴동산을 가꿀 요량으로 욕심을 부렸다. 그리고 당장 올가을에 열매 맛을 보고픈 성급한 욕심에 석류나무는 한 포기에 4만 원이나 주고 큰 것을 골라 밭 가운데 심었다. 이것을 심으면 올가을에 열매를 따 먹을 수 있다는 판매상의 말을 믿고, 가을에 찾아올 친구들에게 한 개씩 따 줄 요량으로….

이렇게 파종을 하고 나무를 심은 결과, 더덕과 도라지 등 일부 작물은 경험 미숙으로 발아에 실패하였고, 땅콩은 새들이 쪼아 먹어 싹을 볼 수 없었지만, 그런대로 아기자기한 생명들이 흙을 뚫고 올라왔고 채소류는 날씨가 따뜻해지는 4월 말부터 상추를 시작으로 첫 수확을 할 수 있었다. 그 당시 우리는 일주일 내내 아침저녁으로 초식동물처럼 상추쌈만 싸먹었다. 눈보라 속에서 곡괭이질을 해보지 않은 사람은 이 상추의 진정한 맛을 모를 것이다.

따분했던 직장생활에 주말농장은 우리에게 인생 후반부를 향한 새로운 희망의 돌파구였고, 새로운 낭만이 흐르는 삶의 시작이었다. 씨앗을 뿌려두면 파릇파릇 움트는 새 생명들을 만나게 되고, 이러한 생명들이 주말마다 우리를 반겨주며, 녹색으로 주인에게 말을 걸어왔다. 이러한 신선한 체험을 즐기며 우리 부부는 주말농장에 깊이 빠져들고 있었다.

농사초년생 시절의 어느 봄날

겨울이 지나고 3월이 되어 새봄 첫 파종이 시작되었다. 집에서 출발하면서 씨감자와 상추, 쑥갓, 치커리, 근대, 엔다이브 등 당장 뿌려야 할 씨앗을 준비하고, 농장 오는 길에 김해 친구 농장에 들러 딸기 모종과 보리수나무, 배롱나무와 무궁화나무를 몇 그루 얻어 트렁크에 가득 싣고 왔다. 들녘에는 지난주까지 별로 볼 수 없었던 일하는 농부들의 모습이 제법 많이 눈에 띄었다. 봄이 오기는 왔나 보다. 완연한 봄 날씨다. 차에서 내려 움츠렸던 마음을 활짝 펴고 맑은 공기를 한 번 쭉 들이마셨다. 가슴은 새로운 시작으로 설레고 있었다.

겨울잠에서 깨어난 식물들의 상태가 어떤지 농장을 둘러보았다. 아래쪽 평지에는 매화가 활짝 피어있었는데, 우리 밭의 매실나무는 터질 듯한 봉오리가 아직 그대로 있었고 별로 달라진 것은 없었다. 겨우내 맛있는 먹거리를 제공해준 월동배추는 얼마 가지 않아 꽃대가 올라올 듯 색깔이 진해지고 가운데가 도톰해져 가고 있고, 유채 역시 마찬가지였다. 겨울을 넘긴 마늘이나 갓도 혹독한 시련을 이겨내고 이제는 생기를 되찾아 활발한 생육 활동을 하고 있는 듯했다. 양파는 지난가을에 겨우 착근을 해가는 가운데 멧돼지들이 이랑을 훑어버려서 수습하여 초겨울에 다시 심었는데, 대부분 죽지 않고 잘 착근하고 있었다. 그밖에 겨울을 넘긴 완두콩이나 미나리, 상추, 근대 등은 아직 추운 겨울잠에서 깨어나지 못하고 있었다.

이렇게 농장을 둘러보고 미리 퇴비를 넣어 일구어놓은 흙을 파며 이랑을 만들기 시작했다. 농장 오는 길에 새로운 모종을 구하느라 여러 군데를 들르다 보니 점심때가 거의 다 되어 도착했지만, 뭔가 좀

일을 하고 점심을 먹는 것이 좋을 듯하여 이랑 조성부터 하기로 한 것이다. 한 시간 정도 지났을까? 배도 출출하여 시계를 보니 점심때 가 훨씬 지났다. 시장기를 느끼던 차에 아내들이 점심 준비가 되었다 며 남편들을 불렀다. 기다렸다는 듯 허리를 펴고 흙을 털며 일어섰다. 그런데 오늘은 컨테이너 하우스 앞 잔디밭에 점심상을 차려놓았다.

언뜻 옛날 우리의 어른들이 농번기에 점심을 머리에 이고 와서 논 두렁에 둘러앉아서 펼쳐 먹던 기억이 났다. 그 당시에는 맑은 공기를 마시며 자연과 더불어 살아가는 느낌이나 삶의 여유라든지 조화로움 같은 것을 생각할 겨를도 없이 단지 불편하지만 시간을 절약하고, 농 사일의 능률을 위해 그렇게 했던 것이다.

그런데 어제까지 책상에 앉아 실적을 챙기고 사람들을 만나며 회의 를 주재하던 그런 도회지에서의 긴박한 일상 속에서 찌들어 살던 아 들 세대들은 이런 상황이 옛날 우리 어른들이 느끼는 것과는 달랐다. 생계를 위한 일상의 한 과정이 아니라, 여가를 즐기는 삶의 한 부분으 로 이 시간을 즐기고 있는 것이다. 잔디밭에서 밥상을 마주하니 아버 지 세대들이 거쳐 온 삶의 체취를 느낄 수 있어 좋았고, 부드럽게 느껴 지는 잔디밭의 포근함이 좋았으며, 코끝을 스쳐 가는 봄바람이 감미 로웠다. 잔디에 쏟아지는 햇볕에 얼굴이 타는 것도 부담스럽지 않고 오 히려 정겨웠다. 이러한 봄이 주는 축복 속에서, 세파에 부대끼며 찌든 때들은 다 날려보내고 모든 것을 비워두고 싶은 기분이 들었다.

장화를 신은 채 그냥 잔디밭에 앉았다. 농주 한 병을 친구가 내어 와 둘이서 한 잔을 쭉 들이켜니, 혀끝에서 느껴지는 시원함과 목을

넘어가면서 느껴지는 짜릿함이 참 좋았다. 땀을 흘렸으니 몸에서 수분을 요구하는 생리적인 욕구가 있어 그럴 것이고, 새봄에 온 천지가 생명의 활동이 시작되는 원기 왕성한 기운이 맛을 더해주지 않나 하는 생각이 들었다. 서구 사람들은 식탁에서 입맛을 돋우기 위해 포도주를 곁들인다는데, 한국 사람의 농사일에는 역시 농주가 제격인 듯하다. 농주를 한잔한 후 마치 봄나들이 나온 소풍객들이 도시락을 까먹는 기분으로 맛있게 점심을 먹었다. 반찬이라야 올라오면서 사 가지고 온 고등어를 조린 것과 농장에서 뽑은 유채를 양념에 버무린 것, 그리고 북엇국이 전부였지만 주변의 분위기가 입맛을 더해주었다. 도시에서 인위적으로 고풍스러운 분위기를 조성한 고급 음식점에서 밥을 먹는다고 해도 이 맛이 날까 하는 생각이 들었다.

두 부부가 조촐하지만 맛있게 점심을 먹고 오후에는 감자를 심기로 했다. 주말농장을 시작하면서 처음으로 감자 농사를 지을 때는 이랑 폭과 감자 포기 사이 간격, 그리고 심는 깊이를 조심스럽게 가늠하며 심었다. 하지만 올해는 그냥 감각에 의존해 심었다. 씨감자를 파종하는 방법은 교과서에 따르자면 깊이가 8~10cm이고, 포기 사이는 25~30cm, 그리고 이랑 사이는 60cm라고 되어있었다. 하지만 짧은 농사 경험이지만 농사를 지어보니 반드시 그런 틀에 매이지 않아도 되는 것 같았다. 첫해에는 줄자로 혹은 손 뼘으로 깊이와 폭 등을 가늠하면서 하나하나 씨감자를 심었지만, 초보의 단계를 지나고 나니 대충 골 가운데를 적당한 깊이로 파고 감자를 줄줄이 흩어 조밀한 부분을 조절하는 식으로 심어도 되는 것 같았다.

그런데 올해 감자를 좀 적게 심으려고 하였는데 씨감자가 너무 많이 남았다. 작년에는 일곱 골에 감자를 심어 수확물을 주체하지 못해 나눠주고 바자회에 기부하는 등 재고 처리(?)에 애를 먹었는데, 올해는 하는 수 없이 여덟 골이나 심어야 했다. 이 많은 감자를 어떻게 처치해야 할지 모르겠다. 취미 삼아 텃밭 농사를 짓는 것인데 시장에 내다 팔아야 하는 상황이 올지도 모르겠다.

사실 시장에 팔아서 돈을 버는 것으로 수지타산을 계산하면 우리는 적자 농사를 짓게 된다. 그래서 돈을 주겠다는 이웃들에게도 아직 돈을 받아본 적은 없다. 우리의 고급 인건비랑 부산에서 한 시간여를 차를 몰고 달려오는 교통비, 식비 등을 화폐 단위로 측정되는 회계학적인 원가로 계산하면 우리는 적자다. 이렇게 농사를 지어서는 안 된다. 그러나 우리는 수지맞는 농사를 짓고 있다. 기존의 회계학이 문제가 있는 것이다. 화폐로 측정되는 판매가치 외에도 파종을 하면서 가지는 미래에 대한 희망, 씨감자가 돋아나면서 느끼는 생명에 대한 신비로움, 자라나는 과정에서 식물과 함께 호흡하면서 느끼는 감정, 그리고 감자꽃이 농장을 하얗게 물들여갈 때의 아름다움과 분위기, 수확할 때의 성취감과 만족감 등을 측정하여 수익에 더하여야 최종 수익이 계산되는 것이다. 취미로 가꾸는 주말농장의 수익성 개념에서 기존의 회계 이론이 적용될 수 없음이 여기에 있다.

필요 이상의 많은 감자를 심으면서 이런 생각으로 합리화시키고 아울러 쑥갓, 상추, 근대를 심고, 김해 친구에게서 얻은 딸기 모종과 배롱나무, 보리수나무, 수선화 등을 적당한 곳에 심는 것으로 오늘 작업은 마쳤다.

무언가 시작한다는 것은 가슴 설레는 일이다. 시작이라는 의미에는 무한한 가능성과 미래에 대한 꿈과 희망이 내포되어있기 때문이다. 봄은 사계절 중에 제일 처음 찾아오는 계절이고, 모든 생물이 겨울잠에서 깨어나 새롭게 시작하는 계절이다. 그래서 흔히들 봄을 희망의 계절이라고 한다. 우리는 올해 들어 감자를 시작으로 상추, 근대 등 채소들의 파종을 시작했다. 우리가 파종한 생명들은 흙 속에서 비와 바람과 햇빛을 받으며 조물주의 섭리에 따라 흙을 뚫고 돋아나 주인을 반겨줄 것이다. 코흘리개들이 처음으로 초등학교를 입학할 때의 들뜬 마음, 청년들이 직장에 첫 출근할 때의 무한한 꿈과 가능성을 가진 마음, 연인들이 처음 서로 만날 때의 그 열정적인 마음, 그런 마음들을 모두 합한 것이 첫 파종을 하는 우리의 마음일 것이다. 경험에 의하면 때로는 폭풍우도 만날 것이고, 때로는 내가 뿌린 생명이 병충해로 인하여 시련을 겪을 때도 오겠지만, 우리의 열정이 식지 않는다면 모든 것을 극복할 수 있을 것이다. 도스토옙스키는 "꿈을 밀고 나가는 힘은 이성이 아니라 희망이며, 두뇌가 아니라 심장이다." 라고 말했다. 오히려 그런 과정을 거침으로써 더욱 큰 성취감을 맛볼수 있을 것이다. 시련이 없다면 성취감도 의미가 반감될 수밖에 없기 때문이다. 자연은 정직하고 하늘은 열정을 가진 인간을 돕기 때문에 내일은 아름다운 꿈이 펼쳐질 것을 기대하면서 새봄을 맞아 파종을 시작했다.

과수나무를 심은 날은

주말에 심을 예정으로 유실수와 조경수 그리고 야생화 등을 주문하여 차에 싣고 농장으로 올라왔다. 차를 몰고 올라오면서 차창 밖을 내다보니 산과 들에는 매화가 활짝 피어있었다. 우리 농장은 지대가 다소 높기 때문에 이번 주말부터 꽃이 피기 시작할 거라고 생각했는데, 막상 와보니 아직도 겨울잠이고, 겨우 한두 송이만 꽃을 피우고 있어 일주일 후가 되어야 만개한 꽃을 볼 수 있을 것 같았다. '이게 봄이 벌써 와있는데 아직 늦잠을 자고 있나?' 하는 생각이 들었다. 기온과 일조량이 맞으면 때를 맞춰 꽃을 피우고 열매를 맺겠지만, 과수나무를 심어 처음으로 꽃을 보고 싶은 마음은 그렇게 느긋하지 못했다.

사실 처음으로 농장을 마련하여 나무를 심을 때는 이게 언제 꽃을 피우고 열매를 볼 수 있을지에 대하여 기대를 하지 않았고, 때가 되면 열매를 볼 수 있을 거라는 생각밖에 없었다. 그런데 먼저 심은 나무에서 올해 꽃봉오리가 맺히는 것을 보면서부터 마음이 들뜨고 조급해지기 시작했다. 드디어 내가 심은 나무에서 열매를 보게 되는 날이 머지않을 것이라고 생각하니 빨리 열매를 보고 싶은 조급한 마음이 들기 시작했던 것이다.

농지를 마련하고 처음으로 과수나무를 심기 시작했던 때의 기억이 났다. 묘목을 파는 반여동으로 가서 묘목 가게를 누비며 눈에 보이는 과수는 다 구해 심었다. '어떤 과수나무가 우리 농장의 토양과 기후에 맞을지, 안 맞을지'는 문제가 되지 않았다. 대한민국 땅에서 자라는 나무라면 우리 농장에서도 모두 꽃과 열매를 볼 수 있을 것 같은 생각이 들었다. 그래서 묘목 가게에서 파는 과수 중 포도나무를 제외하고 모조리 사 가지고 와서 심었다. 포도나무는 농약을 치지 않고 유실한 열매를 얻을 수 없다는 상식이 있어 그것만은 제외시켰다. 소위 아는 것만큼 조심스럽고, 모르는 만큼 용감했던 것이었다. 농사에 관한 한 내가 아는 상식과 정보와 경험이 부족하기 때문에 우리 농장에서 안 될 이유를 찾지 못했고, 그렇기 때문에 돈키호테처럼 저돌적으로 용감했으며, 불가능을 발견하지 못했던 것이다.

이렇게 하여 농장 첫해에 심은 과수나무가 참죽나무, 두릅, 매실나무, 엄나무, 복숭아, 자두, 석류, 대추, 감, 사과, 키위, 토종오가피, 무화과, 산수유 등이었고, 둘째 해에는 다시 욕심을 내어 가시오가피, 은행나무, 두릅(추가분), 복분자, 소나무, 향나무들을 심었는데, 그래도 양이 차지 않아 올해도 부족한 과수와 조경수를 추가로 주문했다. 체리(양앵두), 황금측백, 서양측백, 황금소나무, 배롱나무, 무궁화, 보리수, 오미자, 구기자, 배나무, 느티나무, 겹철쭉, 영산홍, 자산홍, 쥐똥나무, 피라칸타, 엄나무를 추가로 주문해서 심었다. 적게는 한두 그루씩 심었고, 가시오가피 나무 같은 것은 서른 그루도 심었다. 약 600여 평의 농장에 채소밭을 150여 평 가꾸고 컨테이너 하우스, 잔디밭, 주차장을 빼고 나니 나중에는 과수를 심을 농지가 모

자랄 지경이었다. 다시 나무 사이 간격이 다소 넓은 곳을 찾아보았다. 이미 심긴 과수들이 제대로 자라게 되면 간격이 비좁을 수 있겠다는 생각이 들었고, 자연의 이치에 비해 욕심이 과한 것을 알면서도 무식하게 그 사이를 비집고 콩나물시루같이 조밀하게 심어두었다.

　농장 첫해에는 대충 적당한 간격이라고 생각되는 거리를 두고 나무를 심으며 과수원을 조성해두었고, 둘째 해에는 그 사이사이에 추가로 심었으며, 올해 또 그 사이사이 틈을 비집고 많은 나무를 심었으니 나중에 어떤 결과가 올지 모르겠다. 오미자 혹은 구기자나무 같은 것은 추가로 심을 공간이 나지 않아 언덕에 심기도 하고 밭 가장자리에 심으면서 빈 공간을 거의 다 채우는 정도의 포화 상태가 될 때까지 심게 되었다.

　이렇게 나무를 심다 보니 마음은 부자가 된 기분이 들었다. 올봄부터 매실을 수확하기 시작하면 일 년 내내 꽃을 보고 열매들을 수확하여 입맛대로 따 먹을 수 있는 날이 오지 않을까 하는 장밋빛 기대도 가져보게 되었고, 우리 농장이 지상

의 에덴동산이 되지 않을까 하는 생각이 들기도 했다. 이런저런 생각을 하면서 나무를 심다 보니, 어쩌면 유형의 나무를 심고 있지만 아름다운 꿈을 심고 희망을 가꾸고 있다는 생각이 들기도 했다.

언젠가 유치원에 다니고 있던 코흘리개 아들과 먼 훗날의 꿈을 나누던 기억이 났다. 현실적인 장벽이 존재하지 않고 모든 것이 가능성의 선상에 있었던 아들에게 "아버지는 늙어서 직장을 은퇴하고 나면 시골에서 농장을 가꾸면서 살고 싶다."라고 말한 적이 있었다. 그러자 아들이 그 꿈에 덧붙여 "아버지, 그럼 과일나무를 많이 심으세요. 나중에 제가 결혼을 하면 휴가 때 아버지 농장에 가서 지내고 싶어요. 우리가 아들을 낳아 함께 가면 아버지께서 과일을 따서 우리들에게 주시고, 부산으로 돌아올 때는 한 바구니씩 싸 주세요." 하며 동화 같은 얘기를 나눈 적이 있었다. 그런데 그게 머나먼 꿈이 아니고 정말 현실로 다가오고 있는 듯한 느낌이 들었다. 훗날에 내 삶이 머무를 터전이지만 무한경쟁시대의 절박한 현실 속에서 살아가는 아들 세대들을 위하여 삶의 휴식 공간을 마련하고 있다는 생각도 들었다. 아들과 손자들에게 "요즈음 과일은 농약을 많이 쳤으니 반드시 깎아 먹어야 한다."라는 얘기 대신에 "어느 것을 먹고 싶니?" 하고 물어보고 그냥 손으로 따서 옷섶에 쓱싹 닦아 아들과 손자들에게 주어도 괜찮은 과일을 내가 직접 생산하고 있다는 생각이 들었다. 또한, 친구들이나 직장 동료 등 손님들이 농장에 놀러 와서 아름다운 경치를 즐기고, 돈 주고도 사기 힘든 싱싱한 채소와 입맛대로 먹을 수 있는 과일을 따 먹으면서 즐거워하는 모습을 옆에서 지켜보는 나의 모습을 그리면서 보람을 가지는 꿈을 꾸기도 하였다. 나의 농장에 온 손님들이 즐거워하고 기뻐하는 모습에서 내가 즐겁고 우리 농장의 존재가치를 느낄 수도 있을 것 같았다.

이런 생각에 미치다 보니 마치 젊은이들이 미래의 무한한 가능성을 가지고 먼 훗날 자기의 자화상을 그려보며 꿈을 꾸게 되는 것 못지않게 인생 후반부의 삶도 무한한 가능성이 있고, 가슴 뛰는 삶이 펼쳐질 수 있을 것이라는 생각이 들기도 했다.

한때 직장 은퇴는 절망이라는 생각이 들 때도 있었다. 그래서 인생 후반부의 새로운 삶을 계획하고 도전할 수 있는 계기를 마련하기 위하여 농장을 새로 마련하였다. 지금은 도시와 농촌을 오가며 도시에서 욕심을 채우고 시골 자연에 와서 욕심을 비우는 일을 번갈아가며 하기도 하고, 도시에서 내가 해야 할 일과 농장에서 내가 하고 싶은 일들을 번갈아 하며 이상과 현실의 경계 선상을 왔다갔다하는 오늘의 나를 발견하게 된다. 아니 어쩌면 지금 이 시간이 자연과 접하고 농사일을 익히면서 현실 쪽에서 조금씩, 조금씩 내 꿈과 이상을 찾아가는 연습을 하고 있는 시기인지도 모르겠다.

제2장 만드는 재미, 누리는 즐거움

컨테이너 하우스를 짓고, 지하수를 파고

주말농장을 처음 시작할 때는 단조로웠던 도시 생활에서 벗어나 새로운 전원생활에 대한 체험이 좋아 농장에 머무는 주말이 즐거움으로 가득 찼다. 땡볕에서 일하고 난 후, 나무 그늘을 찾아 깔개를 깔고 땀을 닦으며 신록을 음미하는 기분도 상큼하니 좋았고, 김밥을 싸와서 아내와 둘이서 나눠 먹는 것도 좋았다. 하지만 기쁘고 즐거운 시간들은 오래 머물지 못하나 보다. 하루이틀 농장에서 일하며 머무는 시간이 늘어감에 따라 다소 불편한 것들이 부각되기 시작했다.

일하다가 휴식을 취할 때는 햇볕을 가려주고 편하게 쉴 수 있는 공간이 필요했다. 농장에서 떨어진 산비탈의 나무 그늘을 찾아가야 하는 것도 불편해지기 시작했다. 그리고 특히 비와 바람이 불 때 피할 공간이 없어 아쉬웠다. 매일 도시락을 싸와서 먹는 것도 처음에는 신선하게 느껴졌으나 날이 갈수록 새로운 변화가 필요해졌다. 아침에 왔다가 저녁에 돌아가야 하는 것도 불편하고 아쉬울 때가 있었다. 때로는 대자연 속에서 하룻밤을 머물면서 도회지에서의 삶을 잊고 지내고 싶기도 했다.

새로운 욕구가 발동함에 따라 쉴 만한 구조물을 짓기로 했다. 조그만 황토방을 짓는 방안과 아름다운 정자를 짓는 방안, 그리고 자연 속에 어울리지 않겠지만, 실용적인 면을 고려하여 컨테이너 하우스를 짓는 방안을 두고 거듭 검토를 했다. 황토방을 짓는 방안은 관련 법규 절차상의 문제도 있거니와 먼 훗날 전원주택을 지을 경우 이중 낭비 요인이 될 수 있어 일찍 포기하고, 정자를 짓는 것과 컨테이너 하우스를 짓는 것 중에 택일하기로 했다. 이런 아름다운 풍경에 그늘을 마련해주는 정자는 참 어울리고 운치가 있을 뿐만 아니라 잠시 쉬었다 가는 경우에는 좋을 것 같았으나, 비와 바람을 막고 추위를 막아주는 데 문제가 있고 농장에서 하룻밤을 자고 갈 수 있는 구조물은 될 수 없었다.

결국, 미관보다는 실용적인 면을 택하여 컨테이너 하우스를 짓기로 했다. 그래서 농장에서 시설물을 설치하는데 관련된 법규를 검토하고 인터넷을 검색하며 여러 가지 모델과 면적, 가격 등을 알아봤다. 그 결과, 컨테이너 하우스는 농막용으로 6평 미만일 경우 허가나 신청 없이 지을 수 있다는 것을 확인하고 길이 6m, 폭 3m 규모의 컨테이너 하우스를 설치하기로 했다. 컨테이너 하우스는 원래 화물 수송용이다 보니 우리가 사용할 수 있는 쉼터로 용도를 개조해야 했다. 사각으로 된 철제 박스에 지붕을 덮어 하우스 모형을 내고, 철판으로 된 벽면의 보온을 위하여 10cm 두께의 스티로폼을 붙이고, 창문을 내고 바닥에는 전기 패널을 까는 등 추가적인 설치를 하였다. 비록 철제 구조물이긴 하지만 사람이 필요할 경우 기거할 수 있고, 외관상 미적 구조를 고려하며 시설을 갖추다 보니 아담한 집이 생긴 꼴이다. 우리에게는 이보다 더 좋을 수가 없었다.

여기에 덧붙여, 농작물에 물을 주고 사람이 농장에서 생활하기 위하여 지하수를 파고, 전기를 끌어오고, 친구들의 도움으로 간이화장실도 설치하고 보니, 우리에게는 마치 전원주택이 생긴 것처럼 기분이 좋았다. 남들 눈에는 투박한 화물 수송용 철제 박스로 보일지도 모르지만, 우리에게는 제법 번듯한 집이 생긴 것이다. 일을 하다가 해가 저물면 잠을 자고 갈 수도 있고, 한여름에 더워서 낮에 일할 수 없을 때에는 전날 저녁에 와서 잠을 자고 아침나절 시원할 때에 일하기도 하고, 한낮에는 휴식을 취할 수 있는 여유로움도 가질 수 있었다. 또한, 농장이 해발 400m쯤 되는 높은 지대에 위치하다 보니 한여름 도회지에서 열대야로 잠 못 이룰 때에는 퇴근 후 바로 농장으로 달려와 피서를 하며 보낼 수도 있었다. 철제 박스라는 외형적인 개념보다는 자연과 인간이 만나 어울릴 수 있는 매개체이자 우리의 삶이 머무는 공간이라는 개념의 구조물이었다.

지금까지 농장은 주말에 잠시 일하면서 다녀가는 공간이었으나 이제부터는 우리의 삶과 마음이 머무는 공간으로 자리 잡은 것이다. 돈을 많이 들여 고급 별장을 짓는 게 더욱 좋을지도 모르겠지만, 우리에게는 그럴 욕심도 관심도 없었고 형편도 되지 못했다. 주 5일 동안 사람들이 북적거리는 도시의 삶에서 잠시 벗어나 자연 속에서 마음을 씻고 땀을 흘리며 계절의 변화를 즐길 수 있다는 자체만으로도 좋은 것이었다. 이제 주말농장은 단지 채소를 가꾸는 농장의 개념이 아니라, 주말에 내 삶이 머무르고 내 영혼이 깃든 장소로 변해가고 있었다.

비닐하우스를 짓다

그런데 이런 생활을 일 년 정도 하다 보니 또 아쉬움이 생겼다. 컨테이너 하우스에는 아직 주방이 갖추어져 있지 않았다. 농장에서 머무는 시간이 늘어나자 그만큼 생활에 불편한 것이 다시 생기기 시작했다. 밥은 주로 밖에서 해 먹을 수밖에 없었는데 비가 오거나 바람이 불면 불편했고, 몸을 씻을 수 있는 샤워장도 필요했다. 농기구를 보관할 공간도 있어야겠고, 감자나 고구마와 같이 수확물이 많을 때에는 농장에 일시 보관할 창고도 필요했다.

이런 생활의 필요에 따라 컨테이너 하우스를 지은 지 일 년 만에 비닐하우스를 다시 짓기로 했다. 비닐하우스는 일반적으로 작물을 경작하기 위해 필요한 구조물이지만, 우리에게는 농자재 등의 창고용과 주방 등 다목적 용도로 필요했다. 따라서 철제 구조물은 물론이고 보온과 차광을 위한 지붕과 사람이 기거할 수 있는 바닥, 그리고 가스와 수도시설까지, 그야말로 사실상 집을 한 채 지어야 하는 것이었다.

이런 것을 지금까지 사무실에서 서류만 뒤적이며 업무를 보아왔던 생원이 직접 할 수는 없었다. 그렇다고 어디에서 누구를 찾아 주문을 해야 우리가 원하는 용도로 지어줄 수 있을지도 몰랐다. 일반 건축물 같으면 건축업자를 찾아서 상담하면 되겠지만, 그들이 농사용 비닐하우스를 지을 기술이 있을지는 의문이었다. 우리가 직접 인부를 고용하여 지을 수 있을까도 생각해봤는데, 자재나 인력을 어디에서 구해야 할지도 몰랐고 기술도 자신이 없었다. 시간이 나는 대로 비닐하우스가 지어진 곳을 살펴보기도 하고 농사를 짓는 사람들에게 자문도 구하면서 친구와 몇 차례 의논을 하다가 결국 우리가 직접 지어보기로 하였다. 철제 구조물을 짓기 위해서는 기본적인 공구가 있어야 하고 전문가의 도움이 필요하겠지만, 나머지 부분은 우리가 하면 가능할 것 같기도 했다.

그래서 철제 구조물은 전문적인 기술을 가진 사람의 도움을 받아 짓고 나머지 부분은 시간이 나는 대로 친구와 직접 해나갔다. 농업학교 교편을 잡으며 비닐하우스를 지어본 친구에게 자문을 받고, 농장을 함께 가꾸는 친구의 도움을 받아 비닐을 덮고 보온과 차광을 하면서 지붕을 만들었다.

바닥은 습기를 방지하기 위하여 지표면에서 약간 띄워야 할 것 같은데 재료도 없고, 기술도 없었다. 여러 가지를 궁리하다가 부산 시내 공구상점에서 흘러나오는 화물적재용 팔레트를 트럭으로 두 대 분량을 수집하여 싣고 왔다. 지표면을 고르고 바닥에 팔레트를 깔고 위에 습기를  방지하기 위하여 스티로폼을 얹고 다시 합판을 붙이며 장판지를 펴니 기성 목수가 한 것과 다를 바 없는 거실 바닥이 되었다.

그런데 창호를 내는 것이 문제였다. 별도로 창호를 내려고 하니 비닐하우스의 특징상 추가적인 기술을 요하고, 창틀을 사 가지고 오는 등 번거로움이 있었다. 궁리를 하다 그냥 일반 비닐하우스의 온도 조절용으로 벽면의 비닐을 말아 올리고 내리는 장치를 하여 창문 대용으로 사용하니 안성맞춤이었다.

그밖에 출입구 문짝이라든지 전기·수도시설 등은 친구와 함께 우리 스스로 거의 다 해결했다. 전문 기술자가 한 것보다는 무언가 엉

성하겠지만, 우리가 직접 땀을 흘리며 손때를 묻혀 이룩한 이 구조물
은 돈으로 도급을 주어 한 것보다 훨씬 소중한 것이 되었다. "시골에
서 전원생활을 하려면 필요에 따라 스스로 자급자족하면서 살 수 있
어야 된다."라고 해도 그럴 자신까지 생겼다.

문득 『조화로운 삶』을 지은 헬렌 니어링과 스코트 니어링의 전원생
활이 기억났다. 그들은 대학교수직을 마다하고 1930년대 뉴욕을 떠
나 버몬트의 작은 시골로 들어갔다. 직접 돌집을 짓고 많은 생필품을
자급자족하여 살면서 창고, 헛간, 차고 등 12채의 집을 짓는 데 11년
이나 걸렸다고 한다. 그리고 생활에 필요한 것의 절반은 자급자족하
며 살아가는 것을 기준으로 삼고 전원생활을 했다고 한다.

우리에게도 그러한 생활 방식이 귀한 모델이 되었다. 되도록이면 타
인의 손을 빌리지 않고 우리의 땀과 노력으로 주말농장을 일구고 삶의
터전을 닦아나가면서 우리도 스스로 할 수 있다는 자신감을 길렀고,
성취감도 맛볼 수 있었다. 구조물을 만들고 지붕을 만들며 내부 시설
을 하는 등 주말 농부로서 주말마다 한 가지씩 해나가다 보니 남들은
불과 며칠이면 할 수 있는 것을 한 달 보름 가까이 걸렸지만 우리는 커
다란 보람을 거두었다. 남에게 도급을 주어 완성한 후 열쇠를 받아 나
의 소유로 만드는 것보다 내 손으로 이루어놓은 이 구조물은 나의 혼
이 깃들어 있는 듯했다. 비록 전문가가 지은 것보다 다소 부실할지 모
르지만, 우리에게는 더욱 애정 깊은 비닐하우스가 된 것이다.

소나무 아래는 데크를 만들다

주말농장을 가꿔온 지도 3년이 지났다. 농장의 기반이 잡혀가면서 시간적인 여유도 생기고, 해마다 반복되는 채소 농사가 단조롭게 느껴지기 시작하면서 뭔가 새로운 변화를 모색해보고 싶어졌다. 그래서 소나무 아래에 데크를 설치해보기로 했다. 인터넷으로 시공 방법을 알아보고 전문가들이 만들어놓은 것을 살펴보며 틈나는 대로 공부도 하고 직접 설계도면도 만들어보았다. 초보자에게는 좀 어려운 시공이고 무리일지 모르지만, 전문가에게 맡기지 않고 우리가 직접 도전해보는 재미가 있을 것 같아 만들어보기로 했다. 그런데 소나무 아래는 바닥이 경사져있었다. 경사진 언덕에 기둥을 세워 수평으로 평상을 얹는 것은 평평한 평지에 설치하는 것보다 더 어렵다. 하지만 이곳, 소나무 아래에 설치해야 그늘을 이용할 수 있고, 또 주변 풍경과 어울릴 것 같아 무리인 줄 알면서 경사진 곳을 택해 일단 시도를 해보기로 했다.

그런데 막상 바닥을 다지고 평상을 얹을 기둥을 세우려 하니 처음부터 난관에 부딪혔다. 경사진 면이다 보니 위치에 따라 길이가 다른 기둥을 세우고 평상을 걸칠 곳에는 수평이 되도록 맞추어야 하는데, 이게 간단한 작업은 아니었다. 우여곡절 끝에 겨우 기둥 한 개를 완성하여 세워두었는데 나중에 다른 기둥과 맞추려고 하니 높낮이가 다를 뿐만 아니라 기둥이 수직이 아니고 옆으로 기울어져 있었다. 처음부터 시행착오가 거듭되었고, 이렇게 해서는 안 되겠다는 생각이 들었다. 경험이 없는 초보자에게는 머릿속으로만 구상했던 설계도면을 가지고 되는 것이 아니었다. 하던 작업을 중지하고 일주일 후에 연구를 더하여 다시 도전하기로 했다. 그리고 일주일 동안 연구에 연구를 거듭하면서 인터넷상의 목조주택과 관련된 오픈마켓을 열어놓고 방부목재 종류 중 우리에게 필요한 목재와 방부목을 연결할 철물의 용도를 살펴가면서 시공에 필요한 구체적인 작업 매뉴얼을 다시 만들었다. 이를테면 '기둥은 바깥으로 위에서 50cm 되는 곳에 연결철물(strong tie)을 부착한다. 장석 목재 끝부분은 멍에목과 연결하기 위하여 또 다른 연결철물(strong tie)을 부착하여 얹고, 장석 목재는 옆으로 걸친 보에 얹힐 수 있도록 44cm마다 45mm 깊이로 홈을 판다'는 식으로 시공 방법과 순서에 대하여 작업 매뉴얼을 만들어놓고 일주일을 기다려 다시 도전해보기로 했다.

일주일이 지난 후 다시 농장에 와서 기둥에 멍에목을 연결할 구조용 철물(strong tie)을 붙이기도 하고, 목수들이 하는 것을 흉내내

어 구조용 목재를 가로세로로 걸치기 위해 톱을 중간쯤까지 켜고 끌로 홈을 파두고는 조립에 들어갔다. 경험도, 솜씨도 없는 아마추어가 이론상으로 생각하며 만들어놓았던 각 목재 부분들을 서로 연결하기 위하여 조립하는 순간은 아무래도 긴장되지 않을 수 없었다. 만에 하나 계산에 오류가 발생하거나 경험이 부족하여 미처 예상하지 못한 문제가 발생한다면 작업은 또다시 수포로 돌아가기 때문이었다. 마치 시험을 치러놓고 합격을 바라는 심정으로 기둥을 세우기 시작했다. 사각에서 동시에 기둥을 세우고 멍에목을 연결해야 하기 때문에 아내들도 불러 기둥을 잡게 하고 멍에목을 걸쳐 볼트와 너트로 죄고 피스를 박았다. 다행스럽게도 오류는 생기지 않았다. 멍에목을 붙이고 가로세로로 장석목재를 연결하여 얹어놓으면서 외형상 난간마루의 모습이 형성되어갔다. 시험에 합격할 때 느끼는 그런 희열감 같은 것이 느껴졌다. 감격스러웠고, 뿌듯한 성취감을 맛볼 수 있었다. 아직 완성되지는 않았지만, 중간 과정까지는 100점 만점이었다. 소나무 아래 난간마루의 모양이 드러나면서 농장의 새로운 모습이 갖춰지고 있었고, 그래서 짜릿한 쾌감 같은 것을 느낄 수 있었다.

다음으로 난간을 만들 차례가 되었는데, 다시 시행착오가 생겼다. 톱질을 하다 보니 목수의 의도대로 톱이 움직이지 않는 것이었다. 정확하게 수직으로 잘려야 할 목재가 자꾸 비스듬하게 기울어지며 잘렸다. 톱질도 아무나 하는 것이 아닌 것을 그때서야 처음 알았다. 아래와 윗면 사이 연결되는 난간 기둥의 길이는 같아야 하고, 그래서 자를 재어 정확하게 잘라 준비를 해두었는데 어떻게 된 것인지 나중에 보니 길이가 다른 것이 있어 일부는 못을 박았다가 다시 뜯어고치고, 목재를 다시 잘라 보충하기도 하였다. 그러다 보니 진도가 앞으로 나가지 않고, 때로는 짜증이 나기도 했다. 새로운 것을 처음 해보는 것은 흥미가 있는데, 했던 일을 허물고 다시 하는 것은 짜증이 나는 것이었다. 하지만 산고 없이 옥동자를 낳을 수는 없는 법이다. 중간에 간혹 만날 수 있는 장애물이라고 생각하면서 그래도 열심히 해나갔고, 해가 서산에 걸릴 때에야 겨우 우리가 만든 작품을 볼 수 있었다. 그 순간에는 힘들게 산을 오른 사람들이 정상에 발을 디디면서 느끼는 그런 쾌감 같은 것을 맛볼 수 있었다. '이게 우리가 만든 작품인가?' 하는 생각을 하니 감격스럽기도 했다. 전문가만이 가능할 것 같았던 난간마루를 우리 손으로 만들었다는 것이 우리에게 자신감을 안겨주었고, 또 자연과 조화를 이루는 하나의 구조물이 완성되었다는 생각이 우리를 더욱 뿌듯하게 해주었다.

DIY라는 말이 있다. "너 자신이 직접 만들어라."라는 뜻의 'Do it yourself'의 준말인 DIY는 '전문업자나 업체에 맡기지 않고 스스로 직접 생활공간을 보다 쾌적하게 만들고 수리하는 개념'을 뜻한다. 이 개념은 1945년에 영국에서 시작되어 미국에 퍼졌다고 한다. 영어로 표현되는 DIY는 외국에서 건너온 트렌드라 생각할 수도 있겠지만, 사실 우리에게도 오래전부터 존재해온 것이고 생활화되어온 것이다. 우리의 어른들은 못과 망치를 가지고 사과 궤짝으로 강아지 집도 만들고 의자를 만들거나 고치며 생활에 필요한 많은 부분을 스스로 만들어 충족해왔다. 우리도 유년 시절에는 지금의 어린이들과 달리 스스로 방패연이나 얼레를 직접 만들어서 가지고 놀던 기억도 있다. 만드는 재미가 있었고, 가지고 노는 재미도 있었다. 그러다 나이가 들면서 치열한 경쟁사회 속에서 남과 차별되는 전문화를 추구하게 되었다. 바쁜 현대 생활과 소득수준의 향상으로 우리에게 뭔가가 필요한데 고장이 나면 버리고 새로 사거나 전문가에게 맡겨서 해결하는 그런 문화로 바뀌게 되었다.

그런데 요즈음 다시 DIY가 새로운 생활문화로 자리 잡아가고 있다고 한다. 검소한 생활로 금전적인 절약은 말할 것도 없을 뿐만 아니라, 내 전문 분야가 아닌 다른 분야의 삶을 체험해보는 맛이 있기 때문인 것 같다. 감히 생각지도 못한 영역에 한 번쯤 도전하여 완성품을 만들었을 때의 성취감은 금전적 절약 그 이상으로 우리의 삶을 풍요롭게 만들어주는 것이 아닌가 생각된다. 농장에 '난간마루'라는 하나의 편리한 시설을 우리가 직접 만들었다는 사실이 우리에게 뿌듯한 느낌을 안겨주었을 뿐만 아니라, 자연과 조화를 이루는 공간을 꾸미고 하나의 작품을 만들어보았다는 측면에서 새로운 자신감을 더해주었다. 비록 전문가의 눈으로 보면 흠잡을 곳이 없을까마는, 우리는 만드는 재미를 즐기고 누리는 만족에 흠뻑 빠졌다. 그리고 내 손으로 꾸민 아름다운 정원은 돈을 주고 전문가를 불러 조성한 정원과 비교가 되지 않는 것이다.

친구와 둘이서 난간마루를 보면서 지난 3년 전 농지를 매입하여 황무지를 개간하던 시절이 생각났다. 초창기에는 돌을 주워내어 농지를 조성하고 나무를 심고 씨앗을 뿌리면서 소나무 아래에서 김밥으로 점심을 먹었다. 그 당시에는 그것도 맛있고 야외에 나들이 나온 기분에 즐겁기만 했다. 그러다가 시간이 지나면서 여러 가지 불편함이 느껴졌고, 매주 먹는 김밥이 싫증 날 무렵에는 가스버너를 가지고 와서 점심을 해 먹기도 하였다. 하지만 그 생활도 일 년쯤 지나고 보니 또다시 좀 더 편리하고 아늑한 시설을 생각하게 되었다. 그래서 지하수를 파고 컨테이너 하우스를 짓고 다시 또 세월이 지나면서 비닐하우스도 지었다. 고라니가 채소를 뜯어 먹고 멧돼지가 고구마밭을 훑고 지나가는 것을 보고 쇠파이프로 울타리도 쳤다. 그리고 이번에는 꽃밭을 만들고 내친김에 다시 소나무 아래에 난간마루도 만들었다. 물론 컨테이너 하우스를 시공하는 데는 전문가를 불렀고 비닐하우스도 뼈대를 시공하는 부분은 전문가의 손을 빌렸다. 하지만 나머지는 전부 우리 손으로 해내었다. 단순히 돈 절약에만 그치는 것이 아니라 만들고 일하는 재미를 맛보면서 성취감을 느낄 수 있었다.

친구는 봄 파종을 마치면서 올해 농사일은 사실상 끝이 났다고 말했다. 그러나 농장을 아름답고 편리하게 만들어나갈 궁리를 하면 주말농장에는 마침표가 없을 것 같다. 돈을 벌어 부자가 되고자 하는 사람에겐 종착역이 없고, 권력이나 명예를 얻고자 하는 사람도 끝없는 갈증에서 마침표가 없는 것과 마찬가지로 우리의 주말농장에도 마침표가 없을 것이다. 산 고개를 넘으면 정상인 듯하지만 다시 고개가 저만치 놓여 있듯이, 우리네 삶에도 목적지에 도달한 듯하면 다시 저 멀리 가야 할 새로운 목표가 눈에 띄는 것이다. 우리 농장에도 난간마루를 완성하고 봄에 파종을 마치고 나면 할 일이 없을 것 같지만, 또 새로운 고개를 찾아 넘고자 할 것이다.

겨울이 지나고 농장에는 봄이 오고 있었다. 다가오고 스쳐 지나가는 봄은 지난해의 봄과는 다른 새로운 봄이 오는 것이다. 농지를 개간하는 시절의 봄이 지나갔고, 단순히 채소만을 가꾸던 주말농장 시절의 봄도 지나갔다. 올봄은 채소를 재배하면서 동시에 아름다운 정원을 꾸며가며 전원생활의 삶을 엮어가는 새로운 봄이 올 것이다. 또 이러한 새봄은 새봄을 기다리는 사람에게만 오는 것이 아닐까 생각해 보게 된다.

채소밭에는 관수시설을

겨울에 접어들면 농장에 별로 바쁜 일은 없다. 이러한 농한기를 이용하여 지금까지 미뤄왔던 일들을 하나씩 해나갈 예정으로 농장에 왔다. 오늘은 친구와 채소밭에 파이프를 묻어 관수시설을 할 예정이다. 주말을 이용해서 많은 채소를 가꾸려면 일손을 절약해야 한다. 한여름 가뭄이 들었을 때 사람이 물을 주어야 할 때도 있는데 이 또한 쉬운 일이 아니다. 그래서 채소밭 가장자리에 수도 파이프를 묻고 중간중간 밸브를 만들어 분수 파이프 혹은 스프링클러와 연결할 구상을 가지고 작업을 시작했다. 때는 겨울이고 바람이 세차게 불어 작업복을 갈아입을 때는 다소 춥고 서글프기도 했으나, 수도 파이프를 묻을 땅을 파면서 곡괭이질을 할 때는 땀이 좀 배어 나오기도 했다. 우리에게는 적당한 운동이 필요하고 농장에는 우선순위에서 밀린 숙제들이 많이 남아있는데, 이렇게 하루 분량의 운동을 할 수 있다는 게 즐거운 일이다. 때로는 숨이 가쁘고 힘이 들 때도 있지만, 그래도 일은 즐거운 것이다. 남들은 "주말농장은 일이 겁이 나서 못 하겠다." 라고들 하지만 우리는 일을 즐기고 있으니 시골에서 살아가기에 유리한 체질을 가졌는지 모르겠다. 단순히 일만 한다면 힘들기는 마찬가지이겠지만 일에는 꿈이 있고 이야기가 있고 거기에 미래가 있는 것이다. 그리고 새로운 삶에 대한 체험이 있기 때문에 즐거움이 솟아나는 것이다. 생각이 여기까지 미치면서 언뜻 파울로 코엘료의 『흐르는 강물처럼』의 한 구절이 생각난다.

독일 드레스텐 폭격 직후 있었던 일이다. 한 남자가 세 명의 인부가 일하고 있는 폭격 현장을 지나쳐 가고 있었다.

"거기서 뭐하세요?" 남자가 물었다.

첫 번째 인부가 돌아서서 말했다.

"안 보여요? 돌을 치우고 있잖아요!"

두 번째 인부는 이렇게 말했다.

"안 보여요? 돈 벌고 있잖아요!"

"안 보여요?" 세 번째 인부가 말했다.

"교회를 다시 짓고 있잖아요!"

세 인부가 같은 일을 하고 있었지만, 자신의 삶과 노동의 진정한 의미를 알고 있는 이는 그중 오직 한 사람뿐이었다.

그렇다. 우리도 농장에서 여러 가지 과수와 채소들을 가꾸면서 곡괭이질과 삽질도 하였고, 여러 가지 씨앗도 뿌려서 수확도 하였다. 하지만 진정 우리가 하고 있는 것은 단순히 파이프를 지하에 매설하는 것이 아니라 전원생활에 대한 새로운 삶의 체험을 하는 것이고, 아름다운 이야기들을 엮어가는 것이었다.

원두막을 지어보다

첫째 주말, 기둥을 세우고 지붕을 얹고

이번 겨울철에는 원두막을 지어보기로 했다. 원두막은 옛날 어른들이 참외, 수박 따위를 심은 밭을 지키기 위하여 밭머리나 밭 한가운데 지어놓은 막(幕)이다. 밭에서 나는 수박, 참외, 딸기 등은 바로 따먹기 쉽기 때문에 동네의 짓궂은 아이들이 서리를 해먹는 버릇이 있어 이를 지키기 위하여 어른들은 막(幕)을 지었던 것이다. 그런데 원두막은 이러한 방범초소 외에도 여러 가지로 이용되었다. 원두막 아래의 그늘막을 이용하여 수확한 작물들을 선별하기도 하고, 일을 하고 난 후 땀을 말리는 휴식 장소로 이용되기도 하였다. 유년 시절을 시골에서 자란 우리는 이러한 추억들을 간직하고 있어 농장에 원두막을 지어놓으면 고향의 분위기를 느껴볼 수 있을 것 같기도 하고, 또 실용적으로는 일하고 난 후에 쉴 수 있는 쉼터로도 활용할 수 있을 것 같기도 하여 원두막을 지어보기로 하였다.

원두막을 지을 장소로 시야가 확 트이고, 좌우 산등성이와 앞의 마을과 호수가 보이는 곳을 택하다 보니 농장 중간쯤 채소밭과 과수원 사이 경사진 곳으로 정하게 되었다. 그런데 처음부터 문제에 부닥쳤다. 평평한 곳에 세우는 것과 경사진 곳은 작업 난이도가 달랐다. 경사진 곳에 세우기 위해서는 네 개의 기둥 길이를 다르게 잘라야 했고, 지상에서 적당한 높이에 누대(樓臺)를 만들어 걸치는 것도 간단한 공정이 아니었다. 원두막을 지어본 경험은 없었지만, 머리로만 구상하고 기하학적인 공간 개념을 도입하여 시도를 해보기로 했다. 일단 기둥을 박을 곳을 정하여 굵은 쇠파이프를 박고 기둥 밑 부분에 구멍을 뚫어 쇠파이프를 끼워 박았다. 여기까지는 그런대로 할 수 있었다. 문제는 지상에서 1.5m 되는 위치에 누대(樓臺)를 올리는 일이었다. 기둥을 박은 지점과 지점 사이 거리로 2.2m를 정하였는데, 기둥이 수직으로 된 각목이 아니고 굽은 원목이다 보니 지상 1.5m 높이에서는 기둥 사이 간격이 달랐다. 그리고 기둥에 누대(樓臺)를 걸치기 위하여 수평을 잡는 것도 생각처럼 간단하지가 않았다. 수평을 잡는 수준기로 기포가 한가운데 오는 것을 확인하고 누대(樓臺)를 걸쳤는데 나중에 확인해보니 누대(樓臺)가 비스듬하게 경사진 것으로 나타나 수정하기를 여러 차례 반복하였다.

이렇게 시행착오를 거듭하다 보니 해가 저물었다. 당초에는 누대(樓臺)에 널빤지 까는 작업 과정까지 완성하기로 하였으나 날이 어두워

졌다. 농장에서 하룻밤을 자고 다음 날 일어나서 계속해나갔다. 어제 다 못한 누대(樓臺)에 널빤지를 깔아 평상을 완성하고 지붕을 올릴 차례가 되었다. 지붕을 올리는 것은 그야말로 고난도의 작업 공정이었다. 경사진 곳에 세우다 보니 낮은 곳에서 원두막 지붕까지의 높이가 4m나 되었다. 사다리가 너무 짧아 사다리로 타고 올라가 작업을 할 수가 없었다. 이럴 경우 공사장에서는 비계 등으로 가설장치를 해서 작업을 하는데, 우리에게는 비계를 설치할 수도 없었다. 하는 수 없이 조금 전에 완성한 평상 위에 사다리를 걸쳐 지붕을 얹는 작업을 하였다. 작업 진도는 더딜 수밖에 없었다. 지붕에 보를 걸치고 합판을 붙이고 나니 해가 저물었다. 당초에는 초가지붕까지 올릴 예정이었으나 예정된 작업을 완성하지 못했다. 하지만 우리가 만든 원두막의 큰 프레임은 만들어졌다. 우리 손으로 직접 만들었다고 생각하니 더욱 멋있는 작품처럼 느껴졌다. 우리는 늘 목적지를 정해놓고 달려가지만, 실은 달려가는 과정에 더 큰 의미가 있는 것이다. 오늘 우리는 원두막을 완성하지는 못하였지만, 만들어가는 과정에 재미를 즐겼고, 전문 분야가 아닌 새로운 분야의 체험을 해볼 수 있었다. 한겨울 춥다고 해서 집에서 웅크리고 쉬는 것과 비교하면 오늘 하루가 재미도 있고, 보람도 있어 의미 있는 하루로 생각되었다.

둘째 주말, 새끼를 꼬고, 난간을 만들다

일주일이 지나고 주말이 되어 다시 농장에 왔다. 농장에는 눈이 와 있었다. 하얀 눈이 내린 농장 가운데 전에 없었던 원두막이 한 채 서

있었다. 아직 초가지붕이 얹혀있지 않은 미완성의 조형물이지만, 그래도 보기에 참 좋았다. 고향의 푸근함 같은 것이 느껴지고 어릴 적 향수 같은 것이 느껴졌었다. 작업을 하기 전에 농장부터 한번 둘러봤다. 이 혹한에도 농장에는 겨울을 나고 있는 식물들이 살아가고 있었다. 유채, 시금치, 마늘, 양파 등이 하얀 눈을 뒤집어쓰고 생명을 유지하고 있었다. 생명의 강인함을 보게 되는 것이다.

오늘은 지난주에 이어 원두막에 난간을 만들고, 지붕까지 얹을 예정이다. 계획대로 다 할 수 있을지는 모르겠다. 아침에는 날씨가 추워 일을 할 수가 없어 날씨가 풀리기를 기다려 아침 10시에 작업을 시작하였다. 먼저 난간부터 만들어나갔다. 난간 높이를 50cm로 하고, 사이 간격은 15cm로 설계를 하여 각목을 잘라 붙였다. 이전에 소나무 아래 데크를 만든 경험이 있어 톱으로 나무를 자르는 것부터 주의를 기울이며 해나갔다. 폭과 높이를 맞출 때도 시행착오를 줄이기 위해 중간중간에 확인을 하면서 붙여나갔다. 작업은 순조롭게 진행되었고, 난간을 만드는 데는 시행착오도 없었다. 난간을 만들어 붙이는 작업

이 어렵지는 않았지만, 잔손이 많이 들어갔고 시간이 오래 걸렸다. 열심히 일하였지만 결국 오늘도 예정된 일을 다 마치지는 못했다. 초가지붕 얹는 과정은 다음 주말로 미루어야 했다.

  작업을 마치고 조금 떨어진 곳에서 우리가 만들어가는 원두막을 살펴보았다. 하나의 아름다운 작품처럼 보여 마음이 뿌듯했다. 아직은 아니지만 우리들의 머릿속에는 봄꽃이 피어있는 화단, 그리고 여러 가지 채소들이 자라고 있는 녹색의 채소밭과 열매가 달려있는 과수원 속의 원두막이 있는 그림을 그려보았다. 봄이 오고 여름이 와서 일을 하고 땀을 말리며 원두막 그늘에서 친구와 둘이서 농주를 한잔하는 모습도 그려보았다. 대자연 속에서 우리도 하나 되는 그런 모습도 그려보면서 우리들의 주말농장은 채소를 심어 먹는 단순한 텃밭이 아니고 삶이 예술이 되는 그런 생활공간이라는 생각을 해보기도 했다.

셋째 주말, 드디어 완성하다

  원두막 짓기 시작한 지 3주째다. 이번 주말은 원두막을 완성할 예정이다. 농장에 오자마자 옷을 갈아입고 작업에 들어갔다. 먼저 지붕에 얹을 이엉과 용마름을 엮기로 하였다. 이엉을 엮는 것은 어릴 적 어른들이 하는 것을 봐서 그런대로 할 수 있었다. 그런데 용마름을 엮는 것은 기억이 나지 않았다. 기억을 더듬어 볏짚을 쥐고 이렇게도 해보고, 저렇게도 해보면서 몇 번의 시행착오 끝에 용마름을 엮을 수 있었다. 마지막으로 이엉과 용마름이 바람에 날아가지 않도록 붙들어

맬 새끼도 꼬아 준비를 해두고 원두막으로 갔다. 그런데 여기에도 난관이 우리를 기다리고 있었다. 지붕을 얹는 작업이다 보니 지상의 평평한 곳에서 하는 작업이 아니고 지상 3m~4m나 되는 높은 곳에서 해야 했다. 지붕에 올라갈 긴 사다리가 없었다. 대안이 없어 높은 곳에서 작업할 수 있는 가설물을 설치하기로 했다. 그런데 이게 간단하지가 않았다. 새로운 위험이 도사리고 있었다. 높이 3m~4m나 되는 높은 가설물 위를 돌아다니면서 지붕을 둘러야 하는 것은 단순한 우리들의 소꿉놀이가 아니었다. 발을 헛디디기라도 하면 안전사고가 날 수 있었다. 그러다 보니 시간은 자꾸 지체

되었다. 해는 서산으로 넘어가고 있었다. 안전도 생각해야 하고, 작업 속도도 내어야 했다. 입으로는 '조심조심!'하면서 마음속으로는 '빨리빨리!'를 외치면서 작업을 하였다. 가설물 위에서 곡예를 하면서 우여곡절 끝에 지붕을 겨우 다 둘러치고 나니 해는 서산으로 완전히 빠져버렸다. 새끼로 잡아매지 않으면 바람에 이엉이 날아가 버리기 때문에 어둠이 내리고 있었지만, 작업을 멈출 수는 없었다. 깜깜한 가운데 임시로 등을 달고 새끼를 매어 겨우 작업을 마칠 수 있었다. 작업

을 마치고 나니 한동안 긴장했고 불안했던 마음이 사라지고 마음속으로 '휴~' 하는 안도감이 느껴졌다.

오늘 우리가 원두막을 세운 것은 농장을 시골 농장의 운치를 살려보고 또한 그 시골 생활의 삶을 재현해보려고 했던 것이다. 모든 것을 돈으로 해결하면서 살아가는 삶에서 우리에게 필요로 하는 것을 내가 직접 만들어보고 자급자족하는 재미는 돈의 절약을 떠나 우리에게 자신감과 성취감을 안겨주고 또 지금까지 내가 가보지 못한 미지의 세계를 체험해보는 재미가 있는 것이다. 요즈음 기업에서는 혁신이 미래 전략이 되듯이 우리의 삶 또한 앞으로 나아가게 하는 원동력은 새로운 변화의 세계를 꿈꾸며 열어나가는 것이 아닌가 하는 생각을 해보게 된다. 지금까지 내가 가보지 못한 곳에 발을 디뎌보는 그러한 삶은 늘 우리의 가슴을 설레게 하는 것이다. 그것이 비록 하나의 정원을 가꾸는 일이 되든지, 미지의 세계를 여행하는 기회가 되든지 무언가 새로운 삶에 도전하고 그것을 이루어내는 과정의 체험은 우리를 앞으로 나아가게 하는 원동력이 되는 것이며, 우리 삶에 활력소가 되지 않을까 하는 생각을 해보게 되는 것이다.

오늘 우리는 허름한 원두막을 완성했지만 진정 우리가 완성한 것은 시골에서 살아가면서 필요한 것은 스스로 만들어 자급자족하는 농부의 체험이었다.

손자들에게 나무 그네를 만들어주다

농장에 손자들이 타고 놀 나무 그네를 만들어주기로 했다. 책상에서 숫자놀음만 하던 화이트칼라가 만들 수 있을지 모르겠지만, 일단 시도를 해보기로 했다. 인터넷을 통하여 남들이 만들어놓은 것을 살펴보고, 그중에 우리가 만들기 쉽고 편리한 모델을 구상해보았다. 사전에 설계도면을 만들어놓으면 좋을 터인데, 실물 크기에 대하여 감이 잡히지 않았다. 대충 머릿속으로만 구상하고, 실물 크기는 농장에 가서 각목을 실지로 세워보고 결정하기로 하였다.

나무 그네를 만드는 데 필요한 자재를 살펴보았다. 자재도 대충 우리가 구할 수 있는 것들이었다. 방부목으로 된 각목과 두꺼운 널빤지 등은 전에 야외 탁자를 만들기 위하여 사놓은 것이 있어 그것을 사용하면 될 것 같고, 기타 필요한 자재로 체인으로 된 그네 줄이라든지 피스, 볼트, 너트 등은 농장 가는 길에 사면 될 것 같았다. 나무 그네를 만들 방법과 자재에 대하여 대충 알아보고 농장으로 출발했다. 주말이면 농장에 가서 늘 식물을 가꾸던 삶에서 뭔가 새로운 것을 해볼 생각을 하니 마음이 즐거웠다. 뭔가 새로운 세상을 가보는 느낌이 들었던 것이다.

옛날 유년 시절의 기억으로 거슬러 올라가 봤다. 어린 시절 앉은뱅이 스케이트를 만들어 놀던 기억이 났고, 연을 날리며 놀던 기억이 났다. 그 당시에는 어른들이 만들어주지 않아도 아이들이 스스로 앉은뱅이 스케이트도 만들고, 얼레도 만들어 가지고 놀았다. 만드는 재미도 있었고, 가지고 놀던 재미도 있었다. 그러던 중, 자라서 어른이 되고 도회지에 살게 되었다. 분업화된 도회지 생활은 내가 직접 만들어 사용할 필요가 없었다. 필요한 것은 돈으로 사서 해결하고, 인부를 사서 해결하였다. 그런데 어른이 되어 다시 뭔가 필요한 것을 내 손으로 직접 만들어보게 되니 옛날 생각이 났고, 옛날로 되돌아가는 기분이 들었다.

　농장 오는 길에 공구 상점에 들러 필요한 자재들을 샀다. 농장에 와서 보관해두었던 방부목 등도 꺼내 잔디밭에 펼쳐놓았다. 문제는 이런 분야에 경험이 없다 보니 실물을 보아도 크기를 얼마로 해야 좋을지 판단이 서지 않았다. 잔디밭에 펼쳐놓은 각목을 삼각형으로 세워보고 어른 키를 참고하여 크기를 구상하였다. 높이는 2m 정도로 하고, 삼각기둥 사이 폭은 1.5m, 기둥과 기둥 사이의 거리는 일단 2.5m 정도로 정하여 각목을 잘랐다. 그리고 삼각기둥부터 만들었다. 맨꼭대기에 들보를 걸칠 부분을 고려하여 나무를 자르고 오려낼 부분은 오려낸 후 각목을 붙여 피스를 박았다. 삼각기둥을 만드는 것은 특별한 기술이 없어도 만들 수 있었다.

다음은 그네에 매달 나무의자를 만들 차례다. 엉덩이가 닿을 의자 바닥면을 만들고 등받이를 만들어 붙여야 하는데 이게 간단할 것 같으면서도 단순한 작업은 아니었다. 머릿속에 구상한 대로 각목을 잘라 사각형의 틀을 짜나갔다. 그런데 손자 성규가 끼어들었다. 할아버지가 무엇을 하는지도 모르고 그냥 할아버지 하는 대로 따라 하였다. 망치질을 하다 옆에 놓아두면 망치를 가져가 두들겨보고, 목재를 자르기 위해 줄자를 재다 옆에 두면 줄자를 가져가 재어보는 시늉을 해보며, 매직펜으로 자를 재어 목재에 표기를 해두면 손자도 매직펜을 가져가 아무 데나 그어놓는 것이었다. 그것까지는 좋았다. 문제는 할아버지가 사용하던 공구를 성규가 가져가면 돌려주지 않는 것이었다. 망치를 사용하려고 하면 망치를 가져가 버리고, 매직펜으로 선을 그으려 하면 성규가 펜을 가지고 도망을 가버리는 것이었다. 이럴 때는 하는 수 없이 하던 일을 멈추고, 말이 통하지 않는 손자를 달래서 받아와야 했다. 경험이 없다 보니 만들 궁리를 하는 데 시간이 걸리고, 손자가 가져간 공구를 찾고 달래서 가져오는 데 시간이 걸리다 보니 작업 진도는 자꾸 더디게 나아갔다. 초보자의 서툰 솜씨에다 어린 성규가 끼어들어 시간이 오래 걸렸지만, 그래도 손자를 위한 그네에 손자와 함께 만들어가는 것이라고 생각하니 의미가 있었다. 인생 후반부를 살아가는 할아버지는 앞만 보고 빨리 달려갈 필요가 없는 것이다. 아장아장 걷는 손자의 손을 잡고 천천히 걸어가면서 삶을 음미하는 것이 더 의미가 있고 인생이 즐거운 것이다.

우여곡절 끝에 겨우 의자 바닥면을 완성하였다. 그런데 다 만들어놓고 보니 바닥면이 평편하지 않고 뒤틀어져 있었다. 단순히 기하학적으로 가로세로 길이만 정확히 재어서 붙이면 될 것으로 생각했는데 그게 아니었다. 원인을 살펴보니 나무를 잘라서 서로를 이어붙이는 면은 직각으로 잘라서 붙여야 하는데 아마추어 목수가 자른 면은 그렇지 못했던 것이다. 그리고 나무도 오래 보관된 것이다 보니 목재 자체가 뒤틀어져 있었다. 이런 작업은 바닥이 평평한 곳에서 수평을 맞춰가면서 해야 했는데 그런 것은 미처 생각지도 못했었다. 단순하게 생각했던 의자 바닥면을 만드는 것도 쉬운 일은 아니었다. 다시 해체해야 된다고 생각하니 난감했지만 하는 수 없었다. 어쩔 수 없어 뒤틀린 바닥면을 다시 풀어서 해체하고, 작업 공구와 해체된 목재들을 잔디밭에서 소나무 아래 데크로 옮겼다. 데크 바닥은 평편하므로 여기에 의자 프레임이 평편한 지 중간에 확인해가면서 프레임을 짜고, 나무 목재도 서로 연결하는 과정에서 수평이 되었는지 확인하면서 나머지를 붙여나가 겨우 완성을 할 수 있었다.

약간의 시행착오는 있었지만, 의자 밑바닥과 등받이를 만들어 붙이고 마지막으로 팔걸이 부분을 완성하여 의자를 만들었다. 이제 삼각기둥을 세워 나무 그네를 달면 되는 것이었다. 삼각기둥을 세우고, 그사이 들보를 연결시켰다. 우리가 생각했던 나무 그네가 그럴싸하게 만들어졌고 보기에도 좋았다. 전문가들만이 할 수 있는 나무 그네를 우리가 직접 해냈다는 게 대단하게 느껴졌다. 그런데 이게 완성품이 되지 못했다. 형상은 그럴싸하게 만들어졌는데 손으로 밀어보니 그네가 삐걱거리고 있었다. 여기에 무거운 나무의자를 매달아 일렁거리면 지탱할 수가 없을 것 같았다. 그런데 어디를 보완해야 안정된 그네로 만들 수 있을지 원인을 알 수 없었다. 다시 난감해졌다. 이런저런 궁리를 하다 삼각기둥에 들보를 단순하게 연결하면 되는 것이 아닌 줄을 알았다. 삼각기둥과 들보가 두 개의 개체가 아니고 하나처럼 되게 하기 위해서는 삼각기둥과 들보에 보조각목을 비스듬하게 다시 붙이고 피스를 박아야 했다. 이렇게 보조 각목을 붙여보니 삼각기둥과 들보가 하나의 개체처럼 고정되었고, 삐걱거리지 않았다. 이 정도면 되겠다고 판단해서 나무의자를 그네에 매달아보았다. 나무 그네의 모습이 완성되는 순간이 감격스러웠다. 우리가 직접 만들었다는 게 대단하게 느껴졌고, 학창 시절 어려운 수학문제를 낑낑거리다 풀어낸 것만큼 짜릿했다.

제일 먼저 성규를 불러 할아버지와 둘이 앉아보았다. 아무 문제가 없었다. 손자 성규는 무척 좋아했다. 할아버지 얼굴에 제 얼굴을 비비며 감격스러워했던 것이다. 그야말로 산 넘고 물을 건너 여기까지 와서 손자와 함께 그네를 타는 감격을 맛보게 되었다. 해는 서산으로 넘어가고 있었지만 이것을 그냥 넘길 수 없어 기념사진을 찍고, 성규 할머니와 성규가 함께 타는 모습도 기념촬영을 해두었다. 손자와 기념사진을 찍고 있는데 아랫집 이웃 내외가 마치 우리를 축하라도 해주려는 듯 홍어와 돼지고기 수육과 농주를 가져오셨다. 우리 집에서 김치를 가져와 합침으로 홍어삼합이 되어 나무 그네 만들기 기념식을 하는 것으로 오늘의 대단원의 막을 내리게 되었던 것이다.

용접을 배워 어닝을 달다

　농장에는 2주 전에 풀을 베었는데 다시 잡초들이 우거져가고 있었다. 더운 날씨에 풀을 베는 일은 쉬운 일이 아닌데 잡초들이 주인을 괴롭히고 있었다. 그런데 농장에는 잡초들만 자라는 것이 아니고, 채소들도 왕성하게 자라고 있었다. 호박 넝쿨은 담장을 넘어 주차장까지 뻗어나와 있었고, 고구마 넝쿨도 줄기가 옆의 이랑까지 기어가고 있었다.

　고추밭에는 빨간 고추들이 익어가고, 오이, 가지, 방울토마토는 주말에 올 때마다 많은 열매를 볼 수 있었다. 지난 주말에 익은 열매들은 모두 따냈는데 이번 주말에 와보니 또다시 새로운 열매들이 달려있었다. 우리들의 일상생활에서 손에 쥐어진 것을 써버리고 나면 빈 손이 되는데, 주말농장에서는 열매들을 따내어도 다시 열리고 있었다. 농장에는 '더하기 빼기'의 셈법이 아닌 '덧셈'만 있는 자연의 셈법을 보게 된다.

오늘은 컨테이너 하우스 문에 어닝을 설치하기 위해 농장에 왔다. 어닝은 지난 주말에 설치하긴 했는데 시행착오를 거듭한 끝에 두 번이나 실패해서 다시 해체해야 했다. 처음에는 설치하고 시운전을 하는 과정에서 한쪽 축이 무게를 지탱하지 못하고 빠져버려 실패했다. 철판으로 된 컨테이너 벽에 어닝을 부착하기 위해서는 그에 맞는 피스를 박아야 했는데 자재가 없다 보니 비닐하우스에 박는 짧은 피스를 박았더니 무

게를 지탱하지 못해 무너져버렸던 것이다. 더운 여름에 힘들게 한 작업이 실패로 돌아가니 너무 허탈했지만, 다시 시도를 했다. 철판에 피스를 박을 것이 아니라 용접을 하는 것으로 방향을 잡았다. 그런데 우리에게는 용접기도 없고, 용접을 할 수 있는 기술도 없었다. 하는 수 없이 읍내로 내려가 출장비를 주고 전문가를 모셔 와서 용접을 했다. 그래서 겨우 어닝을 설치할 수 있었고, 작업은 성공적으로 끝나는 것 같았다. 천막을 폈다가 감아보니 천막이 잘 펴지고 감아졌다. 우여곡절 끝에 완성을 하고 작업 공구를 정리하고 있는데 아내가 컨테이너 문을 여니 어닝에서 펴진 천막에 문이 걸린다고 하였다. 문을 여닫으면 걸릴 수 있는 공간을 염두에 두지 못했던 것이 그제야 생각났다. 현재 위치보다 약 10cm 위로 올려 달아야 했는데 경험이 없다 보니 그랬다.

아마추어의 한계가 이런 것인가 하는 생각을 하고 다시 용접하는 기사에게 전화해서 좀 도와달라고 부탁을 했다. 그런데 이번에는 기사가 바빠서 올 수 없다는 것이었다. 하는 수가 없어 다음 주말로 미뤄야 했다. 그런데 다음 주말에 기사가 와줄지도 모르겠다. 우리가 직접 설치를 하려고 했던 자존심에 상처가 나기도 했다. 이래서는 안 되겠다는 생각이 들어 용접하는 기술을 배워서 직접하기로 했다.

시골에서 살아가려면 돈보다 더 중요한 것이 자급자족하는 능력이다. 도회지와는 달리 돈이 사람을 편리하게 해주는 것이 아니고, 스스로 모든 것을 할 수 있는 능력이 삶을 편리하고 윤택하게 해주는 곳이 시골이다. 도회지에서는 가정에 뭔가 손 볼일이 있으면 언제든지 전화를 하면 전문가들이 와서 해결해주지만, 시골에서는 전문 기사를 부르기도 어렵다. 출장비는 말할 것도 없고 우리가 필요할 때에

도와주기 위해 전문가들이 기다리고 있지도 않다.

이참에 용접하는 기술도 배워두어야겠다는 생각을 했다. 우선 급해서 출장비를 지불하고 문제를 해결하는 것보다 이 기회에 용접하는 기술을 익혀 스스로 해결하는 능력을 갖추는 것이 더 필요하다는 생각이 들었다. 아내는 칠십을 내다보는 나이에 새삼 위험한 용접을 배우려 한다고 핀잔을 주었지만, 뭔가 새로운 일에 도전을 해보는 것은 가슴 뛰는 일이다.

주중에 인터넷으로 용접기를 주문해놓고, 유튜브 동영상을 보면서 초보가 용접을 할 수 있는 기술을 열심히 익혀두었다. 그런데 용접을 막상 해보려니 이론만 가지고 되는 것은 아닐 것 같았다. 용접을 하는 원리는 전기를 스파크시켜 발생한 고열로 철을 녹여서 다른 철판을 붙이는 과정인데, 초보가 겁도 없이 도전하다 위험할 수도 있을 것 같았다. 어닝은 실패를 하면 다시 도전해보면 되지만 용접은 실수하면 사고로 연결될 수 있는 것이었다. 그래서 경험이 있는 선생님을 모셔 와서 기술을 배우기로 하고, 용접을 할 줄 아는 처남에게 기술을 가르쳐줄 것을 부탁했다.

주말이면 농장에 와서 식물을 가꾸는 삶에서 무언가 새로운 분야에 도전해보려고 하니 호기심도 생기고 재미도 있었다. 용접을 배우고 나면 이제 남의 손을 빌리지 않고, 대부분의 일을 스스로 해결하며 살아갈 수 있을 것 같았다. 남에게 아쉬운 소리 하지 않아도 되고, 또 돈도 절약할 수도 있어 이래저래 좋은 것 같았다. 농장에 와서 인터넷으로 주문했던 포장을 뜯어내고 장비들을 잔디에 펼쳐보았다. 용접기와 안면보호장비, 가죽장갑, 그리고 용접봉이 있었다. 철을 녹이는 불꽃이 튀는 것을 생각하니 겁이 나기도 했지만, 나도 용접을 할 수 있고, 그래서 필요하면 언제든지 용접을 해서 수리를 하거나 무엇을 설치할 수 있다고 생각하니 마음이 설레기도 하였다.

먼저 용접기를 조작하는 준비부터 배웠다. 어스와 홀더를 꽂는 방법, 전류를 조정하는 방법 등을 익힌 후 실전에 들어갔다. 선생님이 하는 것을 보고 내가 직접 용접봉을 잡고 쇠파이프에 대니 불꽃이 튀었고, 쇳물이 녹아 흘러내리는 것을 볼 수 있었다. 조금 자신감이 생길 때는 용접봉을 옮기면서 쇳물을 녹여보았고, 구멍도 뚫어보았으며 쇠파이프와 쇠파이프를 이어 붙이기도 해봤다. 처음에는 겁이 났으나 막상 해보니 생각보다는 어려운 것은 아니었다. 점심을 먹기 전까지는 이렇게 해서 용접봉으로 쇳물을 녹여서 잇고 붙이고 구멍을 뚫는 연습을 하였고, 점심을 먹은 후에는 실전에 들어가 컨테이너 하우스 벽에 어닝을 부착하는 작업을 시도해봤다.

무식한 사람이 용감하다는 말이 있듯이 연습을 해보니 철판에 어닝의 브래킷을 부착할 수 있을 것 같아 내가 직접 해보려고 하였는데 선생님은 아직은 '안 된다'는 얘기였다. 컨테이너의 철판 벽은 얇아서 자칫 실수하면 구멍을 낼 수 있고, 구멍을 내면 컨테이너 벽 안에 있는 스티로폼에 불이 붙을 수 있어 위험하므로 초보가 할 수 없다는 얘기였다. 조금 아쉽기는 했지만, 의욕이 앞서 위험한 일을 초래할 수는 없었다. 그래서 철판이 두꺼운 왼쪽 벽만 용접해서 부착해보는 것으로 만족해야 했다.

　이렇게 해서 3주간의 천신만고(?) 끝에 결국 우리 손으로 어닝 설치를 완성하였고, 이제는 컨테이너 문을 여닫아도 천막에 걸리지 않았다. 더운 여름철에 많은 땀을 흘렸고, 시행착오를 거듭하였고, 그런 과정에서 새로운 기술을 익혀 다시 도전하여 성취하는 재미를 맛보았다. 우리네 인생도 이런 것이 아닌가 하는 생각이 들었다. 실패를 거듭하고, 다시 도전하고 또다시 좌절하는 과정을 거치면서 때로는 짜릿한 성취감을 맛보는 재미로 우리는 인생을 살아가고 있는 것이다.

　주말농장을 처음 가꿀 때는 채소를 직접 가꾸어 먹는 재미가 참 좋았는데, 이제 식물을 가꾸는 삶은 일상이 되어버렸다. 내가 아닌 남들이 살아가는 분야의 삶에 기웃거려 보고, 체험해보는 것에 더욱 흥미를 느끼게 되었다. 아내는 영감이 위험한 용접을 배운다고 핀잔을 주었지만, 무언가 새로운 삶에 도전해보는 것은 우리에게 새로운 활력을 주는 것이 아닌가 하는 생각을 해보게 된다. 나이 칠십에 용접을 배워서 돈을 벌 것은 아니다. 하지만 내가 용접을 할 수 있고, 그래서 농장생활의 불편한 일이 생기면 스스로 해결할 수 있다는 자신감이 나의 삶에 활력을 불어넣어 주는 것 같다. 도전하는 삶은 늘 아름답고 흥미로운 것이다.

제3장 농장에서 즐기는 먹거리들

농장에서 봄나물 파티를

농장에 오니 배꽃과 복숭아꽃이 활짝 피어있었다. 채소밭에도 유채꽃이 피어있었고, 꽃밭 주변에는 영산홍이 다음 주말을 기다리며 꽃봉오리를 맺고 있었다. 채소밭의 새싹들도 앞서거니 뒤서거니 땅을 뚫고 올라오는 중이었다. 주말이 되어 농장에 오면 지난 주말에 볼 수 없었던 새로운 세상을 만날 수 있어 참 좋다. 늘 바쁘게 살아가고, '다람쥐 쳇바퀴 돌듯' 단조로운 삶을 살아가는 도회지를 벗어나 주말이 되어 농장에 오면 새로운 세상에 새로운 삶이 우리를 기다리고 있는 것이었다. 지난 주말에 옮겨 심어놓은 블루베리와 아로니아를 살펴보았다. 꽃봉오리들이 전주보다 더 많이 달려있는 것을 볼 수 있었다. 특히 노지에 심어놓은 아로니아는 우리 농장에서 뿌리를 박은 지 불과 일주일밖에 되지 않았는데 벌써 꽃망울이 달리기 시작했다. 모두가 새로운 곳에 정착하여 뿌리를 잘 내리고 있는 중이었다.

오늘은 블루베리와 아로니아에 관수 장치를 할 예정이다. 블루베리와 아로니아는 물을 자주 주어야 한다고 하는데, 주말에만 와서 농사를 짓는 우리로서는 그렇게 하기가 어려웠다. 그래서 저수조에 물을 받아두었다가 주기적으로 관수를 할 수 있는 타이머를 달아서 물을 자동으로 공급할 수 있는 장치를 하기로 했다. 그리고 새들이 블루베리 열매를 따 먹는 것을 막기 위하여 비닐을 말아 올린 곳에는 그물을 쳐두기로 하고 관수 자재와 그물망을 사 가지고 왔다. 먼저 저수조와 블루베리가 심긴 비닐하우스까지 엑셀파이프를 연결하고 타이머를 장착시킨 후 3일에 한 번 파이프 밸브가 열려 물을 공급할 수 있도록 장치를 하였다. 주말농장에 오면 땅만 파고 씨앗만 뿌리는 것이 아니라 필요하면 엔지니어도 되어야 하고, 필요하면 목수 일도 할 줄 알아야 한다. 그런데 그게 참 재미가 있다. 이전에 해보지 않았던 새로운 일에 도전해보고, 그것이 완성되었을 때 느끼는 뿌듯함이랄

까 자신감 같은 것을 느낄 수 있기 때문일 것이다. 타이머는 우리가 없을 때라도 3일에 한 번씩 밸브가 열려서 관수가 되도록 시설을 해두고, 새들이 비닐하우스에 들어오지 못하도록 비닐을 말아 올린 곳에 그물망도 치고 나니 점심때가 되었다.

　오늘은 농장에서 함께 농사를 짓는 친구들 부부와 전원생활을 같이하는 윗집, 아랫집 후배 부부들을 초대해서 우리 농장에서 점심을 같이 먹기로 했다. 이웃을 초대한다고 해서 특별하게 고기를 구워 바

비큐 파티를 한다거나 혹은 시
내에서 회를 사 가지고 와서 특
별 메뉴로 내어놓는 그런 파티
를 하려는 것은 아니고, 단지
지금 한창 돋아나고 있는 봄나
물들과 푸성귀를 반찬으로 하
여 봄나물 파티를 하기로 한 것
이다. 특히 이번 주말은 엄나무
(엉개나무) 새순이 돋아나 있었
다. 이것을 데쳐서 초장에 찍어 먹으면 싱그러운 봄의 맛을 느낄 수
있을 것 같고, 그밖에 상추, 쑥갓, 부추, 돌나물, 부지깽이나물 등도
돋아나고 있어 봄의 입맛을 즐기는 식단을 차릴 수 있을 것 같아 초
대하기로 하였다. 그래서 엄나무(엉개나무) 순을 따서 점심을 준비하
는 아내들에게 갖다 주고, 돌나물도 뜯어서 갖다 주었다. 주인은 아
내를 도와 엄나무 순을 따고, 농장에 함께 온 친구들은 아로니아를
심어둔 곳에 점적 호스를 까는 작업을 벌이다 때가 되어 점심을 먹기
위해 불렀다. 점심은 나들이 나온 기분을 즐기고 싶어 잔디밭에서 식
사를 하려 했는데 오늘은 미세먼지가 너무 심했다. 신록이 우거지고
있는 먼 산등성이의 풍경을 즐기고, 봄꽃이 피고 새싹들이 돋아나는
봄 농장의 분위기를 느끼면서 먹으면 밥맛이 한 맛 더 있을 터인데
부득이 비닐하우스 안에서 식사를 할 수밖에 없었다.

하지만 함께 식사를 나누는 사람들이 서로 부담이 없는 이웃들이
고, 친구들이다 보니 분위기는 즐거웠다. 식단에는 소고기, 돼지고

기가 없고, 생선도 하나 없었으며, 식사하는 자리도 어둠침침한 비닐하우스 안이었지만 그래도 손님들은 봄나물들을 맛있게 먹어주었고, 특히 엄나무(엉개나무) 순은 테이블마다 두 접시나 비울 정도로 맛있게 먹어주어 손님을 초대한 보람이 있었다. 전원에서의 삶은 돈으로 즐기는 것이 아니고 마음으로 즐기는 것이다. 사시사철 변해가며 보여주는 자연의 아름다운 풍경 속에서 새소리 풀벌레 소리를 들으며 살아가고, 우리가 땀 흘려 농사지은 채소들로 입맛을 즐기면서 살아가며, 서로가 서로에게 부담이 없는 이웃들이 있어 농장에 오면 늘 마음은 푸근하고, 내가 부자인 것처럼 느끼며 살아가게 된다. 특히 직장을 은퇴하고 인생후반부를 살아가는 우리에게는 옛날 직장 동료들도 거의 다 떠나갔고, 이웃들도 멀어지고 있는데 농장에 오면 서로가 서로를 필요로 하는 이웃이 있고, 서로가 서로에게 기쁨이 되는 삶을 살아갈 수 있는 이웃이 있어 참 좋은 것 같다. 사람에 따라 취미가 다르고 추구하는 삶이 다르기 때문에 어떤 삶의 방식이 좋다고 말할 수는 없겠지만, 인생 후반부를 살아가는 사람들에게는 전원생활은 새로운 삶의 기회가 되지 않을까 하는 생각을 해보게 된다.

오랫동안 점심을 먹고 나니 오후 3시를 넘어서고 있었다. 이웃들을 배웅한 후 세 명의 친구들과 부부들은 각자 하고 싶은 일을 하러 나섰다. 씨앗을 뿌려둔 곳에는 새싹만 올라오고 있는 것이 아니라 잡초들도 올라오고 있었다. 친구들은 오전에 하다 마치지 못한 점적 호스를 까는 작업을 계속하였고, 주인은 잡초를 뽑고, 아내들은 나물을 뜯으면서 오후 한나절을 보냈다. 그런데 점심시간이 길어지다 보니 예정된 일을 다 마치지 못하고 일어서야 했다. 약간은 아쉽기도 했지만 그게 문제가 될 것은 없었다. 우리는 일을 하러 왔지만 삶을 즐기기 위해서 온 것이다. 그리고 농장의 일이란 게 미결이 산더미처럼 밀려 있는데 마음을 비우고 다 덮어버리고 나면 할 일이 하나도 없는 것이 취미로 가꾸는 주말농장의 일인 것이다. 오늘 해야 할 일을 다 하지 못했더라도 하루가 즐겁고 보람이 있었으면 그것으로 족한 것이다. 직장을 은퇴한 지도 오래되었고, 나이도 70을 내다보고 있지만, 주말 농장에 오면 할 일이 있고, 일을 해야 할 목적이 있으며, 삶을 같이하고자 하는 친구와 이웃이 있어 참 좋은 것 같다.

오늘 새참은 양은그릇에 비빔국수

초여름이 시작되면서 농장에는 수확할 것이 많이 생겼다. 이번 주말은 매실과 보리수를 따야 하고, 마늘도 뽑아야 하며, 감자도 캘 때가 되었다. 그리고 모종으로 옮겨 심은 고추, 토마토, 오이 등도 이번 주말부터 열매 맛을 볼 수 있을 것 같다. 봄부터 부단히 씨를 뿌리고 퇴비를 주며 가꾸어 왔는데 지금부터 거둘 때가 오고 있는 것이

다. 농장에 도착하니 주차장 근처에 산딸기들이 빨갛게 익어있었다. 차를 주차해놓고 소쿠리를 들고 와서 산딸기부터 땄다. 오늘은 우리가 가

꾸지 아니한 야생의 열매들을 따면서 수확하는 하루가 시작되었다.

작업복을 갈아입은 후에는 마늘부터 뽑아 소나무 그늘에 옮겨 놓았다. 그다음으로 감자를 캐러갔다. 감자 줄기는 벌써 노랗게 단풍이 들기 시작했다. 수확할 때가 되었음을 알려주고 있는 것이었다. 감자는 농사 교과서대로 하면 3월 초에 심어 장마가 시작되는 7월 초에 캐는 것으로 되어있다. 그런데 우리는 농사 교과서대로 하지 않고, 2월 중순부터 몇 차례 나눠 심고, 먼저 심은 것은 냉해를 막기 위하여 활대를 쳐서 비닐로 덮어서 재배한다. 전업 농부는 한꺼번에 심어 한꺼번에 거두는 것이 능률적이다. 적은 비용으로 최대의 수확을 하는 경제원리가 적용되기 때문이다. 그런데 취미로 농사를 짓는 주말 농부는 그럴 필요가 없다. 시나브로 심어 시나브로 거두면 재미를 나눠 가질 수 있다. 화폐로 측정되는 경제적 논리로 수확을 하는 것이 아니라 심고 가꾸고 거두면서 돈으로 계산이 되지 않는 재미와 즐거움을 누리는, 소위 앨빈 토플러가 말하는 '보이지 않는 부'를 거두면서 수확을 하는 것이다. 감자는 알이 충분히 굵어있었고, 뿌리마다 주렁주렁 많이 달려있었다. 지금부터 몇 주에 걸쳐 필요할 때 캐 먹기로 하고 오늘은 친구와 나눠 먹을 만큼 한 소쿠리만 캐어놓았다.

감자를 캐어서 그늘에 말려놓은 후에 새참을 먹기로 했다. 오늘은 비빔국수를 준비했다. 막걸리 안주를 하라고 오징어도 데쳐서 가져왔다. 먼저 막걸리부터 한잔했다. 시원한 소나무 그늘 아래서 녹색으로 우거진 신록을 바라보면서 한 잔 마시는 막걸리가 참 맛이 있었다. 반주를 한잔하고 비빔국수를 먹었다. 국수는 양은그릇에 담겨있었다. 양은그릇을 보니 옛날 어릴 적 고향에서 살았던 기억이 났다. 요즈음은

좋은 식기들이 많이 나와 양은그릇이 부엌에서 사라진 지 오래되었지만 옛날에는 식기로서 다용도로 사용되었고, 주방 용품으로는 없어서는 안 될 생활필수품이었다. 어느 집 부엌이나 들어가 보면 대·중·소의 양은냄비가 걸려있었고, 소량의 국을 끓일 때는 대부분 양은냄비로 끓여 먹었고, 라면은 양은냄비에 끓여야 제맛이 난다고 생각할 정도였으며, 막걸리 잔으로도 양은그릇이 많이 사용되었다. 그리고 무엇보다도 양은그릇은 가벼운 것이 장점이어서 우리 어머니들은 새참을 가져갈 때는 이런 양은그릇을 차곡차곡 포개서 머리에 이고 가셨다. 그런 주방 용기로 없어서는 안 되는 양은그릇이 여기 있었다. 요즈음은 경제가 발전함에 따라 좋은 식기들에 밀려 사라진 지 오래되었는데, 우리는 복고풍의 옛날이 그리워 마트의 구석에 진열되어있는 양은그릇을 사 가지고 와서 국수를 담아 먹고 막걸리도 부어 마시고 있었다. 양은그릇에 담긴 고향의 향수를 먹고 마시고 있었던 것이다.

초여름 날씨는 더웠고, 일을 할 때는 힘이 들었지만 일을 마치고 나면 이런 시원함이 있어 좋고, 여유로운 가운데 입을 즐길 수 있어 좋았다. 그리고 이러한 모든 것이 땀 흘림의 대가라는 것을 생각해보게된다. 우리들의 삶은 돈이 많이 있어 행복한 것이 아니고, 땀을 흘리고 땀을 말리는 시간의 조화로움 속에서 행복이 있는 것이 아닌가 하는 생각이 들었다.

새참을 먹은 후에 매실과 보리수를 따기 위해 나섰다. 먼저 매실부터 땄다. 매실이 우리 몸에 얼마나 좋고, 시장에 내다 팔면 얼마나 값을 받을 수 있을지 모르겠지만 우리는 돈으로 계산할 수 없는 풍요로움을 거두고 있었다. 주렁주렁 매달린 매실을 손에 쥐어보는 느낌과 열매를 따서 소쿠리에 담고, 소쿠리가 가득해지면서 느끼는 삶의 풍성함은 시장에서 값으로서 매겨질 수 없는 즐거움이었다.

매실을 딴 후에 보리수도 땄다. 보리수 열매는 너무 많이 열려 가지가 부러질 정도였다. 거기다 익은 열매만을 골라 따다 보니 시간이 꽤오래 걸렸다. 친구는 열매가 너무 많다고 불평을 하였는데, 이것을 혼자서 따면 지겨운 노동이 될 것이다. 그런데 친구네 부부와 함께 대화를 나누면서 따니 수확하는 재미에 대화를 나누는 재미가 더해져즐거웠다. 한 알의 보리수를 따는데도 생각을 어떻게 하느냐에 따라우리는 부담을 가질 수도 있고, 즐거움을 거둘 수 있는 것이 아닐까하는 생각을 해보게 된다.

주말농장의 일은 남자 일과 여자 일이 따로 없다. 일이 많을 때는여자도 남자 일을 거들게 되고, 수확물을 집에 가져오면 남편도 아내일을 거들게 된다.

주말농장을 하기 이전에는 가정에 필요해서 시장에서 식재료를 사 가지고 오면 그것은 다듬는 것은 아내 몫이고, 아내가 남편에게 좀 도와달라고 하면 '사 먹고 말자'고 해버리는 것이 남자다. 그런데 우리가 농사지은 수확물을 집에 가져오면 그렇지 않다. 여기에는 부부가 공유하는 삶이 있는 것이다. 오늘 저녁에도 따 가지고 온 매실로 매실 장아찌를 담그기 위해 매실 과육과 씨앗을 분리하였고, 보리수 꼭지를 따면서 아내를 도왔다.

아내를 돕다 보면 부부간에 대화를 나누는 시간도 갖게 된다. 평소에는 저녁이 되면 컴퓨터 앞에 앉거나 책을 보는 것이 남편의 일상인데, 농장에서 가져온 수확물이 있으면 아내를 돕게 되고, 이런저런 삶의 이야기도 함께 나누게 되는 것이다. 주말농장은 식물을 가꾸는 공간이지만 주말농장에는 부부가 함께 공유하는 삶이 있는 것이다.

돼지 바비큐를 해보다

농장에는 여름이 오고 있었다. 신록의 계절이 오면 손님들이 놀러오는 일이 자주 있게 된다. 손님 중에는 개인적으로 잠시 놀러 왔다 가는 손님들도 있지만, 옛날 직장 동료들이라든지 학교 동창생들과 같이 단체로 초대할 때도 있다. 단체 손님들이 오게 되면 무엇을 대접해야 좋을까 하는 부담을 갖게 될 때가 많다. 물론 놀러 오는 사람들은 자연 속에서 맑은 공기를 마시면서 잠시 쉬었다 가는 것으로 생각하고 오겠지만, 초대하는 주인은 그렇지 않다. 뭔가 인상적인 추억을 안겨주고 싶은 부담을 안게 되는 것이다. 맛있는 음식을 대접해주고 싶고, 철에 따라 할 수 있는 농사 체험도 하게 해주고 싶고, 갈 때는 푸성귀라도 손에 쥐여주고 싶은 것이 주인의 마음이다. 그래서 올해는 손님들이 오면 일반 가정에서 맛볼 수 없는 정통 바비큐 요리를 해서 대접해볼 생각을 해보았다.

그런데 정통 바비큐 요리는 아직 해본 적이 없다. 지금까지 우리가 해먹은 바비큐 요리라는 것은 화로에 석쇠를 얹어 고기를 구워 먹는 방식이었는데, 이렇게 하는 숯불구이는 고기가 익지도 않은 채 타기도 하고 연기도 나기 때문에 좋은 방법은 되지 못하였다. 그래서 올해는 직화로 고기를 굽는 방식이 아니라 간접적인 열로 고기를 굽는 바비큐 요리를 해보기로 하고 인터넷으로 주문한 바비큐 그릴과 함께 돼지고기도 3kg을 사 가지고 왔다.

보통 농장에 오면 오전동안 밭일을 하고 점심때가 되면 식사 준비를 하는데 오늘은 일을 시작하기 전에 먼저 바비큐 요리부터 해보기로 했다. 먼저 그릴을 조립하고, 바비큐 요리를 하는 방법에 관하여 가이드북도 미리 읽어 머리에 정리를 해두었다. 고기 두께가 2.5cm 정도 되면 그릴에서 약 40분 정도 지나면 익는 것으로 되어있고, 통돼지는 그릴 양쪽에 숯을 22개씩 넣어 1시간 40분 정도 시간이 지나야 익는 것으로 되어있었다. 그래서 처음 해보는 방식이라 책에서 읽고 인터넷에서 배운 대로 따라 하기로 했다. 먼저 통돼지를 꺼내어 앞과 뒤, 그리고 위와 아래 등에 고루고루 양념이 스며들도록 '시즈닝'이란 향신료를 뿌렸다. 우리식 이라면 그냥 소금을 뿌려도 될 것 같은데 오늘은 정통 바비큐 요리 방식대로 해보 기로 하였던 것이다. 그리고 연기를 피우는 훈연 칩도 타 지 않고 연기를 낼 수 있도록 물에 담가두었다.

향신료가 양념이 스며드는 동안 숯불을 피웠다. 숯도 우 리가 숯불구이로 하는 참숯 이 아니라 조개탄 같은 '하드비트 브리켓'이라는 숯을 사용하였다. 모방 부터 먼저 하고 응용과 창조는 그다음이라는 생각에서 바비큐용 숯을 사용하였던 것이다. 불이 붙은 숯을 그릴 양쪽에 22개씩 헤아려 넣고 숯 위에는 연기를 피우는 훈연 칩을 양쪽에 각각 2개씩 얹었으며 가운 데는 기름받이를 놓은 후에 물을 부었다. 기름받이가 없으면 고기가 익 으면서 나오는 기름이 숯에 떨어져 불꽃과 연기가 나기 때문이고, 물을 부어주는 것은 고기가 익으면서 건조하지 않도록 하기 위한 것이라고 되어있었다. 그래서 가이드북에서 안내하는 대로 따라 하였다.

대충 이렇게 해서 석쇠 위에 고기를 얹어두고 바비큐 그릴 뚜껑을 덮었다. 그릴 안의 온도는 140℃에서 180℃ 정도를 유지하도록 되어 있는데 이것은 별도로 불을 조절하지 않아도 숯을 맞춰서 넣으면 그

정도 온도는 유지되는 것 같았다. 그래서 고기가 익을 동안 우리는 마늘과 양파를 뽑으며 일을 하였다. 일을 하긴 하는데 혹시 고기가 타버리지는 않을까 염려가 되기도 하였다. 직화로 굽지 않고, 중간에 뒤집어둘 필요도 없이 그릴 안의 열로 굽기 때문에 고기가 익는 동안은 신경을 쓸 필요가 없는데 아무래도 뭔가 불안했다. 책에는 뚜껑을 열지 말도록 하였고 한 번 뚜껑을 열어보면 열이 밖으로 나가기 때문에 고기 익는 시간이 약 10분 내지 15분 정도 늦어지는 것으로 되어 있었다. 그런데 도저히 참을 수 없어 중간에 한 번 열어보기로 하였다. 고기는 누릇누릇하게 잘 익어가고 있었다. 잘 익어가고 있는 것을 보니 '괜히 열어봤나?' 하는 생각이 들었다. 다시 그릴 뚜껑을 닫아두고 일을 하였고, 시간을 기다려 뚜껑을 열어보니 성공적인 요리가 되어있었다. 우리는 지금까지 가보지 않았던 길을 걸어보면 흥미가 있고, 지금까지 해보지 않았던 새로운 일을 시도해보면 재미가 있는 것

이다. 전문 음식점에서만 맛볼 수 있는 훈제 바비큐 요리를 우리 손으로 해보았다는 것이 뭔가 흐뭇한 느낌을 안겨주었다

농장에 오면 보통 요리는 아내와 선경이 엄마가 맡아서 하는데 오늘은 남자들이 맛있는 요리를 했다. 그것도 아내들이 할 수 없는 독특한 요리를 남자 일꾼들이 해냈던 것이다.

처음 해본 바비큐를 썰어서 먹어보니 맛이 있었다. 우리끼리 먹기가 아까워 연접해서 주말농장을 하고 있는 친구 내외도 불렀다. 먹는 기쁨도 함께하면 배가 되는 것이고, 요리 솜씨를 자랑하는 기쁨도 있어 분위기는 더욱 즐거웠다. 손님들 역시 우리가 기대했던 것과 같이 시식을 해본 평가는 아주 좋았다. 주말농장에서 손님을 접대하게 될 경우에 아주 좋은 메뉴가 될 것 같다는 품평이었다. 아무쪼록 뒷날 농장에 초대한 손님들도 우리가 기대한 만큼 맛있는 요리를 즐기고 갈 수 있으면 하는 바람을 가지면서 오늘 점심은 특별 요리로 맛있게 먹었다.

주말이 되어 농장에 오면 식물을 가꾸는 것이 일상인데 오늘은 아내들도 할 수 없는 바비큐 요리를 개발해보았다. 늘 식물만 가꾸는 삶에서 또 다른 새로운 삶을 체험해보면 인생이 즐겁다. 특히 인생 후반부를 살아가다 보면 어제와 오늘이 다름없는 단조로운 삶을 살아갈 수밖에 없는 날이 많은데 오늘처럼 뭔가 새로운 것을 시도해보는 것은 삶에 흥미가 있고, 또 이러한 새로운 도전으로 도회지 생활에서 느껴보지 못하는 인상 깊은 추억을 손님들에게 안겨줄 수 있다는 사실이 즐거운 것이다. 취미로 하는 주말농장은 식물을 가꾸면서

땀 흘리는 재미를 누리고, 또 도회지에서 해볼 수 없는 삶의 체험을
나눌 수 있어 참 좋다.

김장을 할 때는 돼지고기 수육을

이번 주말에는 김치를 담글 예정으로 금요일 밤에 농장에 왔다. 집
안일로 집에서 좀 늦게 출발하다 보니 농장에는 깜깜한밤에 도착하
게 되었다. 밤이지만 내일 김장을 위해서는 배추를 뽑아서 소금에 절
여놓아야 했다. 조금 서글프긴 했지만, 작업복을 갈아입고 배추를 뽑
아 날랐다. 아내는 배추를 쪼개어 소금에 절였고, 남편은 배추를 갖
다 나르고, 또 작업 과정에서 나오는 겉잎 등 부산물들은 세 발 수레
에 실어 다시 채소밭에 흩어 뿌렸다. 농장은 고지대에 있고, 또 겨울
이라 칼바람이 불고 손발이 시릴 것 같았는데 날씨가 우리를 도왔다.
바람도 불지 않고 겨울밤인데도 날씨는 참 포근해서 작업하는 데는
어려움이 없었다. 그래서 힘들이지 않고, 우리와 동생 가족, 그리고
친구네 배추까지 필요한 약 90포기를 소금에 절여놓은 후 자정이 넘
어서 잠자리에 들게 되었다.

농장에서 하룻밤을 자고 아침에 일어났다. 농장을 둘러봤는데 날씨
가 어제와 달리 약간 싸늘했고, 온 천지가 꽁꽁 얼어붙어 있었다. 싱
싱하게 자라고 있던 채소들이 하룻밤 사이에 모두가 날갯죽지 꺾인
새들처럼 잎들이 축 널브러져 있었고, 머리에는 하얀 서리를 이고 있

었다. 하얗게 세어버린 노인의 머리카락에서 세월의 흐름을 읽을 수 있듯이 서리가 내린 채소밭에서 계절이 겨울의 문턱을 넘어서고 있는 것을 볼 수 있었다.

아침 식사는 밥을 국에 말아서 김치만 가지고 때웠다. 아내는 밤새 소금에 절여놓았던 배추를 다시 씻어서 물기를 빼기 위해 평상에 널어놓았다. 아내가 배추를 손질하는 사이 남편은 쇠파이프로 말뚝을 박아 가로쇠로 걸쳐놓고 비닐하우스 안에 달아두었던 메주를 밖으로 내어 달아놓았다. 메주를 말리기 위해서였다. 그리고 지난 주말에 임시로 묻어놓은 무도 한겨울에도 얼지 않도록 다시 보온 조치를 해두고 또 감을 따고 키위도 모두 땄다. 감은 농약을 치지 않아서 그런지 열매들이 모두 떨어져서 다섯 개만 딸 수 있었고, 키위는 그런대로 한 소쿠리를 딸 수 있었다. 이렇게 겨울을 대비해서 갈무리 작업을 하다 보니 어느덧 점심때가 되었다. 아내가 점심을 먹으러 오라는 연락이 와서 하던 작업을 중단하고 점심을 먹기로 했다.

아랫집 김 교수네 집의 굴뚝에서 연기가 모락모락 올라오고 있는 것이 보였다. 굴뚝에 연기가 올라온다는 것은 부산서 이제 도착해서 군불을 때고 있다는 시그널이다. 김장을 할 때는 김장한 김치에 돼지고기 수육을 곁들여 먹으면 참 맛이 좋다. 새로운 별미가 있으면 이웃과 함께 나눠 먹는 것이 우리끼리 관습처럼 되어있다. 김 교수에게 점심을 같이하자고 했다.

김 교수는 오면서 홍어와 막걸리를 가지고 올라왔다. 아내가 임시로 무친 김치와 삶은 돼지 수육, 그리고 삭힌 홍어가 어울려 홍어삼합이 차려진 점심상이 되었다. 여기에 막걸리가 합쳐졌으니 '홍탁삼합(洪濁三合)'이 된 것이다. 홍어는 본래 호남 지방에서 즐겨 먹는 음식 정도로 알려져 있고, 홍어 맛에 익숙하지 못한 경상도 사람은 지독한 냄새가 역해서 먹기에 부담스러운 음식이다. 홍어에서 나는 악취가 어느 정도인가 하면 세계에서도 그 악취를 인정할 정도라고 한다. 세계에서 악취가 제일 많이 나는 음식은 청어를 두 달 동안이나 발효시킨 스웨덴의 청어 요리인 '수르스트뢰밍'과 한국 사람이 즐겨 먹는 '삭힌 홍어'가 투톱으로 꼽힐 정도라고 한다. 그런데 이 악취 나는 음식이 기름진 돼지고기, 매콤한 김치와 궁합을 이루면 본래의 맛과는 다른 조화롭고 새로운 맛이 창출되어 맛있는 홍어삼합이 된다는 것이다. 당초부터 '홍탁삼합(洪濁三合)'을 준비한 것은 아니었는데 어떻게 하다 보니 두 집의 음식이 합쳐져 홍탁삼합이 되었고, 점심상의 분위기도 홍탁삼합처럼 함께 어울려 먹으니 새로운 분위기가 맛을 더해주었다.

　점심을 먹은 후 친구네 부부와 함께 김치를 담갔다. 절인 배추를

공급하고, 양념에 무치고, 무친 배추에 속을 넣고, 완성품을 김치 통에 넣는 일을 분업으로 나눠서 하니, 허리 아픈 줄도 모르고 마칠 수 있었다. 김치를 담그고 나면 올해 농사도 끝이 난다. 춘삼월이 되면서 새로운 기대감을 안고 씨앗을 뿌리고, 여름에는 땀을 흘리며 채소를 가꿔왔는데, 겨울이 들어서는 이 계절에 김장을 하고 나면 일 년 농사를 마무리 짓게 된다. 지난 일 년을 되돌아보게 되었다. 주말농장에서 소박한 꿈을 가꾸어왔고, 땀의 열매를 거두면서 살아왔던 시간들이 참 아름답게 느껴지고, 마음이 뿌듯했다.

담근 김치를 차 트렁크에 실었다. 김장김치와 푸성귀들이 너무 많아 트렁크에 다 실을 수 없어 승용차 뒷좌석에도 가득 실었다. 주말농장은 이렇게 자연으로부터 무에서 유를 얻어가는 삶이 된다. 농장에 올 때는 씨앗 몇 봉지 손에 쥐고 오게 되지만 하루 일을 마치고 집에 갈 때는 이처럼 자연으로부터 풍성한 선물을 얻어가게 되는 것이다. 그래서 주말농장에서의 삶은 돈으로만 계산하면 적자일 수도 있지만, 마음에서 느끼는 풍성함을 계산에 넣으면 흑자인생을 누리는 삶이 되는 것이다. 오늘 마지막으로 김치를 담금으로써 당분간 농장에 올 일도 없을 것 같다. 하지만 우리들의 삶은 여기서 멈추지 않을 것이다. 올해보다 더 풍요로운 내년을 기대하며 겨울에도 새로운 일을 벌이게 될 것이다. 아내는 주말이면 좀 쉬라고 잔소리를 하곤 하지만 사람이 할 일이 없어 빈둥거리는 삶, 즉 무위(無爲)는 일하는 것보다 더 견디기 어려울 수도 있다는 것을 생각해보면 우리가 주말에 식물을 가꾸면서 일을 할 수 있다는 것은 축복인 것이다. 그리고 축복을 축복으로 느끼며 살아가는 삶은 더 큰 축복이 아닐까 하는 생각을 해보게 되는 것이다.

울타리를 치고 굴구이를

한겨울이 되어 연일 한파가 계속되었는데 이번 주말은 평년 기온을 되찾아 포근했다. 농장에 가서 울타리를 새로 치고 점심때는 굴구이를 해먹기로 했다. 남들은 주말이면 등산, 골프 등으로 겨울을 보내는데 우리는 겨울에도 날씨가 춥지 않으면 농장으로 가게 된다. 농장에 가면 할 일이 있고, 즐길 거리가 있기 때문이다.

농장의 겨울 풍경은 황무하고 썰렁했다. 날씨가 좀 풀렸다고 하지만 아직은 겨울이 머물고 있는 것을 볼 수 있었다. 노지에서 겨울을 보내고 있는 마늘, 양파, 시금치, 상추, 유채 등이 힘겨운 겨울을 보내고 있었다. 혹한에 맥을 못 추고 겨우 생명만 부지하고 있는 듯했다. 그래도 얼어 죽지 않고 살아있으니 다행이라는 생각이 들었다. 겨울철 혹독한 추위를 견디어내어야만 유전자를 남길 수 있는 식물들의 운명이 이런 것인가 하는 생각이 들었다. 자연의 순환과정에 따라 거쳐야 할 시련은 견디어내야 하지만 내가 뿌린 식물들이 힘든 세월을 보내고 있는 모습을 보니 주인은 안쓰럽게 느껴졌다.

오늘은 점심때 굴을 구워 먹을 예정이다. 미리 불을 지필 장작을 준비해두고 이번 주말도 울타리 설치하는 작업을 계속하였다. 울타리는 지난여름에 멧돼지들이 뚫고 들어와 옥수수와 고구마 이랑을 훑고 지나가 결딴을 내어버렸기 때문에 다시 치기로 한 것이다. 지난 주말까지 말뚝 박는 일을 마쳤고, 오늘은 쇠파이프를 가로로 연결하고 철망을 둘러칠 예정이다. 아마 다음 주말이 되면 울타리 치기를 마치게 될 것이다. 그러면 또 다음 일이 우리를 기다리고 있다. 겨울 농한기를 이용해서 꽃밭을 새로 조성할 예정이고, 시간이 나면 계곡물이 흐르는 곳 옆에는 수변 정원도 조성해볼 계획이다. 겨울은 식물을 가꿀 수 없는 농한기라고 하지만 취미생활로 주말농장을 가꿔 나가고 있는 우리에게는 농장이 단조로운 일상의 생활에서 벗어나 새로운 소일거리를 안겨주는 놀이터이고, 바쁘고 번잡하게 살아가는 도회지의 삶에서 벗어나 쉼을 얻는 휴식 공간이 되는 것이다. 그래서 농장에서의 일이 힘든 노역이 아니라 조화로운 삶을 엮어나가는 청량제와 같은 역할을 해주는 것이라는 생각을 하게 된다.

고대인들은 안락한 무위(無爲)가 그들의 꿈이었고, 일을 하지 않고 노는 것을 문명과 동일시하였던 시대도 있었다고 한다. 그리스 로마 철학자들도 일은 안 할수록 좋은 것이며, 게으름이 미덕인 것처럼 살아왔다는 것을 책에서 읽은 적도 있다. 그런가 하면 아리스토텔레스와 같은 부류의 사상가들은 일하는 궁극적인 목적은 행복을 체험하기 위한 것이라 하면서 일에서 삶의 만족을 찾기도 했다고 한다. 최근의 자료에서는 일하는 사람이 일을 하지 않는 사람보다 삶에 더 만족하면서 살아간다는 연구 발표도 본 적이 있다. 직장에서도 정년퇴직하고 할 일 없이 노는 선배들과 무언가 새로운 일을 찾아 일을 하고 있는 선배들은 얼굴 모습에서 다른 면을 보게 되는 것이다.

아직 약간은 쌀쌀한 날씨지만 일을 하는 우리를 집안에 붙들어놓을 정도의 추위는 아니었고, 처음 시작할 때는 다소 썰렁했지만 작업에 몰두하면서 울타리 치는 재미에 빠져들 수 있었다. 남들이 보면 하찮은 일 일지 모르지만, 철망을 기둥에 한 장씩 붙여감에 따라 울타리가 형성되어가는 모습이 재미가 있었다. 약 한 시간 정도 일을 했을까 배가 고프다고 생각하면서 하던 일을 멈추고 굴을 구워 먹기 위하여 불을 지폈다. 날씨가 약간은 추운 것 같아 오늘은 따뜻한 양지를 찾아 데크 앞에서 먹기로 하였다. 농장에서 구워 먹어 볼 요량으로 생굴 10kg을 사 가지고 왔고, 김해에 있는 친구도 초대했다. 장작불을 지피고 블록을 깔개 삼아 화로 주변에 둘러앉았다. 등 뒤의 싸늘함과 화로 앞의 따뜻함이 어울려 겨울만이 느낄 수 있는 낭만이 흐르고 있는 듯했고, 석쇠 위에 익어가는 굴은 생각보다는 맛이 있었다. 약간은 짭짤하면서도 향긋한 굴 특유의 향을 즐길 수 있어 참 좋았다.

굴구이를 비닐하우스나 컨테이너 하우스에서 전기를 이용하여 구워 먹으면 편리하기는 하겠으나 좀 불편하더라도 야외를 택한 것이 잘한 것 같았다. 블록을 한 개씩 들고 와서 깔개 삼아 둘러앉아서 굴을 구워 반주를 곁들여 먹으니 참 맛이 있었다. 맛도 맛이거니와 움츠렸던 삶에서 벗어나 새로운 낭만을 즐기고, 맛 여행을 해보는 그런 겨울 분위기가 좋았다. 향긋한 자연의 냄새가 코끝으로 스며드는 듯한 느낌이 들면서 구워 먹는 분위기는 부자들이 고급 식당에서 우아한 품위를 즐기면서 식사를 하는 그런 분위기보다 더 좋은 것 같은 느낌도 들었다. 밭에 둘러앉아 음식을 나눠 먹고 반찬이라야 농장에서 채취한 시금치, 배추, 그리고 된장찌개뿐이었지만 밥맛은 그야말로 꿀맛이었다.

겨울 농장은 바쁜 일도 없고 시간에 쫓겨 당장 하지 않으면 안 되는 일도 없는 만큼 먹고 싶은 것이 있으면 구해서 먹고, 쉬고 싶으면 쉬고, 일하고 싶으면 일을 하는 그러한 자유로움이 있고, 겨울 농장은 봄, 여름, 가을에 느낄 수 없는, 또 다른 전원생활의 체험이 있는 것이었다.

겨울 농장에서 먹는 붕어찜

계절은 한겨울인데 주말에는 날씨가 포근하다는 일기예보다. 초미세먼지가 '나쁨'으로 예보되었지만, 오후에는 좋아진다는 예보였다. 농장에 가서 과수원에 가지치기를 하고, 지난 주말에 말려놓았던 무말랭이가 잘 마르고 있는지 살펴보기로 했다. 친구 부부와 함께 차를 몰고 삼랑진읍을 지나는데 마침 오일장이 서고 있었다. 차가 지나가는 도로 주변에는 사람들이 북적대고, 시골서 가져온 농산물들이 즐비하게 널려있었다. 그중에 민물고기를 파는 곳이 눈에 띄었다. 아내들이 오늘은 점심으로 붕어찜을 해먹자고 했다.

문득 어릴 적 시골서 자라면서 붕어찜을 먹었던 기억이 났다. 초등학교 시절 대나무 장대를 메고 낚시를 가서 제법 많이 잡아오면 어머니께서 붕어찜을 해주셨고, 적게 잡아오면 '돼지 갖다 주라'고 하셨던 기억이 났다. 겨울이 되면 동네 어른들이 연을 캐기 위해 연못에 있는 물을 퍼내면 연못에 살던 가물치, 잉어, 붕어, 메기 등 온갖 민물고기들을 잡을 수 있었다. 그날은 동네에서 붕어찜 등 민물고기 반찬이 식탁을 풍성하게 꾸몄던 기억도 났다. 붕어는 겨울이 제철이라 그때, 그 시절의 맛을 느껴보고 싶어 6마리에 1만2천 원을 주고 사 가지고 왔다.

농장에 와서 지난 주말에 말려놓은 무말랭이부터 살펴봤다. 곰팡이가 슬지 않았을까 염려했는데 깨끗하게 잘 말라있었다. 햇볕이 통하는 비닐하우스 안에 그물 선반을 매달아 햇볕과 공기가 통하도록 한 것이 적절했던 것 같았다. 지난 주말과 비교하면 꼬들꼬들하게 잘 말라 있었지만 아직 수분이 조금 남아있는 것 같아 집으로 가져가서 건조기에 넣어 남아있는 수분을 완전히 빼서 저장하기로 하였다.

겨울을 나고 있는 채소들을 살펴봤다. 모두가 추위에 시련을 견디어내며 힘들게 겨울을 지내고 있었는데 각각의 생존 방식은 달랐다. 상추, 대파 등은 시래기처럼 말라버린 겉잎을 이불 삼아 추위를 피하며 속잎이 살아있었고, 유채, 시금치 등은 땅에 바짝 붙어서 찬바람을 피하며 겨울을 지내고 있었다. "시련 없이 영광도 없다."라는 말이 식물에게도 적용되는 것 같이 느껴졌다. 아무쪼록 봄이 올 때까지 얼어 죽지 않고 이런 혹한의 시간들을 잘 견디어내기를 바랄 뿐이다.

농장을 둘러본 후 붕어찜을 해먹을 준비를 하였다. 두 부부가 점심 반찬으로 먹을 분량이면 한두 마리 사서 냄비에 끓여 먹어도 되는데 우리는 큰 것을 여섯 마리나 사 가지고 와서 가마솥에 불을 지펴서 해먹기로 하였다. "부분의 합이 전체가 되는 것이 아니다."라는 말이 있다. 음식은 요리연구가들이 말하는 것처럼 간장, 된장, 소금, 채소 등의 비율만 맞추면 맛이 나는 것이 아니다. 같은 비율로 적은 것을 냄비에 넣어 끓이는 것과 많은 것을 가마솥에 넣어 함께 끓이는 것은 맛이 다른 것이다. 가마솥에 한꺼번에 많이 대량으로 안치면, 무와 시래기, 그리고 붕어가 양념과 한데 어울려 내는 맛이 따로 있는 것이다. 붕어를 필요 이상으로 많이 사 가지고 와서 가마솥에 끓이는 것도 옛날 분위기를 느끼고, 옛날 그 맛을 느껴보고 싶어서 그렇게 한 것이다.

우리가 농사지어 보관해두었던 무를 꺼내고, 무청으로 만들어 냉장고에 저장해두었던 시래기도 꺼내서 씻고 썰어서 가마솥에 넣고 불을 지폈다. 시간과 공간을 거슬러 옛날 유년 시절로 되돌아간 느낌이 들었다. 문명이 발달하고 먹을 것이 풍부한 오늘을 살아가지만, 마음은 늘 옛날을 그리며 살아가는 우리 자신을 보게 된다.

마늘 이랑과 양파 이랑에는 잡초가 무성하게 자라고 있었다. 붕어찜이 익는 동안 남편들은 잡초를 뽑았다. 보온과 수분 유지를 위해 투명비닐로 멀칭을 해서 심었더니 비닐 아래서 큰개불알풀과 광대나물 등 잡풀이 빼곡하게 자라고 있었던 것이다. 이 겨울에 잡초를 뽑는 사람이 우리 말고 또 있을까 하는 생각이 들었다. 노지에서 추위를 이겨내며 살아가는 월동채소들도 생명력이 대단하지만, 이 혹한의 추위에 우리가 가꾸고 있는 채소들의 영양을 뺏어 먹기 위해 기생하는 잡초들도 정말 대단한 생명력이라는 생각이 들었다. 일반 농부들은 제초제를 쳐서 그냥 방치해도 되는지 모르겠는데 우리는 제초제를 치지 않고 심어서 그런지 겨울에도 잡초를 뽑아주어야 했다.

가마솥에 붕어찜을 안친지 한 시간 정도 지났다. 점심때가 지나가고 있었고 배가 고파왔다. 밭에서 잡초를 뽑고 있는데 아내가 붕어찜이 잘 되었다며 와서 보라고 하였다. 가마솥에는 김이 무럭무럭 나는 가운데 무, 시래기, 붕어와 양념이 한데 어우러 맛있는 붕어찜 냄새

가 났다. 맛은 혀가 느끼기 전에 우리의 뇌가 먼저 맛을 본다고 한다. 맛을 느끼는 것은 미각뿐만이 아니고, 시각과 청각, 후각, 촉각이 맛에 미치는 영향이 미각만큼 중요하다는 말도 있다. 단순하게 아파트에서 전기와 가스를 이용해서 요리한 붕어찜이 아니고 우리 농장에 와서 가마솥에 장작불을 때면서 연기를 마시고 눈물을 흘리며 음식을 만들었으니 맛이 없을 리가 있을까 하는 생각이 들었다. 겨울이면 농장에 와서 이렇게 붕어찜 같은 별미를 만들어 먹는 것도 주말농장의 재미 중 하나라는 생각도 들었다. 오늘은 날씨도 포근해서 잔디밭에서 먹으면 분위기가 한 맛을 더해줄 것 같았는데 아내가 춥다며 방에서 먹자고 했다. 밭에서 일을 할 때는 주권이 남편에게 있지만, 식사를 할 때는 주권이 아내에게 있다. 아내의 요구를 거절할 수 없어 부득이 실내에서 점심을 먹게 되었다.

점심상은 소박하고 단출했다. 농장에서 자라고 있는 시금치로 나물을 무치고, 겨울 밭에서 자라고 있는 유채를 뽑아서 겉절이를 하고, 김장해둔 김치를 꺼

내 올려놓고 여기에 메인 메뉴로 붕어찜을 차린 것이 전부였다. 하지만 우리에게는 한 상 가득 차려진 한정식 음식들보다 더 풍성하게 느껴졌다. 재미있고 소박한 삶의 이야기들이 있고, 옛날 어머니의 손맛을 느껴볼 수 있었기 때문일 것이다. 제일 먼저 젓가락이 간 것은 붕어가 아니고 시래기였다. 시래기는 질기지 않고 식감과 맛이 좋았다. 다음으로 삶아진 무를 먹어봤는데 이것도 맛이 있었다. 푹 삶아진 무에 붕어와 양념이 스며들어 일품이었다. 마지막으로 붕어를 한 조각 입에 넣어봤다. 일반 생선과 달리 육질이 쫄깃쫄깃하며 비린내도 나지 않아 우리가 기대했던 것 이상이었다. 붕어찜과 함께 채소를 곁들이니 오늘의 점심상은 우리들의 진수성찬이 되었다.

맛있는 것은 친구와 함께 먹을 때 더욱 맛이 더해지는 것이다. 늘 함께 와서 땀 흘리고 식물을 가꾸며 함께 살아가는 친구 부부가 있어 더욱 맛나게 느껴졌고, 더 이상 부족함이 없는 것 같은 느낌이 들었다. 계절은 추운 겨울이어서 몸과 마음이 움츠러들게 되지만 농장에 오면 뭔가 새롭고 재미있는 삶이 늘 우리를 기다리고 있는 것 같다. 마음이 젊으면 다이내믹한 삶이 보이고, 마음이 늙으면 모든 일이 귀찮게 보이는 것이 인생 후반부의 삶이 아닐까 하는 생각을 해보게 된다.

제4장 야생초 편지를 읽다

쌈 채소의 대표, 상추

누구나 주말농장을 시작하게 되면 제일 먼저 심어보는 것이 상추다. 상추는 가꾸기가 쉬울 뿐만 아니라 맛이 싱그럽고 아싹아싹 씹히는 느낌이 좋아 우리가 즐겨 먹는 쌈 채소이기 때문이다. 상추를 먹을 때는 따로 요리할 필요도 없이 쌈장만 준비하면 되고, 맛과 영양을 즐기려면 고등어조림을 하여 함께 곁들여 먹으면 그저 그만이다. 상추는 샐러드나 겉절이로 즐겨 먹기도 하고, 초여름 꽃대가 올라오게 되면 줄기와 함께 잘라서 상추물김치를 담가 먹어도 좋으며, 회나 고기를 구워 먹을 때도 없어서는 안 되는 채소가 상추이다.

상추는 또한 영양 면에서도 좋다고 한다. 다른 엽채류에 비하여 무기질과 비타민의 함량이 높으며, 특히 철분이 많아 혈액을 증가시키고 맑게 해주는 효능이 있어 전 세계적으로 많이 이용되는 채소 중의 하나이다. 특히 상추에는 육류에 부족한 섬유소와 비타민이 풍부하기 때문에 돼지고기와 영양상으로 조화를 이루고, 돼지고기의 콜레스테롤 축적을 막아 동맥경화증과 고혈압을 예방하는 데 도움을 준다고 한다. 또한, 상추의 줄기에는 우윳빛 즙액이 나오는데, 이 즙액에는 진통과 최면 효과가 있는 락투세린과 락투신이 들어있어 스트레스를 감소시켜주고 신경을 안정시키는 데 도움을 주고, 신경을 안정시킴으로써 숙면 유도에도 도움이 된다고 한다.

이러한 상추는 재배 역사가 오래되었다고 한다. 기원전 4500년경의 고대 이집트 피라미드 벽화에 상추를 먹는 모습이 그려져 있고, 기원전 550년에 페르시아 왕의 식탁에 올랐다는 기록도 있으며, 그리스·로마 시대에 중요한 채소로 재배했다고도 전해진다. 상추가 한국에 전래된 연대는 확실하지 않으나 중국의 문헌에 고려의 상추가 질이 좋다는 기록이 있는 것으로 보아 최소한 고려 시대 이전부터 재배한 것으로 짐작된다.

한편 상추에 대하여 전해 내려오는 재미있는 이야기가 있다. 조선 시대 가정생활의 지혜를 모은 백과사전이라 할 수 있는 『규합총서(閨閤叢書)』에 의하면 "뱀이 상추에 스치면 눈이 머는 까닭에 감히 상추밭을 지나지 못하니 상추를 많이 심으면 뱀이 적다." 하여 뱀과 상추는 상극임을 밝히고 있다. 보통 허물을 벗기 위하여 소금기(鹽分)가 필요한 뱀은 소금이 함유된 간장과 된장 등이 있는 장독대에 자주 출몰하게 된다고 하는데, 뱀을 물리치기 위하여 장독대 옆 텃밭에 상추를 심었다는 우리 조상들의 지혜로운 이야기도 전해져 내려오고 있다.

우리 민족이 즐겨 먹고 생활과 밀접한 관련이 있는 상추는 가꾸기도 쉽다. 그래서 주말농장을 시작하면 누구나 제일 먼저 가꾸어보는 것이 상추다. 보통 다른 채소들은 재배하는 과정에서 제일 성가시게 붙는 것이 진딧물이고, 그 밖에 병충해로 인하여 농약을 쳐야 할까 말아야 할까 망설일 때도 더러 있으나, 상추는 진딧물도 잘 붙지 않고, 벌레가 갉아먹는 예도 거의 없다. 퇴비를 적당히 넣어 삭힌 후 씨 앗만 뿌려두고 수분과 온도만 적당하면 그냥 잘 자라며 별다른 노력 이나 경험이 필요 없다.

상추의 발아와 생육에 적당한 온도는 15~20℃이라고 하는데 30℃이상에서는 생육이 억제되 며 병해가 많이 발생한다고 한 다. 그래서 내서성이 약한 반면, 남부 지방에서는 겨울에도 월동 할 수 있을 정도로 내한성은 강 한 편이다. 일반적으로 우리나 라에서는 봄과 가을에 재배하게 되는데, 아무래도 봄에 재배해서 먹는 맛이 가을에 재배해서 먹는 맛 보다 좋은 것 같다. 그리고 한여름에는 고온 때문에 재배하기가 어려 운 편인데, 우리 농장의 경우 해발 400m가 넘는 고지대에 있는 점 을 이용하여 여름에 차양을 쳐서 지표면 온도를 낮추는 방법으로 재 배해보기도 하였다. 하지만 상추는 더위에 약한 식물이고, 기온이 30 이상이 되면 생육이 어렵기 때문에 아무래도 발육이 튼실하지 못하 고 맛도 초봄의 상추에 비할 바가 못 되는 것 같았다.

상추를 심을 때 주의할 점은 상추는 많은 양이 필요한 채소가 아니기 때문에 봄가을에 종묘상에 가서 모종을 구입하여 심는 것이 편리한 방법이나, 씨앗으로 파종할 경우에는 다소 주의가 필요하다. 씨앗 파종에 대해서 보통 농사 교과서에서는 줄뿌림을 하도록 하고 있으나 취미로 가꾸는 주말농장의 경우 흩어뿌림을 하는 것도 좋을 것 같다. 씨앗을 뿌려서 상추가 조밀하게 올라오게 되면 솎아내게 되는데 솎아서 먹는 어린 상추의 맛은 수확기에 잎을 따서 먹는 상추와는 또 다른 맛이 있고, 솎아내기를 해서 먹으면 포기째로 함께 먹을 수 있어 잎의 싱그러운 맛과 줄기 부분의 쌉싸래한 맛이 입안에서 어울려 더욱 조화로운 맛을 즐길 수 있다.

그리고 일반적으로 다른 채소들은 대부분 솎아내기를 할 때 튼실한 것을 남기고 부실한 것을 솎아내는데, 상추는 튼실하게 먼저 자란 것부터 솎아 먹으면 부실하게 자란 것이 일주일 사이 튼실하게 자라게 되고, 조밀한 부분도 적당한 간격으로 유지되게 되는 장점이 있다.

상추 씨앗을 뿌리고 흙을 덮는 것은 종자에 대한 수분 공급과 바람, 비 등에 의한 종자의 이동이나 새들에 의한 해를 방지하기 위해서인 데 씨앗을 뿌리고 흙을 얼마나, 그리고 어떻게 덮는 것이 좋은지에 대하여 우리가 처음 농사지을 때를 생각하면 초보 농군들에게는 감이 잡히지 않을 때가 많을 것이다. 일반적으로는 농사서적에서 씨앗을 넣는 깊이는 씨앗 두께의 3~5배가 적당하다고 되어있으나 품종에 따라 다르고, 초보 농군에게는 그게 감이 잡히지 않는다. 특히 상추와 같이 발아를 할 때 햇빛이 있어야 발아가 잘되는 호광성(好光性) 식물은 흙을 너무 많이 덮으면 발아율이 떨어진다. 그래서 상추 재배에 경험이 있는 분들의 경험담을 들어보면 상추와 흙을 적당히 섞어 함께 뿌리거나, 씨앗을 뿌린 뒤 빗자루 같은 것으로 쓸어주기도 한다고 하는데 우리는 씨앗을 뿌린 후 씨앗이 보일 듯 말 듯 흙을 잘게 부수어 뿌려주는 방식으로 덮어주고 있다.

한편 상추의 종류는 여러 가지가 있으나 우리나라에서는 주로 잎상추를 심어 가꾸는데 잎상추에는 축면상추가 있고, 치마상추가 있다. 축면상추는 잎이 오글오글한 정도에 따라 주름이 많기 때문에 축면상추(오그라기 상추)라고 부르고, 치마상추는 잎이 좁고 기다라면서 치마처럼 생겼다 하여 치마상추라고 부른다 한다. 그런데 축면상추와 치마상추는 다시 잎 색깔에 따라 붉은색이냐 녹색이냐에 따라 적축면상추와 청축면상추, 적치마상추와 청치마상추로 나눈다고 한다. 축면상추와 치마상추는 수확하는 방법이 다른데 치마상추는 주로 한 잎씩 잎을 따서 수확하는 것이 일반적이고, 축면상추는 포기 째 뽑아 먹는 것이 일반적이다.

취미로 채소를 가꾸어서 내 가족이 먹는 주말농장에서는 농사에 대한 기본 상식은 있어야겠지만, 농사 교과서대로 반드시 따라야 할 필요는 없는 것 같다. 일반적으로 상추를 가꿀 때도 일반 농가에서는 화학비료를 주로 사용하고, 속성재배와 엽면의 표면을 튼튼해 보이기 위하여 엽면에 영양소를 뿌려서 재배하는 것으로 알고 있는데 취미로 가꾸는 주말 농부는 퇴비를 주로 사용하고, 유기농은 아닐지라도 유기농에 가까운 방식으로 상추를 가꾸게 된다. 이렇게 하면 상업적으로 재배한 상추와 비교해서 맛도 다르고, 신선도도 오래 유지되고 조직이 치밀해 저장성도 높은 것을 알게 된다.

농사 이론은 경제적으로 적은 노력을 투입하여 많을 수확을 얻기 위한 안내서인데 취미로 주말농장을 가꾸는 농부는 많은 수확도 중요하지만 가꾸는 재미와 맛있는 상추를 생산하여 내 가족이 먹는 것이 더 중요하기 때문에 우리에게 필요하고 맞는 영농 방법을 개발하는 것이 좋지 않을까 하는 생각을 하게 된다.

피망과 파프리카는 어떻게 다를까?

농장에는 봄이 와있었다. 초봄에 뿌려둔 식물들은 뿌리를 내리고 있었고, 채소밭은 갈색에서 녹색으로 변해가고 있었다. 이와 동시에 성가신 잡초들도 번져가고 있었다. 빛이 있으면 그림자가 있는 법이다. 오늘은 고추 등 모종을 옮겨 심을 예정으로 농장에 왔다. 먼저 꽃대가 올라오고 있는 시금치와 대파를 뽑아내고 밭을 갈았다. 잡초들이 경운기 로터리에 잘리면서 풋풋한 풀냄새가 나고 있었다. 시골 냄새가 풍겨나고 있었던 것이다. 평소에는 도회지에서 사무를 보며 살아가지만, 주말이 되어 농장에 오면 농부로서 삶을 즐길 수 있어 참 좋다. 친구와 둘이서 이랑을 만들고 멀칭을 한 다음 아내들을 불렀다. 일도 손발을 맞춰서 하면 능률이 오르거니와 하는 일도 재미가 있다. 한 사람은 지지대를 박고, 한 사람은 구덩이를 파고, 또 한 사람은 물을 주고, 나머지 한 사람은 모종을 옮겨 심었다. 봄이 올 때부터 상추, 쑥갓 등을 뿌려왔고, 이번 주말에는 모종으로 옮겨 심을 채소들을 다 심었다. 이제 채소밭은 더 심을 공간이 없을 정도로 거의 다 채워졌다.

일을 마치고 오늘 심은 것을 살펴보았다. 일반고추 100포기, 아삭이고추 10포기, 청양고추 10포기, 피망 5포기, 파프리카 5포기, 고추 종류만 해도 이렇게 많이 심었다. 그리고 오이 5포기, 방울토마토 10포기, 수박 5포기, 가지 5포기, 참외 5포기, 옥수수 30포기, 브로콜리 6포기, 케일 5포기를 사 가지고 와서 옮겨 심었다. 그런데 피망과 파프리카는 어떻게 다른지도 모르고 그냥 심었다. 모종 가게에서 따로 팔고 있어, 따로 사 가지고 와서 심었는데 이참에 어떻게 다른지 알아보았다. 농사에 관한 서적과 인터넷에서 자료를 수집해본 결과 피망과 파프리카는 동일한 작물이며, 파프리카는 개량된 피망인 것을 알게 되었다. 한국원예학회에서 발간한 원예학 용어집에서도 둘 다 단고추(sweet petter)로 분류되고 있었는데, 우리나라에 들어온 시기에 따라 달리 불리게 되었다고 하였다. 먼저 국내에 들어온 단고추인 피망은 프랑스어 'piment'의 일본어 발음에서 이름이 유래되었고,

일본을 거쳐 우리나라에 수입되면서 우리나라에서도 '피망'으로 불렀다고 한다. 그리고 파프리카는 피망의 개량종으로서 나중에 수입되었고 희랍어인 'paprika'라는 이름이 붙어 파프리카로 불렸다고 한다. 그런데 우리나라에서는 피망과 파프리카를 다른 채소로 인식하는 경향이 있는데, 서양에서는 과육의 특성이 조금 다를 뿐 같은 분류로 보고 있다는 것이다.

 이러한 가운데 굳이 차이를 살펴보면 피망은 보통 고추와는 달리 맛이 달고 매운맛이 나는 편이며, 육질이 질긴 편으로 잡채나 볶음요리, 피자 등의 익힌 요리에 주로 활용되고 있고, 파프리카는 단맛이 강하고 아삭아삭하게 씹히며 고추의 매운맛 성분인 캡사이신이 거의 들어 있지 않아 맵지 않고 당도는 피망보다 1.5~2배 정도 높으며, 다채로운 색상을 지니기 때문에 주로 샐러드 재료 등 생식으로 주로 활용된다고 한다. 외형 형태를 보면 피망은 모양이 길쭉한 형태를 띠며 색깔은 익으면 빨간색과 초록색 두 종류밖에 없는 데 비하여, 파프리

카는 과피의 두께가 피망보다 두껍고, 모양이 둥글며 색깔은 빨간색, 주황색, 노란색, 자주색 등 다양한 색깔을 띠고 있어 외형 형태로도 구별할 수 있다. 그러나 최근에는 피망과 파프리카 구분 없이 한 요리에 같이 활용되는 것으로 알려져 있었다.

한편 파프리카와 피망의 영양적인 면에서 알아보니 둘 다 변비 예방에 효과적인 식이섬유, 혈압 조절을 돕는 칼륨이 상당량 들어있다고 한다. 또 '비타민 캡슐'이라 불릴 만큼 베타카로틴(체내에 들어가 비타민 A로 바뀜), 비타민 C 등이 풍부하다. 암을 예방하고 억제하는 효능을 지니고 있고 유해(활성)산소를 없애는 항산화 성분인 베타카로틴은 붉은색·주황색 파프리카나 붉은색 피망이 녹색에 비해 베타카로틴이 10~20배나 더 들어있다고 한다. 그래서 주스나 녹즙 등으로 애용되고 있으며, 또한 베타카로틴은 지방에 녹는 지용성(脂溶性)이기 때문에 피망이나 파프리카는 기름에 살짝 볶아 먹거나, 샐러드로 즐길 때는 식용유를 살짝 뿌려 먹도록 권한다. 파프리카는 비타민 C의 함량이 토마토의 5배, 레몬의 2배이며, 당도 또한 높은 채소이다. 또한, 비타민 A, E, 카로틴, 섬유소, 철분, 칼슘, 칼륨 등이 풍부해 현대인에게 꼭 필요한 비타민 공급원이며 피부노화를 억제하고, 눈(目)에 필요한 충분한 비타민을 공급해 스트레스에 시달리는 직장인과 성장기 어린이에게 좋은 채소라고 한다.

결론적으로 파프리카와 피망은 차이가 있는 것이 아니고 피망을 개량해서 만든 식물이 파프리카이며, 명칭의 혼동은 외래어의 수입에서 비롯된 것이라는 얘기인데 굳이 차이를 둔다면 당초 녹색과 붉은색

만을 지닌 피망보다 다양한 색깔을 지닌 파프리카가 영양면에서 좋다는 것이다. 주말이 되면 일상을 벗어나 농장에 가서 식물을 가꾸는 것도 재미가 있지만, 우리가 가꾸어오면서 지금까지 몰랐던 식물에 대한 상식을 알아가는 것도 호기심을 채우는 재미가 있다. 계절에 따라 농사를 짓는 농부에게는 경험이 중요하겠지만, 우리가 가꾸는 채소에 대하여 상식을 넓히면 재미를 더하게 되는 것 같다.

가시엉겅퀴에 담긴 이야기

농장에는 6월이 오고 있었고, 장미꽃이 피기 시작하는 시간대를 지나고 있었다. 양파는 뿌리가 들면서 줄기가 쓰러지기 시작했고, 마늘도 줄기가 마르기 시작했다. 오늘은 엉겅퀴를 채취하고 쉬엄쉬엄 쉬어가면서 하루를 보낼 계획을 하고 농장에 왔다. 그런데 막상 와보니 해야 할 일들이 많이 눈에 띄었다. 이랑 사이에 번져가는 잡초를 뽑아야 하겠고, 얼갈이배추도 뽑아야 하며, 완두콩도 거둘 때가 되었다. 상추, 근대 등은 솎아주어야 하며, 꽃대가 올라온 대파는 뽑아내고 다시 열무와 상추씨를 뿌리고, 고추, 토마토, 오이, 가지 등도 곁순을 따주어야 할 때가 되었다. 농장에 올 때는 계획에 없었는데 채소들마다 주인의 손길을 기다리고 있는 것이었다.

농장을 둘러보고 있는데 풀밭에서 달콤한 냄새가 나고 있었다. 잡초 속에서 자라고 있던 딸기들이 익어있었던 것이다. 심지도 않고 가꾸지도 않았고, 주인이 눈길도 한 번 주지 않았는데 오늘 와보니 빨간 열매들을 앙증맞게 달고 있었다. 한 알을 따서 입에 넣어보았다. 맛이 참 달콤했다. 시장에서 사 먹는 큰 딸기의 단맛이 작은 열매에 응축되어 들어있는 것 같았다. 이럴 때는 '손자들을 데리고 왔으면 참 좋았을걸.' 하는 생각이 들었다. 딸기를 따는 일이 손자들에게는 재미있는 놀이가 되고, 또 간식거리로 맛을 즐길 수 있기 때문이다. 거름이라도 좀 주고 잡초도 뽑아주면서 관리를 해주었더라면 좀 더 굵고 맛있는 열매를 얻을 수 있었을 터인데 하는 아쉬움이 들기도 했다. 점심때 후식으로 먹으면 좋을 것 같아 조금만 따고 나머지는 집에 갈 때 따기 위하여 남겨두었다.

먼저 고추, 토마토, 오이, 가지 등의 곁순부터 따주고 이랑 사이에 난 잡초도 뽑으면서 오전 일을 마치고 점심을 먹기 위해 원두막에 올

랐다. 오늘 점심은 농장에 오면서 사 가지고 온 김밥과 족발 그리고 후식으로 먹을 딸기가 전부다. 그런데도 농장에서 점심을 먹으면 참 맛이 있고, 즐겁다. 주말이 되어 농장에 오면 일하는 즐거움이 있고, 쉬는 즐거움이 있으며, 맛있는 점심을 먹는 즐거움이 있다.

점심을 먹고 나니 너무 더웠다. 시원해지기를 기다리며 낮잠을 한숨 잤다. 더위가 한풀 꺾일 때쯤에 일어나 다시 일을 시작했다. 뽑아낼 것은 뽑아내고, 솎아낼 것은 솎아내었다. 그리고 열무와 상추도 다시 뿌려두었다. 일을 하다 보니 서산에 해가 넘어가고 있었다. 몸과 마음이 바빠지기 시작했다. 낮에는 여유로운 시간을 보냈는데 집에 돌아갈 때가 되면 항상 이렇다. 채소들은 더운 낮에 뽑아두면 빨리 시들기 때문에 오후로 미루다 보니 이렇게 되는 것이다. 남편이 채소들을 뽑아내고, 솎을 것은 솎아서 소나무 그늘로 옮겨 놓으면, 아내가 간추려서 종이박스와 비닐봉지에 담았다.

일을 마치고 집에 돌아갈 채비를 하고 있는데 문득 엉겅퀴를 베지 않은 것이 생각났다. 사실 오늘 해야 할 일 중 제일 우선순위에 두었던 것이 엉겅퀴였는데 싱싱한 것을 가져가기 위해서 뒤로 미루다 보니 그만 놓쳐버린 것이다. 날이 어두워지고 있지만 지금 꽃이 피고 있는 엉겅퀴는 이번 주말에는 베어야 하고, 뒤로 미룰 수가 없었다. 과수원에는 엉겅퀴가 군집을 이루며 자라고 있었고, 이전에는 잡초로 생각하고 모두 베어버렸는데 최근에 관심을 가지고 엉겅퀴에 대하여 알아보았더니 단순한 잡초가 아니었다. 엉겅퀴에 얽힌 얘기로는 저주의 대상이 되기도 하고, 나라를 구한 구국의 식물로 대우받기도 하였다. 식물로서 엉겅퀴는 잎에 가시가 나있어 사람은 물론 짐승들도 피해갈 정도로 기피하는 잡초로 치부되는가 하면, 잎이 부드러울 때는 나물로 무쳐 먹는 등 식용으로 사용되기도 하고, 실리마린이라는 성분이 풍부하여 간장 질환 예방, 지혈 작용 등을 치료하는 약제로 사용되고 있었던 것이다.

성경의 기록을 살펴보면 창세기에서 아담이 타락한 후에 하나님의 징계를 받는 기록이 나온다. 창세기 3장에서는 아담과 이브가 선악과를 따먹은 후에 아름답고 먹기 좋은 나무가 자라던 땅이 저주를 받아 '땅에서는 가시와 엉겅퀴가 돋아나 인간이 수고하고 땀을 흘려야 먹을 양식을 얻는다'는 내용이 있다. 성경적 의미에서 엉겅퀴를 보면 하나님이 인간에게 내리신 저주의 표상이요, 황폐의 상징으로 표현하고 있는 듯하다. 그런데 스코틀랜드에서는 나라를 구한 꽃으로서 추앙받고 있다는 것이다. 역사를 거슬러 올라가 보면 옛날 바이킹 족의 일파인 데인 족(the Danes)이 스코틀랜드의 영토를 침입하였는데

스코트족이 눈치채지 못하도록 어두운 밤에 요새를 점령하기로 하고 소리를 내지 않기 위하여 모든 병사가 맨발로 접근하였다고 한다. 그런데 거의 다 접근하였을 때 가시투성이의 엉겅퀴를 밟은 한 병사가 내지른 "아얏!" 한마디 소리에 들통이 나 모든 작전이 수포가 되고 맹렬한 반격에 오히려 궤멸되어버렸다고 한다. 그래서 스코틀랜드에서는 '나라를 구한 꽃'이라 하여 국화로 사랑받고 있으며, 왕가의 문양이나 동전의 문양으로 사용되고 엉겅퀴 훈장도 제정되었다고 한다. 이렇게 엉겅퀴는 저주의 상징으로 표현되어있는가 하면 구국의 상징이 되기도 하는 두 가지 얼굴을 지니고 있었다.

한편 식용으로 보면 엉겅퀴 잎줄기에는 단백질, 탄수화물, 지방, 회분, 무기질, 비타민 등이 함유되어있는 영양가 높은 식품이기도 하다. 봄에 돋아나는 비교적 가시가 연한 어린잎을 이용하여 살짝 데쳐서 약간 쓴맛을 우려낸 뒤 나물로 무치기도 하고 볶아도 먹고 국거리로도 이용하며, 일본이나 미국, 유럽 등지에서는 어린 순보다 크게 자란 줄기 중 굳어지지 않은 것을 잘라 잎을 쳐내 버리고 껍질을 벗긴 후 생으로 샐러드나 국거리, 튀김 등에 이용하며 삶아서 볶음이나 조림, 절임 등 다양하게 조리하여 먹는다고 한다.

그리고 엉겅퀴에는 실리마린이라는 성분이 들어있어 간세포의 신진대사를 향상시켜주고 해독작용 또한 뛰어나 약재로 쓰이고 있는 것으로 알려져 있었다. 이 밖에 지혈 효과와 항균 효과도 좋으며, 어떤 사람은 엉겅퀴를 먹고 암을 극복했다는 경험담을 유튜브에 올린 사람도 있었다. 한방에서는 엉겅퀴가 이뇨, 해독, 소염작용이 있으며, 열이 혈액의 정상 순환을 방해하지 않도록 다스리는 데 약재로 쓰이는 것으로 되어있었다.

지금까지 잡초로 생각하고 베어버렸지만 귀한 성분을 지닌 약재인 것을 알고 올해부터 엉겅퀴를 챙겨서 먹을 계획을 하였다. 해는 서산으로 넘어갔지만, 그냥 두고 집에 갈 수가 없어 다시 작업복을 갈아입고 엉겅퀴를 베었다. 과수원에 군집을 이루어 자라고 있어 짧은 시간에 벨 수 있는 일은 아니었다. 하지만 버리기가 아까워 베어서 소나무 아래 갖다 놓고 부대에 담아갈 수 있도록 잘게 썰었다. 해가 지고 어둠이 내릴 때는 등을 켜고 줄기를 잘라서 자루에 담았다. 그리고 집에 가져와 즙을 짜는 가게에 맡겨 즙을 짰는데 모두 6박스나 되었다. 양이 너무 많아 나눠 먹을 이웃을 챙겨야 했다. 지금까지 상추 등 푸성귀를 나눠 먹은 일은 더러 있었는데 이번 주말에는 엉겅퀴즙을 나눠 먹어야 하는 수고를 하게 됐다. 그럼에도 불구하고 우리는 엉겅퀴로 인해 풍성함을 느낄 수 있었다. 주말농장으로 인해 남이 가지지 않은 것을 내가 가지고 있고, 그것을 이웃과 함께 나눌 수 있으니 우리는 부자로 살아가는 것이다.

'식탁 위의 불로초'라고 불리는 양파

올해는 양파가 대풍이라고 한다. 대풍이면 농민들이 좋아해야 하는데 공급과잉으로 인해 가격이 폭락하여 울상을 짓고 있다는 보도를 접하게 된다. 농민단체 등은 정부에 대하여 "가격이 폭락한 농산물을 전량 수매해달라."라고 요구하고 있고, 한국농어촌공사 등 유관 기관들은 농민들의 소득을 보전해주기 위해 '양파 소비 촉진 캠페인'을 벌이고 있다고 한다. 그리고 농협 등은 과잉 생산된 양파를 수출하기 위해 판로를 모색하고 있으며, 백종원 씨 같은 요리전문가들은 양파 가격 폭락으로 시름에 잠긴 양파 농가를 돕기 위하여 양파를 맛있게 먹는 방법을 개발하고, 양파 효능을 널리 알려서 소비 촉진을 돕고 있는 것을 보게 된다.

주말농장을 하면서 농사를 지어오고 있는 우리는 농민들의 시름이 얼마나 클지 짐작이 된다. 양파를 생산하려면 비료값 등 많은 투자 비용이 들고, 심고 가꾸고 거두기 위해 많은 인건비가 들어가야 하는데 원가를 회수하지 못하고 적자를 보게 되면 그 심정이 얼마나 허탈할까?

그런데 주말농장을 하는 우리도 올해는 양파를 과잉생산했다. 양파는 여러 가지 음식에 다용도로 활용되기도 하고, 건강에도 좋은 채소로 알려져 있어 지난가을에는 평년보다 좀 많이 심으려고 한 것이 필요 이상으로 많이 심게 되었다. 양파를 뽑아 망에 담아보니 수확량이 무려 22포대나 되었다. 취미로 채소를 가꾸는 우리에게는 천문학(?)적인 수확량이라고 해도 과언이 아닐 성싶었다. 많은 것을 수확하다 보니 보관하는 데 문제가 생겼다. 양파는 수확하고 옮기는 과정에서 조금이라도 상처가 생기면 진물이 나며 썩게 된다. 또 썩은 것이 하나 있으면 접촉해있는 다른 양파들이 연쇄적으로 썩게 되어 오래 보관할 수가 없게 된다. 그리고 상처가 나지 않고 잘 말린 것도 수확 후 3~4개월의 휴면 기간이 지나면 싹이 나게 된다. 저온 창고를 활용할 수 없는 우리는 이것을 오래 보관할 수가 없어 싱싱할 때에 이웃이나 지인들에게 나눠줘야 했다. 20kg이나 나가는 양파망을 차에 실어 지인들에게 나눠주는 것도 보통 일이 아니어서 애를 먹었다.

그런데 양파에 대해 제대로 알고 보면 양파가 풍년으로 과잉생산되었다고 해서 천덕꾸러기로 취급될 채소는 아닌 것 같다. 양파는 향미를 내는 채소로서 세계적으로 널리 활용될 뿐만 아니라 지방과 콜레스테롤이 혈관에 축적되는 것을 방지하는 건강 기능 식품으로도 많이 이용되고 있다. 그래서 서양에서는 '식탁 위의 불로초'라고 불리고 있으며, 요리에 가장 많이 쓰이는 향신료가 양파라고 한다. 서양에서는 '양파를 매일 챙겨 먹으면 의사가 필요 없다'고 할 정도로 각광받고 있으며, 고대 올림픽 선수들은 체력 보강을 위해 양파즙을 먹었고, 이집트의 고분벽화에도 양파가 등장하며 피라미드를 건설하던 노동자들의 원기를 북돋워 주는 음식으로 사용하였다는 기록도 있다. 양파는 전 세계적으로 토마토, 수박과 함께 생산량이 많은 3대 채소 중 하나로 꼽히고 있고, 우리나라에서도 양파는 알싸하면서도 단맛을 느낄 수 있어 대표적인 양념 채소로 웬만한 요리에는 다 쓰이고 있다.

특히 양파는 잡냄새를 없애주는 특징 때문에 고기와 생선 요리에는 거의 빠지지 않고 사용된다. 매운 향이 누린내와 비린내를 잡아주면서 풍미 또한 돋우기 때문이다. 그리고 육수를 내는 재료로도 많이 사용되고 있다. 한식에서는 다시마, 멸치, 양파, 파, 표고버섯 등으로 우려낸 육수가 온갖 국물 요리, 면 요리, 부침 반죽 등에 쓰이며, 양식 육수에도 당근, 셀러리 등과 함께 기본으로 들어간다고 한다. 양파는 향신료로써 부재료로 주로 이용되지만, 주재료로도 손색이 없는 식품이다. 양파볶음, 양파튀김, 양파샐러드, 양파장아찌 등 반찬으로 무궁무진하게 활용되는 것이 양파다.

양파는 알리신이라는 성분을 함유하고 있어 매운맛을 내지만, 익히면 단맛이 느껴진다. 양파는 또한 비타민 C가 풍부하고, 지방과 콜레스테롤이 혈관에 축적되는데 예방 효과를 갖는 '퀘르세틴(quercetin)'이라고 하는 강력한 항산화 물질이 풍부한 것으로 알려져 있다. 따라서 양파를 꾸준히 먹으면 혈액의 점도를 낮추고 피를 맑게 하여 고혈압과 고지혈증, 동맥경화 등 혈관 질환을 예방하고 치료하는 데 도움이 된다고 한다. 그리고 다른 채소들은 보통 생으로 먹는 것을 익혀 먹으면 영양성분이 파괴되는 경우가 많은데, 양파는 생으로 먹는 것과 요리에 넣어 익혀 먹는 것의 영양성분 차이는 없다고 한다. 양파에 들어있는 퀘르세틴 성분은 열을 가해도 영양 손실이 적기 때문이라는 것이다.

주말농장을 처음 시작할 때는 씨앗을 땅에 뿌려 생명을 가꾸는 일이 가슴 뛰는 삶이었다. 그런데 그러한 시간들도 해를 거듭할수록 일상화되어버리고 흥미가 줄어들기 시작했다. 그런 가운데 우리가 가꾸는 채소들에 대하여 새로운 관심을 가지기 시작했다. 식물들을 심고 가꾸는 일에서 한 발 더 나아가 채소들이 가지고 있는 맛과 성분에 대하여 알아보고 자료를 수집하여 식물에 감춰진 비밀을 찾아보는 것은 주말농장을 하며 식물을 가꾸는 또 하나의 재미다. 평소 양파가 건강에 좋은 식품이라는 것을 막연히 알고 있었지만, 양파 파동을 겪으면서 농민들이 울상을 짓는 것을 보고 이참에 양파에 대하여 깊이 알아보고 새롭게 정리를 해보았다. 문제는 채소들이 몸에 좋다고 해서 우리 몸을 치료하는 약은 아니고, 건강을 보조하고 증진시켜주는 식품이라는 사실을 알고 먹으면 좋을 것 같다. 양파의 과잉생산으로 온 나라가, 그리고 유관 기관들이 관심을 가지는 것을 보면서 양파를 제대로 알고 많이 챙겨 먹으면 건강에도 도움이 되고, 양파 농가를 돕는 일이 아닐까 하는 생각을 해본다.

비트의 효능에 대하여

이번 주말부터 가을 파종이 시작되었다. 가을은 봄에 심은 것을 거두는 계절이라고 하는데, 가을에도 심고 뿌릴 것이 많이 있다. 무 씨앗을 뿌려야 하고, 시금치, 당근, 얼갈이배추, 비트, 상추, 유채 등을 뿌려야 하며, 쪽파와 김장 배추를 심어야 한다. 그리고 얼마 지나면 마늘과 양파도 심어야 하는 철이 가을철이다. 우리네 인생도 그런 것 같다. 인생에 가을이 오면 인생을 정리하는 시기로 생각하는데, 달리 생각하면 인생 후반부를 위해 새로 씨앗을 뿌리는 시절이 인생의 가을이 아닌가 하는 생각이 든다.

씨앗을 뿌리는 계절이 오면 '무엇을 얼마나 뿌릴까?' 하는 것을 두고 망설이게 된다. 주말농장을 처음 시작할 초기에는 우리 가족이 즐겨 먹을 수 있는 채소를 위주로 씨앗을 뿌렸다. 그런데 농사를 오래 지어오다 보니 최근에는 우리 몸에 좋은 채소들에 대하여 관심을 가지게 되었고, 몸에 좋은 채소를 골라 뿌리게 되는 것 같다. 그중의 하나가 비트다. 비트가 고혈압 등 혈관 건강에 좋다는 것을 알고 몇 년 전부터 꾸준히 가꾸어오고 있고, 아침마다 주스를 만들어 먹어오고 있다. 그리고 혈압 관리에는 특별한 효과가 있는 것을 직접 체험하기도 했다. 그래서 올가을에는 겨울 동안 먹을 분량을 생각해서 많이 심을 예정이다. 우리가 가꾸는 채소들은 나름대로 우리 몸에 좋은 성분을 가지고 있을 것이다. 그런데 사람마다 건강 상태가 다르고 따라서 건강관리에 도움이 되는 식품들이 다를 수 있다. 이런 관점에서 보면 우리가 먹는 식품이 우리 몸 어디에 좋은지를 알고 먹으면 인간 100세 시대를 살아가는 데 도움이 되지 않을까 하는 생각을 하게 된다.

요즈음은 의학기술이 발달되고 사람들도 건강관리에 적극적으로 관심을 가지고 있는 것 같다. 이에 따라 텔레비전이나 신문 등에서도 질병에 대한 상식 및 건강 증진에 대한 정보를 많이 제공하고 있고, 이와 관련하여 우리 몸에 좋은 채소들을 소개하는 프로들이 늘어나고 있는 것 같다. 그런 건강 기능 식품으로 비트가 많이 소개되고 있는데, 최근에 비트의 효능에 대하여 방송된 프로들을 열거하면 KBS의 『생로병사의 비밀』에서 비트가 활성산소를 감소시키고, 항산화 작용을 하며, 혈압 강하 효과가 있는 것으로 소개되었고, MBN의 『천기누설』에서 혈관의 노화를 막는 채소로 비트를 다룬 바 있으며, 그 밖에 JTBC의 『식품을 탐하다』, 채널 A에서 『나는 몸신이다』, TV조선 『내 몸 사용 설명서』, EBS의 『명의』에서도 비트의 효능에 대하여 방영한 바 있으며, 이밖에 KBS의 『6시 내 고향』, SBS의 『좋은 아침』, 기타 신문 등에서도 수시로 비트를 소개한 바 있다.

비트가 매스컴에서는 주목을 받고 있지만, 우리에게 비트는 다소 생소한 서양 채소인 것 같다. 그런데 최근에 건강 기능 식품으로 매스컴에 많이 소개되고 있어 우리도 비트의 효능에 대하여 알아보게 되었고, 그 결과 우리에게 필요한 채소로 생각되어 해마다 비트를 심어오고 또 먹고 있다. 비트를 가꾸어 먹으면서 이에 대한 자료를 체계적으로 정리해보기로 하고 인터넷을 통해 자료를 수집해보았는데, 믿을만한 정보도 많으나 일부는 신뢰성에 의심되거나 다소 과장된 정보도 없지 않은 것 같았다. 그래서 주로 공영방송과 신문 등 신뢰성이 있는 곳에서 소개한 내용을 중심으로 자료를 수집해서 정리를 해봤다.

비트는 16세기부터 이탈리아에서 재배됐을 정도로 오랜 역사를 가지고 있으며 고대 로마인들은 해열 작용, 이뇨 작용에 좋은 것을 알고 약재로 이용하였고, 고대 의학의 아버지라고 불리는 '히포크라테스'가 '피가 흐르는 상처에 비트 잎을 발라 상처를 치료 및 해독했다'는 기록이 있을 정도로 그 효능은 과거부터 인정받아 오고 있다고 한다.

레드비트를 서양에서는 '땅속의 붉은 피'라고 하였고, 중국에서는 '생명의 뿌리'라고 할 만큼 옛날부터 비트는 건강 기능 식품으로 귀하게 이용되어왔으며, 현대에 와서 다수의 임상 연구를 해본 결과에서도 비트는 혈관 강화 및 항산화, 항암에 효과적인 것으로 확인되었다고 한다. 그리고 한의학에서는 첨채근(甛菜根)이라 하여 혈액순환에 탁월한 효과가 있고, 혈관이 막힌 곳을 풀어주고 소화 기능 향상에 도움을 주는 것으로 기록되어있다고 한다.

고대 그리스에서는 비트를 '만병통치약'으로 불릴 만큼 옛날부터 비트는 우리 인체에 좋은 것으로 알려져 왔다. 이에 대한 근거를 알아보면 레드비트는 질산염이 풍부한 채소인데, 질산염은 몸에서 산화질소

를 바꾸는 과정에서 혈관을 확
장시키고 혈류를 증가시켜 혈압
을 낮추게 하기 때문에 고혈압
약의 성분으로 이용되고 있다
고도 한다. 또한, 비트는 '혈관
청소부'라는 별명을 가질 정도
로 안토시아닌, 베타인이라는
알칼로이드 성분이 풍부해 혈
관에 혈전이 쌓이는 것을 억제
하며 LDL 콜레스테롤 및 중성
지방을 제거하는 등에 탁월한
효능이 있는 것으로 알려져 있
다. 그리고 우리 몸속에는 환경
오염, 스트레스, 방사선, 지나친
운동 등으로 활성산소가 많이
생김으로 인해 여러 가지 질병
을 일으키는 원인이 되고 있다
고 하는데, 비트에는 베타인 성
분을 많이 함유하고 있어 활성
산소를 감소시켜 노화를 지연

시켜주며, 스트레스 저항성에 도움이 된다고 한다.

그런데 비트를 과다섭취할 경우 부작용도 있을 수 있다고 한다. 레드
비트를 과다섭취할 경우 소화불량, 두드러기, 설사 등이 생기고, 저혈

압 증세가 나타나기도 하며 비트에는 시금치처럼 옥살산이 많아 신장 결석이나 신장 질환이 있는 사람에게는 좋지 않다고 한다. 그리고 변비 해소에 효과적인 음식이기 때문에 설사를 자주 하는 사람이 먹으면 설사가 악화될 가능성이 있다는 것을 알고 섭취하면 좋을 것 같다.

비트를 먹는 방법으로는 생으로 먹어도 되고 샐러드, 주스 등으로 먹기도 한다. 그리고 요즘엔 건강 식품용 레드비트즙, 비트주스 등이 많이 나오고 있기 때문에 직접 비트주스 만들기가 번거롭다면 시판되는 건강즙을 이용하는 것도 하나의 방법이 될 것 같다. 우리 집의 경우 아침마다 주스를 만들어 먹는데 비트 한 개(큰 것은 두 쪽으로 잘라 반 개)와 사과 반 개, 오렌지 반 개, 바나나 한 개를 믹서에 갈아 먹고 있다. 이렇게 먹으면 보기도 좋고 먹기에도 좋다.

그리고 비트를 섭취하는 방법으로 비트물김치, 비트절임, 비트깍두기나 비트나박김치 등 다양한 요리를 해서 먹기도 하고, 비트차로 섭취하기도 하며, 양파피클이나 오이피클처럼 절여서 비트피클로 만들어 먹을 수도 있는 것으로 알려져 있다. 그리고 때로는 요리에 빨간 색깔을 내기 위해 비트를 사용하는 것으로 알고 있다.

비트는 재배하기도 쉽다. 다른 채소와 달리 봄(4월 상순), 여름(6월 하순), 가을(8월 하순), 어느 때나 심을 수 있고, 재배 시 적정 온도는 가능하면 10℃이상을 유지시켜주는 것이 좋고, 온도가 22℃이상 되면 동화 능력이 떨어지는 것으로 되어있으나 우리 농장의 경우, 생산성은 떨어질지 모르지만, 기온과 상관없어 어느 때나 저장해둔 비트를 다 먹을 때가 되고, 밭이 비어있으면 심고 있고, 가을에 비닐하우스에 심어놓아도 겨울에 뿌리가 굵어지는 것을 볼 수 있을 만큼 내한성이 강한 채소이다. 그리고 비트의 질병으로는 잘록병과 갈색점무늬병이 있다고 하는데 주말농장을 하면서 토양 소독이나 농약을 치지 않아도 아직 병해로 인해 실농을 한 적은 없을 만큼 병충해도 크게 신경 쓰지 않아도 되는 것이다.

우리가 신체적으로 건강하게 오래 사는 복을 누리는 것은 유전적 요인이 제일 클 것이다. 의술이 아무리 발달해도 신의 영역까지 나아갈 수는 없을 것이다. 하지만 후천적인 환경이나 자신의 건강에 관하여 관심을 가지고 관리를 하는 것도 건강하고 오래 사는 데 무시 못 할 요인이 되는 것 또한 사실이다. 자신의 건강에 유전적 요인이 있어 건강관리를 할 수 없는 것은 어쩔 수 없는 것이라고 하더라도 꾸준히 운동을 하고, 인체에 유해한 음식을 피하고, 몸에 유익한 음식을 섭취하는 것은 건강을 관리하는 데 많은 도움이 될 것이다.

주말농장에서 우리가 가꾸는 채소들이 우리 몸에 어떤 영향을 미치는지 알아보면 모두가 몸에 좋은 것 같다. 그래서 이것저것 몸에 좋은 채소를 고르다 보면 결국 고루고루 심어서 먹는 것이 좋다는 결론에 이르게 된다. 하지만 사람에 따라 몸에 취약한 부분이 있게 마련이고, 특히 나이가 들면 그러한 것이 하나둘 드러나게 된다. 이럴 경우 우리 몸에 맞는 채소를 심어 가꾸어 먹는 것은 건강관리에 도움이 될 것이다. 고대 그리스에서는 비트를 만병통치약이라고 했지만, 만병통치약은 될 수 없고 필요할 경우, 예방적 차원에서 자기 몸에 취약한 부분을 미리 알고, 이에 따라 유용한 채소를 섭취하는 것은 이런 의미에서 좋은 방법이 될 수 있지 않을까 하는 생각을 하게 된다.

주말농장은 이런 면에서 가꾸는 재미에 덧붙여 우리의 건강관리에 도움이 되는 채소를 골라 심어서 먹는 재미도 있어 이래저래 좋은 것이다. 아무쪼록 비트의 유익한 성분이 요구되는 분들에게 유익한 참고 자료가 되었으면 좋겠다.

제초제를 쳐야 할까?

농장에 오니 잡초가 무성하다. 원수 같은 잡초들이다. 여름이 오고, 장마가 시작되면 농부는 잡초 관리에 비상이 걸린다. 금세 베어도 돌아서면 다시 올라오는 것이 잡초다. 이런 잡초들을 간단히 해결하려면 제초제를 뿌리면 된다. 하지만 그럴 수는 없다. 제초제를 뿌리게 되면 잡초만 제거되는 것이 아니고, 풀벌레들도 없어지게 된다. 풀벌레 중에는 해충도 있고, 익충도 있다. 진딧물이 해충인가 하면, 하루에 진딧물을 400~500여 마리나 잡아먹는 칠성무당벌레는 익충인 것이다. 땅벌이나 말벌처럼 사람에게 해를 끼치는 곤충도 있지만, 꽃가루받이를 해주고 인간에게 꿀을 제공하는 꿀벌은 농부의 동반자가 되는 것이다. 이러한 것들이 함께 공존하면서 자연 생태계는 균형을 이룬다. 그런데 여기에 인간이 제초제를 뿌리면서 개입하게 되면 생태계의 균형이 깨어지게 된다. 잡초만 없어지는 것이 아니라 농장에서 풀벌레들의 울음소리도 들을 수 없게 되는 것이다. 이렇게 인간이 목전의 편리성만을 추구한 결과는 우리에게 상상을 초월하는 재앙으로 돌아오게 된다.

1960~70년대에 기적의 살충제로 불렸던 DDT의 사용으로 인한 피해는 예상하지 못한 결과를 초래했다. 당시 사람들은 DDT가 철저한 검사를 거쳤기 때문에 안전하면서도, 효과는 최고라고 생각했다. 그런데 이 농약이 먹이사슬에 영향을 주었다. DDT가 들판에 뿌려지면 먼저 곤충이 죽게 된다. 이 곤충을 먹은 새들의 몸에 DDT가 축적된다. 새들의 몸에 DDT가 축적되면 새알의 껍질이 얇게 만들어진다는 사실이 밝혀졌다. 이런 현상에 대한 문제는 전 세계의 맹금류 수가 급격하게 줄어드는 이유가 도대체 무엇인가 하는 데서 문제가 제기되었다고 한다. 그때까지는 DDT가 문제일 줄은 몰랐지만 결국 DDT 때문인 것으로 밝혀졌다는 것이다.

1958년 모택동이 식량 증산을 독려하기 위해 중국의 곡창지대인 쓰촨성에 현지 지도를 나갔다고 한다. 그때 곡식을 쪼아 먹는 참새 떼를 보고 분노해 전국적으로 참새 소탕명령을 내리게 되었다고 한다. 그해 한 해 동안 수억 마리의 참새를 박멸하는 성과를 거두었지만, 그로 인한 생태계는 엄청난 변화와 참담한 결과가 발생되었다는 것이다. 참새는 곡식도 먹지만 해충도 잡아먹는 이로운 새라는 것을 몰랐기 때문이었다. 중국은 참새 박멸로 인해 메뚜기 떼와 같은 해충이 범람하게 되었고, 이로 인해 큰 흉년을 겪고, 이후 수년간 중국은 전쟁도 아닌데 세계대전에 필적하는 사망자가 발생했다는 얘기도 전해내려오고 있다.

이런 사례는 비단 외국에만 있는 것은 아니다. 우리나라에서도 겨울이면 해충을 없애기 위해 논두렁·밭두렁을 태워왔었다. 그런데 본래 목적인 해충을 없애기보다 영농에 도움을 주는 천적을 더 많이 죽이게 되는 결과를 초래하였다는 것이다. 그래서 최근에는 이에 대한 자제를 당부하게 되었다고 한다. 농촌진흥청이 밝힌 자료에 의하면 논두렁, 또는 밭두렁에는 농작물에 해를 끼치는 해충이 11%, 이로움을 주는 천적류가 89% 분포하고 있다고 한다. 논두렁·밭두렁 태우기가 해충 한 마리를 잡기 위해 익충인 천적 9마리를 잡은 꼴이 된 셈이다.

사람들이 북적대던 도회지에서 벗어나 주말에 농장에 오게 되면 마음이 참 평화롭고 좋다. 여기가 천국인 듯싶다. 사시사철 변해가면서 산과 들이 보여주는 아름다운 풍경은 늘 새롭다. 지난 주말에 뿌려둔 씨앗이 땅을 뚫고 올라와 있는 모습을 살펴보는 것도 흥미롭고, 내가 심고 내가 가꾼 채소들로 나와 내 가족이 함께 식탁에 둘러앉아 먹는 맛도 시장에서 돈을 주고 사서 맛볼 수 없는 즐거움이다. 밤이 되어 풀벌레 소리에 귀를 기울일 수 있는 여유로움이 있고, 밤하늘의 별자리를 찾아보면서 유년 시절의 향수에 젖어보는 것도 전원이 아니면 느껴볼 수 없는 낙이다.

그런데 세상에 "공짜 점심(freelunch)은 없다."라는 말이 있다. 이 말의 유래를 살펴보면 미국 서부 개척 시대 술집에서 술을 일정량 이상 마시는 단골에게 점심을 공짜로 주었던 데서 유래했다고 한다. 값을 치르고 먹은 술값에는 점심값까지 포함돼있었던 것을 나중에야 알았다는 것이다. 지금 당장은 공짜인 것 같지만 결국은 알게 모르게 그 대가를 지불하는 상황을 '공짜 점심은 없다'고 표현한다. 삶이 아름답고 여유로운 전원생활은 공짜로 주어지는 것은 아니다. 알게 모르게 대가를 치르면서 누리게 되는 것이다. 인간이 자연과 하나 되려

는 마음가짐이 있어야 하고, 조상으로부터 물려받은 이 아름다운 자연을 훼손하지 않고 후손들에게 물려주려는 노력이 필요한 것이다. 자연을 지배하려는 인간의 욕심이 개입하게 되면 자연은 쉽게 오염되고 황폐화되어버리는 것이다.

여름철 땡볕에서 잡초를 베는 일은 정말 힘이 든다. 하지만 제초제를 뿌려서 인간의 편리함만을 추구하는 것은 빈대를 잡기 위해 초가삼간을 태우는 일이 될 것이다. 우리 손자들이 농장에서 풀벌레들을 쫓아가며 놀고, 잠자리와 친구하고, 나비와 숨바꼭질하며 즐기는 모습을 보기 위해서, 어른들은 자연 생태계에 개입하는 일은 필요한 최소한에 그쳐야 할 것이다. 낭만적이고 아름다운 전원생활은 문명이 발달함으로 보장받는 것이 아니다. 다소 힘이 들고 불편함이 있더라도 자연에 군림하지 않고, 공존하며 살아가려는 마음 자세가 필요하고, 또 그렇게 살아감으로써 전원생활의 풍요로움이 보장되는 삶이 아닌가 하는 생각을 해보게 된다.

제5장 시골 생활 체험하기

조롱박을 만들어보다

농장에 가을빛이 드리우고 있었다. 산등성이에는 짙어만 가던 녹색의 수풀도 윤택함을 잃어가는 듯하고, 봄부터 여름 내내 싱싱한 채소를 제공해주던 푸성귀들도 이제 유전자를 남길 준비를 서두르고 있었다. 부추 이랑은 꽃을 피워 하얀 꽃밭이 되어있었고, 고추, 피망, 파프리카 등은 모두 빨갛고 노란 열매들이 익어가고 있었으며, 해바라기는 씨앗이 여물면서 점점 고개가 아래로 내려가고 있었다. 오늘은 조롱박을 만들어보기로 했다. 조롱박을 만드는 데는 시간이 좀 많이 걸릴 것 같아 우선 급한 일부터 먼저 했다. 당근, 마늘, 양파 등을 뽑아내고 가을을 준비하며 김장배추를 심기 위해 미리 퇴비를 뿌려 흙을 뒤집어 놓았다.

그리고 조롱박을 따러 갔다. 조롱박을 만들기 위해서는 완전히 익은 것을 골라야 한다. 그런데 겉으로 봐서 구별이 잘 되지 않았다. 그래서 손으로 만져보면서 겉이 딱딱하고 손톱으로 찍어봐도 들어가지 않을 정도로 잘 여문 것으로 골라 한 소쿠리를 따서 평상에 올려놓았다. 소쿠리에 담긴 조롱박은 호리병, 작은 목탁 등 다양한 모양을 하고 있어 솜씨만 있으면 좋은 공예품이 나올 것 같았다. 하지만 만드는 과정은 그리 간단한 것은 아니다. 많은 시간과 섬세한 손재주가 필요한 것이다. 모양이 구부정하거나 이상하게 생긴 것은 모양을 살려가며 잘라야 아름다운 조형물을 만들 수 있다. 그런데 우리에게는 아기자기한 예술적 감각이나 재주가 없어 좋은 작품은 기대하기 어려울 것 같다.

예술가적인 감각은 없지만 그래도 조롱박을 들고 예쁜 작품을 구상하면서 잘랐다. 어떤 것은 꼭지 부분을 잘라보기도 하고, 어떤 것은 옆으로 약간 잘라내어 잔 모양을 만들어보기도 하였다. 아마추어로서 어쩔 수 없는 한계가 있겠지만, 그래도 아름답고 예쁜 작품을 만들기 위해 이 모양, 저 모양으로 형태에 맞춰 톱질을 하고 숟가락으로 속을 긁어내어 찜솥에 넣고 삶았다. 그리고 완전히 삶아졌을 때쯤 꺼

내어 찬물에 넣어 다시 2차 공정에 들어갔다. 푹 익은 박의 속은 흐물흐물하여 아주 잘 긁어낼 수 있었는데, 겉은 표면이 매끄러워 쉽지 않았다. 둥그스름하면서 호리병같이 생긴 조롱박은 아름다운 곡선이 S자 모양으로 보기에는 좋으나 겉을 긁어내는 데 섬세한 일손과 많은 작업 시간을 요했다. 그래도 표피 부분을 완전히 긁어내어야 표면의 윤택한 색깔을 내기 때문에 하나하나 숟가락으로 긁어내었다. 작업하기에 다소 까다로웠지만, 함께 농사짓는 친구 부부와 얘기를 나누면서 하니 새로운 체험의 세계에 빠져보는 재미를 즐길 수 있었다. 겉과 속을 숟가락으로 긁어내고 다시 찬물에 헹구어내었다. 외형상으로 조롱박으로 만들어진 것을 나무 그늘 밑 평상 위에 널어서 말렸다. 조금 전까지만 해도 풋풋하던 조롱박이 아름다운 공예품으로 변신하여 널려있었다.

옛날에는 생활용품으로 사용하기 위해 박을 만들었는데, 우리는 하나의 공예품으로 만들어보고 있었다. 지금 기성세대에게는 박으로

물을 떠먹던 힘들고 어려웠던 유년 시절이 있었다. 그 당시에는 조롱박을 사용하다가 갈라지거나 깨어지면 그걸 다시 바늘에 실을 꿰어 기워서 사용하곤 했던 기억이 났다. 조롱박으로 우물에 물을 퍼 먹으면 갈라져 실로 꿰맨 부분은 물이 줄줄 흘렀고, 그러면 반대쪽으로 입을 대어 물을 마셨던 기억도 났다. 그 당시 일상생활에 없어서는 아니 될 쪽박이 지금은 옛 향수를 불러오는 조형물이 되어 되돌아오고 있는 느낌이 들었다. 우리는 조롱박으로 아름다운 공예품을 만들고 있지만, 옛날에는 박으로 만든 바가지는 다용도로 쓰이는 귀한 주방 용품이었고, 용도에 따라 이름도 달랐다. 쌀을 퍼내는 쌀바가지, 장독에 두고 쓰는 장조랑바가지, 물을 퍼내는 물바가지, 소의 먹이를 떠내는 쇠죽바가지 등 용도에 따라 이름도 다양했던 것이다.

우리 민족이 바가지를 언제부터 쓰기 시작하였는지 문헌을 찾아보았다. 문헌으로 보면 신라의 시조 박혁거세(朴赫居世)의 탄생신화라든지, 『삼국유사(三國遺事)』의 「원효조(元曉條)」에는 바가지를 두드려 악기로 썼다는 기록이 남아있다고 한다. 조선 시대 홍석모(洪錫謨)가 쓴 『동국세시기(東國歲時記)』의 「상원조(上元條)」에도 남녀 유아들이 겨울부터 파랑·빨강·노랑으로 물들인 호리병박을 차고 다니다가 정월 대보름 전야에 남몰래 길가에 버리면 액(厄)을 물리칠 수 있다 하여 차고 다녔다는 기록이 있고, 「흥부놀부전」에서도 바가지를 신비적 존재로 다루고 있다.

이밖에 주술이나 금기의 대상이 되기도 하였는데, 혼인 때 신부의 가마가 신랑 집 문 앞에 다다르면 박을 통째로 가져다 깨뜨렸고, 납채(納采)[1] 때에는 바가지를 엎어놓고 발로 밟아 깨뜨려 소리를 냈다고 한다. 또 병액을 쫓는 굿이나 고사에도 이용되었으며, 가정에서는 바가지를 밥상 위에 올려놓지 못하게 하였고, 바가지 파편이 아궁이에 들어가면 불길하게 여기는 등, 박은 실용성의 한계를 지나 민속신앙으로까지 발전하였다고 전해진다.

그 당시 생활에 없어서는 안 될 생활필수품이 지금은 옛 향수를 그리워하는 우리에게 아름다운 공예품으로 다시 관심을 받고 있었다. 우리가 농사지었던 수확물로 조롱박을 만들면서 우리는 예술가가 되어보기도 하고, 또 과거로 거슬러 시간여행을 즐기기도 했다.

무청으로 시래기를 만들다

오늘은 무를 뽑을 예정으로 농장에 왔다. 무는 동해를 입으면 먹지 못하기 때문에 얼음이 얼기 전에 미리 수확을 해서 저장해두어야 한다. 농장에 와보니 무는 예상보다 잘 자라있었고, 뿌리도 만족할 만큼 굵었다. 겨울 동치미를 담그기에 적당한 만큼 작은 것도 있었지만 대부분 굵었다. 무를 뽑아서 이랑에 줄을 세워 널어놓으니 이랑이 그득

---

1 약속한 혼인을 받아들이는 일. 전통혼인의 여섯 가지 의식 절차인 육례(六禮), 즉 납채 문명(問名) 납길(納吉) 납폐(納幣) 청기(請期) 친영(親迎) 가운데 하나이다. 납채는 남자 집에서 혼인을 하고자 예를 갖추어 청하면 여자 집에서 이를 받아들이는 것을 말한다. [네이버 지식백과]

했다. 밭을 갈고 씨앗을 뿌릴 때는 힘이 들었고, 잡초를 뽑고 벌레를 잡으며 가꿀 때는 허리가 아픈 적도 있었지만 그런 과정을 거치고 나니 수확의 기쁨을 맛보게 되는 것이다. 사람이 살아가는 과정도 한 포기 무를 가꾸어 수확하는 것과 다를 바 없다는 생각을 해보게 된다.

뽑은 무를 세 발 수레에 실어 잔디밭으로 옮겼다. 무 농사를 전문적으로 짓는 농부가 보면 보잘것없는 아이들 소꿉장난처럼 보일지 모르겠지만, 우리가 먹기에는 엄청 많은 양이었다.

잔디밭에 수확한 무를 쌓아두고 무와 무청을 분리하여 무청은 시래기를 만들기로 했다. 시래기는 무청을 말린 것을 말하는데 옛날 우리 선조들은 무청을 귀한 식재료로 사용했다고 한다. 집집마다 무청을 새끼로 엮어 바람이 잘 통하는 곳에 말리기 위해 매달아 놓고 먹거리가 부족할 때 시래기밥·시래기나물·시래기떡·시래기지지미·시래기찌개 등 다양한 요리로 만들어 먹었고, 밥상의 주인공으로 대접을 받은 적이 있었다고 한다. 그런데 경제가 발전하고 먹거리가 풍부해지면서 시래기는 식감이 떨어진다는 이유로 식재료로서 관심 밖으로 밀려나게 되었는데 최근에는 다시 주목을 받고 있다고 한다. 무청으로 만든 시래기에는 비타민, 미네랄, 식이섬유 등 건강에 유익한 성분과 영양소가 듬뿍 들어있는 것으로 알려졌고, 무에 들어있는 영양소가 뿌리보다 잎(무청)에 훨씬 많은 것이 알려지면서 새로운 웰빙 식품으로 재조명을 받고 있다는 것이다. 그래서 우리도 올해부터 시래기를 무의 부산물로서 쓰레기로 버리지 않고, 시래기를 만들어 저장해두기로 했다.

한편 시래기를 만드는 방법은 몇 가지가 있다. 무로부터 무청을 분리하여 햇볕에 그냥 말리는 방법이 있고, 그늘에 말리는 방법이 있는데 햇볕에 그냥 말리면 말리기는 쉽지만, 엽록소가 파괴되어 영양 면에서 좋지 않다고 한다. 그래서 일반적으로 그늘에서 시래기를 말리고 있다. 그늘에 말리면 비타민 B·C의 손실이 거의 없을 뿐만 아니라 음식을 만들었을 때 잘 찢어지고 연하며 무르고, 맛이 좋다고 한다. 우리는 무에서 분리한 무청으로 시래기를 만들기 위하여 일부는 엮어서 그늘에 말리고, 일부는 바로 데쳐서 냉장고

에 보관하기로 했다. 데치는 방법은 가마솥에 물을 부어서 끓으면 소금을 약간 넣어 무에서 분리한 무청을 넣고 데친 후 다시 꺼내어 찬물에 헹구어 물을 빼면 된다. 이렇게 물을 뺀 다음 한 끼에 먹을 분량만큼 비닐봉지에 나누어 담아서 냉동해두고 필요할 때 한 봉지씩 꺼내 해동해서 먹으면 그늘에서 말려 먹는 것보다 요리하기에 편한 장점이 있다.

그리고 무청에서 분리한 뿌리 중 굵은 것은 큰 고무통에 저장해두고, 뿌리가 굵지 않은 것은 동치미를 담그기 위하여 따로 골라 긴 잎

을 추려내고 씻어서 소금을 버무려 독에 담아두었다.

무말랭이를 만들다

이번 주말은 날씨가 포근하다는 일기예보다. 포근한 날씨를 이용해서 아내는 무말랭이를 만들고, 남편은 과수원에 전정을 할 예정으로 농장에 왔다. 식물들이 자라지 않는 겨울이지만, 농장에는 생명을 부지하고 있는 채소들이 있었다. 김장을 하고 쌈용으로 남겨둔 배추는 추위를 이겨내기 위해 말라버린 겉잎을 이불 삼아 뒤집어쓰고 있었다. 상태가 어떤지 살펴보기 위해 마른 겉잎을 벗겨보니 속은 가을배추 그대로였다. 양배추도 추위에 잎이 널브러져 있었는데 손으로 만져보니 얼어 죽지 않고 속은 꽉 차있었다. 이런 배추와 양배추는 생채로 먹으면 참 맛이 좋다. 특히 노지에서 겨울을 나고 있는 양배추를 샐러드로 먹으면 아삭아삭한 맛이 일품이다. 추위를 이겨낸 만큼, 맛은 여름에 속성으로 자란 양배추와는 비교할 바가 아닌 것이다. 집으로 갈 때 가져갈 셈으로 일을 하기 전 배추와 양배추를 몇 포기씩 뽑아두고 무말랭이를 만들기로 했다.

일반적으로 무말랭이를 만드는 방법은 세 가지가 있다. 무를 썰어서 햇볕에 말리는 방법이 있고, 건조기에 넣어 말리는 방법이 있다. 그리고 보쌈집 같은 음식점에서 나오는 무말랭이 무침은 대부분 무를 말리지 않고 썰은 무에 천일염과 물엿을 부어 삼투압작용의 원리를 이용해 수분을 빼 꼬들꼬들하게 만드는 것으로 알고 있다. 그런데 우리는 인위적으로 수분을 빼서 만들지 않고 햇볕에 말려서 만들기로 했다. 햇볕에 말려서 만들면 옛날 채소를 먹기 어려웠던 겨울철에 우리 어른들이 채소를 섭취했던 그러한 맛을 볼 수 있고, 또 햇볕에 말리면 비타민D와 칼슘이 풍부하여 영양 면에서도 좋기 때문이었다. 비타민D와 칼슘은 뼈를 튼튼하게 하여 골다공증 개선과 예방에 도움이 되는 것으로 알려져 있는데, 우리나라 사람들은 햇볕을 쬐는 일조량이 부족하여 충분한 비타민D 합성을 기대하기 어렵다고 한다. 그래서 별도로 약을 섭취하는 사람이 많은 것으로 알려져 있다. 우리가 자연 건조시키는 방법으로 무말랭이를 만들어 먹으면 따로 햇볕을 쬐거나 별도의 약을 먹지 않아도 전통식품의 입맛을 즐기고 영양도 섭취할 수 있어 좋을 것으로 생각되어 좀 번거롭기는 하지만, 농장에 와서 햇볕에 말려 무말랭이를 만들기로 하였다.

무말랭이를 만들기 위하여 아내들이 고무통에 저장해둔 무를 꺼내 씻고, 씻은 무를 양지바른 컨테이너 하우스 앞에 가져와 썰고 남편들은 무를 말리기 위해 그물로 된 선반을 만들었다. 어른들의 소꿉놀이가 시작되었던 것이다. 일반 농가에서는 무를 썰어서 낮에는 햇볕에 말리고 밤에는 집안으로 들여놓아서 관리할 수 있는데 주말에만 와서 일을 하다 가는 우리는 그렇게 할 수 없기 때문에 비가 와도 비를 맞지 않고 말릴 수 있도록 그물 선반을 만들어 비닐하우스 안에 달아서 말리기로 하였다.

선반을 만들기 위하여 농장에 보관되어있는 각목을 꺼내 자르고 못을 박아 사각 프레임을 짰다. 겨울에는 주말이 되어도 할 일이 없기 때문에 그냥 집에서 움츠려 지내는데 모처럼 농장에 와서 망치질을 하며 무엇을 만들어보니 참 재미가 있고 가슴이 확 트이는 느낌이 들어 좋았다. 사람은 아무 일도 하지 않고 편안하게 살아가는 것이 행복하고 즐거운 것이 아니고, 뭔가 할 일이 있어 목적을 가지고 일을 할 때가 행복하고 즐거운 것 같다. 농장에 와서 하는 일들이 돈을 버는 일은 아니지만 내가 하고 싶은 일을 하면서 즐길 수 있으니 이 또한 인생 후반부를 살아가는 낙이 아닌가 하는 생각이 들었다.

친구와 선반을 만들어 비닐하우스 안에 달아놓은 후, 무를 써는 동안 자투리 시간을 이용해서 과수나무를 전정하고 돌아오니 아내들은 무를 다 썰어 비닐하우스 안으로 가져와 널고 있었다. 우리는 도회지에서 살아가지만, 오늘은 시골 아낙네로 살아가고 있었고, 시골 농부로서 삶을 살고 있었다. 평일에는 세무사 업무를 보고 살아가지만, 주말이 되어 농장에 오면 시골 생활을 하며 살아가게 되는 것이다.

이렇게 해서 우리가 만들어놓았던 무말랭이는 일주일이 지나 다시 와보니 잘 말라 있었다. 곰팡이가 슬지 않았을까 염려했는데 쓸지 않고 깨끗하게 잘 말라 있었던 것이다. 햇볕이 통하는 비닐하우스 안에 그물 선반을 매달아 햇볕과 공기를 통하도록 한 것이 적절했던 것 같았다. 처음 갓 썰어서 말려놓았던 것과 비교하면 꼬들꼬들하게 잘 말라 있었지만 아직 수분이 조금 남아있는 것 같아 집으로 가져가서 건조기에 넣어 남아있는 수분을 완전히 빼서 저장하기로 하고 집에 가져왔다.

메주콩을 심은 뜻은

농장에는 가을이 오고 있었다. 콩밭에 가보니 콩은 익어있었고, 일부 콩깍지는 터져서 콩이 땅에 떨어져 있었다. 어느덧 콩을 수확할 때가 되었던 것이다. 올해는 우리가 콩을 심어 된장을 담가보고 두부도 만들어볼 예정이다. 그런데 콩을 심어 가꾸는 것은 단순하지 않았다. 밭을 갈아 씨앗을 뿌려두면 싹이 돋아나고 콩이 저절로 열려 수확을 할 줄 알았는데, 많은 우여곡절을 겪어야 했다. 산짐승도 막아야 했고, 병충해도 극복해야 했다. 울타리 안에는 콩을 심을 빈 땅이 없어 농장 밖에 심어두었더니 고라니가 와서 잎을 잘라 먹어버렸다. 임시로 고추 지지대를 박아서 그물로 둘러 쳐두었는데 언젠가 와보니 다시 울타리를 뛰어넘어 들어온 흔적이 보였다. 한창 꽃이 피고 열매가 열리고 있을 때였기 때문에 피해는 치명적이었다. 일부는 열매를 볼 수 없을 정도로 콩이 망가진 것도 있었다. 이래서는 안 되겠다는 생각이 들어 결국 쇠파이프로 말뚝을 박고 고라니가 울타리를 넘어 오지 못하도록 높게 철망을 둘러쳤다.

이렇게 해서 고라니의 침입을 막았는데 어느 날 와보니 흰가루병이 번지고 있었다. 콩잎에 하얀 밀가루를 뿌려놓은 것 같았다. 인터넷을 검색하여 방제하는 방법을 알아보았더니 계란 노른자에 식초를 섞어 물에 희석하여 난황유를 만들어 뿌리면 된다는 정보가 있었다. 독한 농약을 치지 않고 흰가루병을 방제할 수 있는 희망이 보여 다행이라 는 생각이 들었다. 그런데 결과적으로 그게 별로 효과가 없었다. 수 확을 하기 위해 콩을 베어보니 콩깍지에는 알이 차지 못하고 죽정이 가 되어버린 것이 더 많았던 것이다. 막바지의 흰가루병만 없었다면 제법 많은 양을 거둘 수 있었을 것인데 실망이 되었고, 아쉬움이 남 았다. 하지만 그래도 감사한 마음이 들었다. 늘 채소만 가꾸던 주말 농장에서 콩을 가꾸는 새로운 경험을 해봤고, 많은 재미를 누렸던 것 이다.

콩을 심던 날은 형님 가족들이 놀러 오셔서 함께 심었다. 옛날 모 를 심듯이 두 사람은 못줄을 잡고, 한 사람은 씨앗을 뿌릴 구덩이를 파고, 한 사람은 씨앗을 넣고, 그다음 사람은 따라가면서 흙을 덮는 식으로 콩을 심었다. 전업 농부들은 콩을 심는 것이 힘 드는 일인데 우리는 힘들지 않고 재미를 즐기면서 일을 했다. 날씨는 더웠지만 모 처럼 가족이 함께하니 즐거운 놀이가 되었던 것이다. 콩이 자라는 과 정에서 산짐승과 병충해로 인해 고전을 겪었지만, 이것도 산짐승들과

'뚫리고 막는' 공방전을 벌인 게임이라고 생각하면 지나고 보니 재미가 있었다. 절반은 패배를 하고 절반의 성공을 거둔 수확이었지만, 수확물이 전부가 아니기 때문에 이 또한 감사한 일이었다.

콩을 베어서 잔디밭에 천막을 깔아 널어놓으니 참 푸짐하였다. 나중에 수확을 다 하면 한 말이 될지, 두 말이 될지 모르겠다. 하지만 그것은 그리 중요한 것은 아니었다. 어차피 팔아서 돈을 벌 것이 아니라면 적으면 적은 대로 우리가 된장을 담가볼 분량이면 족한 것이다.

콩을 널어놓고 좀 말린 후에 오후 늦게 타작을 했다. 새로 사 온 도리깨를 어깨 뒤로 휘둘러 널어놓은 콩에 내리쳐봤다. 콩알이 우두둑

튀면서 땅으로 쏟아져 떨어졌다. 도리깨질이 재미있었고, 콩알이 떨어져 쏟아지는 소리가 풍성함을 느끼게 해주었다. 도회지 생활을 하면서 오랫동안 잊어버렸던 유년 시절의 옛 기억이 났다. 초등학교와 중학교 다닐 때의 기억이었던 것 같다. 어른들이 타작마당에서 도리깨질하시는 모습이 재미있게 보여 꼬마는 흉내를 내어보았고, 그것이 처음에는 흥미가 있었다. 그런데 나이가 들고 자라면서 일꾼으로 취급받았다. 그때부터는 해보고 싶은 일에서 하지 않으면 안 되는 일로 바뀌었고, 도리깨질이 힘든 노동이 되었다. 더운 여름날 보리타작은 농사일에 있어서 가장 힘든 일 중의 하나였다. 그런 힘들었던 도리깨

질이 오늘은 참 재미가 있었다. 어린 시절 처음으로 도리깨질을 배워 하던 그때만큼 재미가 있었다. 그래서 친구가 한 번 해보고 내가 한 번 해보면서 번갈아 해보았다. 세월은 많이 흘러갔지만, 도리깨질에서 우리는 어린 시절의 향수가 느껴졌던 것이다.

타작을 한 후 콩깍지를 걷어내니 바닥에 탐스럽게 콩알이 모여있었다. 고라니와 병충해로 인한 수난을 극복하고 열매를 맺어 주인에게 이렇게 기쁨과 보람을 안겨주니 고마웠다. 이 콩으로 인하여 가을에 추수하는 수확의 재미를 즐길 뿐만 아니라 이것으로 메주를 쑤어 된장을 담고, 또 두부를 만들어볼 것을 생각하면 콩을 재배하는 것이 한 해의 농사를 마무리 짓는 것이 아니라 삶의 체험을 거두는 시작으로 생각되었다.

메주를 쑤던 날은

옛날 우리 어른들은 음력 10월이 되면 메주를 쑤었다. 우리도 10월이 넘어가기 전에 메주를 쑤기로 했다. 옛날 어머니가 하시던 모습을 기억으로 더듬고, 기억이 나지 않는 과정은 인터넷으로 정보를 수집해서 메주 쑤는 방법을 정리하고 농장에 왔다. 겨울 낮은 짧고, 메주콩을 삶는데는 시간이 오래 걸리는 것을 감안해서 새벽 일찍 와서 가마솥을 걸고 마른 고춧대를 가져와 불을 지폈다. 고춧대 타는 냄새가 참 구수했다. 고향의 냄새가 나고 있었던 것이다. 고향의 푸근함이 느껴졌고, 시골에서 자란 어린 시절의 아름다운 추억들이 떠올랐다. 메주를 쑤면서 남은 불에 고구마를 구워 먹었던 기억도 났다. 우리가 농사지었던 고구마를 꺼내와 호일에 싸서 아궁이의 남은 숯불에 구워보았다. 시커멓게 타버린 고구마를 꺼내 반쪽으로 쪼개니 노란 속살이 나왔다. 껍질을 벗겨 한 입 먹어보았다. 맛이 달달하고 좋았다. 옛날 맛이 그대로 느껴졌다. 요즈음 아이들은 달콤새콤한 간식거리를 좋아하지만, 유년 시절을 시골에서 자란 우리에게는 이런 군고구마가 더 맛이 있고 좋았다.

불을 때고 콩을 삶는 과정은 단순하지 않았다. 처음에는 센 불에 삶고 어느 정도 시간이 지나면 중불과 약한 불로 조절하였다. 불이 너무 세어서 콩물이 끓어 넘치면 솥뚜껑에 물을 부어서 식히기도 하고, 솥뚜껑을 들어주기도 하였다. 메주콩을 삶기 위해 단순히 불만 때는 것이 아니라 인내심도 필요하고 어느 정도 노하우도 필요한 것 같았다. 이렇게 해서 약 4시간을 삶았다. 푹 삶아진 콩을 소쿠리에 건져 물기를 뺀 후에 메주를 만들어보았다. 옛날 시골에서는 절구통에 넣어 찧어서 으깼는데 우리 농장에는 절구통이 없다. 다른 방법으로 고무 대야에 비닐과 배 보자기를 깔고 콩을 넣어 발로 밟아서 으깨었다. 어른들의 소꿉놀이가 시작되었던 것이다.

으깬 콩을 틀에 넣어 메주 형태를 만들고 다시 손으로 토닥토닥 두드려 메주를 예쁘게 성형했다. 흔히들 얼굴이 못생긴 사람을 '메주같이 생겼다'고 하는데, 우리가 만든 메주는 참 예쁘게 보였다. 우리가 직접 만들었기 때문일 것이다. 이렇게 해서 한 말의 콩으로 메주를 15덩어리나 만들었다.

성형이 된 메주는 짚을 깐 후에 평상에 널어 말렸다. 메주콩이 너무 많아 두 솥을 삶다 보니 두 번째 삶은 콩으로 만든 메주는 해가 저물 때에야 완성되었다. 좀 꾸덕꾸덕해질 때까지 말려야 하는데 시간이 부족했다. 당초에는 오늘 중으로 메주를 만들어 비닐하우스에 걸어서 말려놓고 집에 갈 예정이었는데 계획을 바꿔 농장에서 하룻밤을 자기로 했다. 평상에 널어놓았던 메주를 다시 컨테이너 방으로 옮긴 후 주인과 함께 하룻밤을 보냈다.

아침에 일어나니 메주는 겉이 어느 정도 말라 있었다. 곰팡이가 번식하도록 볏짚을 양파망과 메주 사이에 구겨서 넣어 비닐하우스에 걸어놓았다. 이렇게 해서 우리 손으로 된장과 간장을 만들어 먹기로 한 기초공사는 마무리되었다.

사실 요즈음은 된장과 간장이 필요하면 직접 만들어 먹는 것보다 돈을 주고 사 먹는 것이 훨씬 편하고 경제적이다. 그럼에도 불구하고 우리는 옛날 우리 어른들이 살아왔던 삶을 체험해보기 위해 우리 손으로 메주를 만들고 된장·간장을 만들어 먹기로 했다. 콩을 삶기 위해 오래 묵혀두었던 녹슨 가마솥을 꺼내와 녹을 닦아내고, 임시로 아궁이를 만들었다. 하루 전에 콩을 불려놓고 새벽에 일찍 와서 하루 종일 불을 때면서 콩을 삶아 메주를 쑤었다. 고급 인력의 하루 인건비만 계산해도 메주 15덩이를 사고 남을 것이다. 그런데도 우리는 고생을 사서 하였다. 메주를 삶으면서 옛날 시골에서 살았던 삶을 느껴보고, 어른들의 소꿉놀이를 즐기기 위해서 그렇게 했다. 손자들은 놀이기구를 타면 즐겁고, 청소년들은 게임을 하면서 놀면 시간 가는 줄 모르지만, 인생 후반부를 살아가는 할아버지세대는 어린 시절의 추억을 재현해보는 것이 재미가 있었다.

사람이 살아가면서 삶을 즐기는 방법은 사람에 따라 다르고, 세대에 따라 차이가 있을 것이다. 인생 후반부를 살아가는 우리는 무슨 거대한 것을 손에 쥐어야 즐거운 것은 아니다. 15덩이의 메주를 만들면서도 시간은 즐거웠고, 삶은 재미가 있었다. 그래서 우리는 메주 15덩이를 만들면서, 사서 고생을 하고 집으로 돌아온 것이다.

된장을 뜨고 두부를 만들고

계절이 바뀌어 다시 봄이 왔다. 금요일 오전 근무를 마치고 농장으로 출발했다. 도회지에서 한 주간 일을 마치고 농장으로 가게 되면 마음이 가볍고 즐겁다. 인생 후반부를 살아가면서 도회지 생활도 젊은 시절처럼 긴장의 연속이거나 스트레스를 많이 받는 그런 삶은 아니지만, 그래도 사람들이 북적대는 일상을 벗어나 자연을 찾아 농장으로 가게 되면 마음이 즐거운 것이다.

농장에 오니 유채꽃과 영산홍 등이 새로 피어 주인을 반겼다. 채소밭에는 감자 싹이 돋아나 있었고 상추, 쑥갓, 완두콩 등 봄 채소들이 자라면서 녹색이 번져가고 있었다. 과수원에는 사과나무 꽃이 피어있었고, 엄나무, 참죽나무, 가시오가피, 두릅 등의 새순이 올라와 봄의 미각을 자극하고 있었다. 봄이 되면 채소밭에서 돋아나는 채소들도 맛이 있지만, 나무들에서 올라오는 새순은 더욱 맛이 있고 영양가도 좋다. 농장을 한 번 둘러본 후 쌈용으로 가시오가피 잎을 따고 머위와 두릅을 따서 데치고 부추를 무쳐 저녁을 먹은 후 농장에서 하룻밤을 잤다.

다음 날, 아내들은 된장을 떴다. 된장이 참 맛있게 숙성되어있었다. 아내들의 정성이 깃든 솜씨와 산중의 오염되지 않은 물과 공기 등이 어울려 맛을 내었을 것이고, 우리가 직접 심어서 가꾼 콩으로 메주를 쑤어 된장을 만들었으니 더욱 맛이 진하게 느껴졌을지도 모르겠다. 주말농장을 가꾸면서 단순히 콩을 가꾸어서 열매만 얻는 것이 아니고 그 열매로 메주를 쑤어서 된장까지 만들어 먹으니 우리도 절반은 시골 농부가 되어가는 것 같다.

점심때는 우리가 가꾼 상추, 쑥갓을 뜯어와 오늘 새로 뜬 된장을 발라 쌈을 싸먹었다. 옛날 어린 시절 마당 옆 텃밭에서 상추를 뽑아와 식은 보리밥에 된장을 발라 먹던 그 맛이 났다. 그 당시에는 점심때가 되면 밥을 먹기 위해 상추를 뜯어와 된장으로 쌈을 싸먹었는데 오늘은 옛날 그 맛을 느껴보기 위해 점심을 먹는 느낌이었다. 요즈음은 요리 문화가 발달되어 도회지의 고급 요릿집에 가면 맛있는 음식이 많이 있지만, 우리는 우리가 담갔던 된장으로 쌈을 싸먹는 이 맛이 더 맛있게 느껴졌다. 고향의 그 추억이 맛에 스며있기 때문에 그럴 것이다.

아내들이 된장을 뜨는 동안 남편들은 고추, 오이, 가지, 토마토 등을 옮겨심기 위해 퇴비를 넣어 로터리를 치는 등 각자 할 일을 하면서 오전 한나절을 보냈다. 오후에 접어들어 지난밤에 불려놓은 콩으로 두부를 만들어보기로 했다. 그런데 아직 두부를 만들어본 경험은 아무도 없었다. 단지 콩을 맷돌에 갈아 콩물을 만들고 간수를 넣으면 두부가 엉긴다는 정도의 상식밖에 없었고, 구체적인 방법은 알지를 못했다. 하는 수 없이 어린 시절 어른들 어깨너머로 보아왔던 기억을 되살리고 또 스마트폰으로 '두부 만들기'를 검색해서 만드는 기본적인 과정을 숙지한 후 맷돌에 콩을 갈았다. 옛날 어른들이 하신 그대로 맷돌로 콩을 갈아보니 우리가 시간여행을 와있는 느낌

이 들었다. 그런데 맷돌을 돌리는 것이 처음에는 재미가 있었는데 시간이 지날수록 힘이 들었다. 그래서 두 부부가 서로 교대를 해가면서 갈기도 했다. 다음으로 맷돌에서 갈았던 콩물을 가마솥에 부어 끓인 후, 부대에 넣어 비지를 걸러낸 다음에 다시 솥에 부어 80℃정도의 온도를 유지하면서 간수를 넣었다. 콩물이 순두부처럼 엉기기 시작했고, 그게 참 신기하게 느껴졌다. 옛날 사람들은 이렇게 해서 콩을 갈아서 두부를 만드는 방법을 어떻게 알아냈을까 하는 생각도 들었다.

그런데 간수를 넣어 엉긴 콩물을 언제쯤 들어내어야 하는지 감이 잡히지 않았다. 이론은 알았는데 경험이 없다 보니 건져내는 시간을 가늠할 수가 없었다. 그렇다고 누구에게 물어볼 수도 없었다. 하는 수 없이 우리들 나름대로 적당한 시간이 지났다고 생각될 때 콩물을 바가지로 들어내어 헝겊에 싸서 물을 뺐었고, 물을 뺀 후 무거운 물체를 올려놓아 두었다. 적당한 시간이 지난 후 무거운 물체를 들어내

고 헝겊을 걷어보니 두부가 만들어져 있었다. 그런데 양이 기대한 만큼 나오지 않았다. 아마 맷돌 크기가 작아서 불린 콩이 제대로 갈리지 않았던 것으로 짐작이 되었다. 하지만 처음 만들어보면서 두부를 직접 만들었다는 그 자체만으로도 대단한 재미가 있었고, 성취감을 맛볼 수 있었다.

우리가 만든 두부에 김치를 얹어 저

녁을 먹으면서 오늘 하루를 되돌아보았다. 외형상으로는 유형의 콩을 심어 거두었고, 그것으로 된장을 만들고 두부를 만들었다. 하지만 우리는 그것보다 더 많은 것을 거두고 생산해보았다는 생각이 들었다. 우리는 지금까지 잊고 살아왔던 옛날로 거슬러 올라가 보기도 했고, 우리 부모님이 살았던 삶의 체취를 느껴보기도 했다. 그 당시에는 힘들고 어려운 농사였겠지만 세월이 지나고 지난날을 추억해보면 아름다운 것만 남는다. 우리는 그 아름다웠던 추억을 놀이로 재현해보면서 새로운 체험의 세계에 발을 디뎌보았던 것이다.

영국의 경제학자 클라크가 분류한 산업분류표를 보면 농업은 1차 산업이고, 제조업은 2차 산업이며, 1·2차 산업을 제외한 산업을 3차 산업으로 분류하였다. 그런데 요즈음은 1차 산업인 농수산업과 2차 산업인 제조업, 그리고 3차 산업인 서비스업이 복합된 산업으로 나아가고 있고, 이것을 6차 산업이라고 하며 오늘날 농업은 그런 방향으로 전환되어야 경쟁력이 있다고 한다. 그런데 우리가 가꾸는 주말농장을 여기에 대입해보면 우리의 주말농장도 6차 산업의 주말농장으로 가고 있는 것이다. 단순히 식물만 가꾸는 그런 1차 산업에 머물지 않고, 수확물을 가공해서 만들면서 2차 산업으로 연결되기도 하였고, 또 그런 과정에서 새로운 체험을 즐기는 3차 산업도 맛보면서 6차 산업의 주말농장으로 가고 있는 것이었다. 우리가 가꾸는 주말농장에는 식물을 가꾸고, 삶을 즐기고 시간여행을 해보는 그런 주말농장이 아닌가 하는 생각을 해보게 된다.

꿀벌을 치고

　다시 양봉을 해보기로 하고, 벌을 한 통 사 가지고 왔다. 양봉은 이 번이 처음은 아니다. 약 9년 전에 토종벌을 선물 받아 한 번 쳐본 적 이 있다. 꿀도 따보고, 그다음 해 봄에는 분봉도 시켜봤다. 그런데 분 봉을 한 벌은 관리를 잘 못 해서 다른 곳으로 날아가버렸고, 남은 한 통은 말벌들이 물어가서 그런지 개체수가 점점 줄어들어 양봉을 포 기하고 다시 주인에게 돌려주고 말았다. 벌이 있을 때는 주말에 농장 에 오면 벌들이 붕붕거리면서 우리를 반겨주는 것 같아 참 좋았는데 돌려주고 나니 참으로 아쉽고 마음이 허전했다. 하찮은 곤충들이지 만 정이 들었던 모양이었다. "든 정은 몰라도 난 정은 안다."라는 말 이 있다. 벌통이 있는 곳에 눈이 자주 가곤 하였고, 상실의 아픔도 겪었다. 하지만 주말에만 와서 농사를 짓는 주말 농부는 말벌들로부 터 우리가 치는 벌을 지켜줄 수가 없었다. 그래서 먼 훗날 전원주택을 짓고 여기에 우리가 살게 되면 다시 꿀벌을 치기로 마음먹었다.

그러던 중 지인이 꿀벌을 치고 있다는 소식을 들었다. 미련이 남아 다시 한 번 우리가 양봉을 해볼 수 있을지 검토해봤다. 말벌을 퇴치하는 데 다소 문제가 있긴 하지만 어느 정도 가능하지 않겠느냐는 판단이 섰다. 문제는 흔히 보이는 토종 장수말벌은 벌을 한 마리씩 물어가긴 하지만 벌집으로 침입하여 전멸을 시킬 정도는 아니므로 괜찮은데, 7, 8월경에 기승하는 외래종인 등검은말벌이 문제였다. 이놈이 벌통에 침입하게 되면 불과 몇 시간 만에 벌을 다 물어 죽여버리고 벌집을 초토화시켜버린다는 것이다. 그래서 이런 재앙만 피하면 가능하지 않겠느냐는 생각이 들었다. 8월이 되어 등검은말벌들이 기승하게 되면 그때 가서 대책을 세워보기로 하고 일단 양봉을 다시 한 번 해보기로 하였다. 양봉을 하는 현장에 도착하여 양봉하는 모습도 살펴보고 또 전문가로부터 대충 양봉 관리에 대한 교육도 받았다. 벌통을 관리하는 방법과 쑥을 피워 연기를 내어 벌을 몰아내는 방법 등을 교육받은 후 일단 한 통을 15만 원 주고 사서 농장에 싣고 왔다.

일반 가축을 사육하는 것보다는 양봉을 하는 것이 쉬울 것 같은데 반드시 그렇지는 않다. 계절에 따라 온도도 신경을 써야 하고, 또 여러 가지 기구도 필요했다. 벌 식구가 늘어나면 새로 벌집을 지을 수 있는 소초(巢礎)도 필요하고, 벌통을 관리하기 위해 벌을 몰아내는 훈연기, 꿀을 따는 채밀기 등도 있어야 하는데 일단 벌만 한 통 사 가지고 왔다. 벌이 우리 농장에 안착을 하고, 벌 개체 수가 늘어나게 되면 그때 가서 다시 준비하기로 하고 벌통만 사 가지고 왔던 것이다. 약 한 시간 정도 차를 몰고 오면서 벌들이 스트레스를 받아 날아가버릴까 염려가 되어 조심스럽게 차를 몰고 농장에 왔다. 벌이 보금자리를 틀 장소로 과수원을 정하고, 양봉 전문가가 시키는 대로 바닥을 평평하게 고르고 블록을 2장 놓은 후 벌통을 올려놓았다. 그리고 일정 시간이 지나 벌이 안정을 찾아가는 것을 보고 벌집 문을 열어주었다. 벌들은 도망을 가듯 한꺼번에 밖으로 몰려나왔다. 이것들이 도로 날아가버리지는 않을까 염려를 했는데 그렇지 않았다. 벌들은 밖을 나와 잠시 벌통 주변을 맴돌며 지형을 익히고 다시 들어오는 것 같았다. 해마다 말 없는 식물만 가꾸어오다 우리가 관리하는 벌이 농장에 날아다니니 뭔가 새 식구가 생긴 것 같아 아주 마음이 흐뭇했다. 벌이 있어 더욱 조화로운 삶이 있는 주말농장을 기대해보게 되었던 것이다.

그러던 중 농장에는 아카시아 꽃이 피는 계절이 왔다. 아카시아 꽃이 피면 꿀을 딸 때가 된 것이다. 이번 주말에는 우리도 꿀을 따보기로 하였다. 채소를 가꾸어 수확을 해보는 것이 주말농장의 일상인데, 이번 주말은 양봉을 해서 꿀을 따보는 새로운 기회가 주어졌다. 아직 가보지 않았던 새로운 길을 걸어보는 것이 우리들의 가슴을 부풀게 했다. 금요일 저녁에 와서 하룻밤을 자고, 아침에 일찍 일어나 꿀을 딸 채비를 차렸다. 꿀을 채취하는 방법은 대충 알고 있지만, 아직 자신이 없는 부분도 있었다. 벌집을 채밀기에 넣어 회전을 시키면 꿀이 밑으로 흘러내리는 정도는 아는데, 채밀하기 전에 여왕벌을 가려내어 격리시켜야 하는 것에는 자신이 없었다. 그럼에도 불구하고 일단 시도를 해보기로 했다. 여왕벌이 보이면 그때 가서 적당히 처리하기로 하고 완전무장을 하였다. 벌침이 옷을 뚫고 들어오지 못하도록 바지는 두꺼운 겨울 바지를 입었다. 윗옷도 세 겹이나 껴입었다. 그리고 모기장 같은 그물망을 머리에 쓰고, 손목과 팔을 가릴 수 있는 별도의 장갑도 꼈다.

마치 적진에 진입하는 용사의 마음으로 조심스럽게 벌통에 다가갔고, 벌들이 놀라 소동이 일어나지 않도록 조심스럽게 벌통을 열었다. 벌통 안의 벌들은 여전히 세력이 왕성하였다. 아카시아 꽃이 피고 밀원이 풍부하면 새 여왕벌이 생겨 분가를 한다는데 아직 그런 흔적은 없는 것 같았다. 하지만 모를 일이다. 주말까지 농장을 비워둔 사이에 살림을 나가고, 새로 알을 깐 새끼들이 이렇게 벌집을 가득 채우고 있는지도 모를 일이다. 아무튼, 벌들의 세력이 왕성하게 남아있으니 꿀도 많이 채취할 수 있을 것이라 기대가 되었다. 오늘 꿀을 채취하면 담아오기 위해 꿀을 담을 유리병도 두 개나 가져왔다. 이것을 다 채울 수 있기를 바라며 벌통에서 벌집을 하나 들어보았다. 벌집의 무게감이 제법 느껴지는 것으로 봐서 꿀이 많이 들어있는 것 같았다. 자세히 살펴보니 육각형의 벌집에 꿀들이 고여있고, 어떤 것은 다 채워져서 그런지 벌집 표면을 봉해놓은 것도 보였다. 우리가 들어 올린 벌집에 혹 여왕벌이 있는지 살펴보았다. 여왕벌은 일반 일벌보다 커서 구별이 가능한데 많은 벌이 엉겨있으니 잘 보이지가 않았다. 여왕벌이 보이지 않으면 일단 없는 것으로 생각하고 벌들을 털어내었다. 다음으로 빗자루로 남은 벌들을 다시 쓸어내었다. 그리고 꿀을 다 채워 밀봉을 해둔 것은 칼로 윗부분을 벗겨내고 채밀기에 넣었다.

벌집 세 개가 채워지면 채밀기를 돌렸다. 원심분리기의 원리를 이용한 채밀기를 빠르게 돌린 후 벌집을 꺼내었다. 꿀이 들어있을 때는 벌집의 무게감이 느껴졌는데 끄집어낼 때는 가벼워졌다. 꿀이 밑으로 빠져버린 것을 무게감으로 어느 정도 알 수 있었다. 벌집을 들어내고 채밀기 안을 살펴보았다. 꿀이 밑에 제법 고여있었다. 신비로운 체험이고, 재미도 있었다. 열심히 꿀을 모아 저장해둔 벌들에게는 좀 미안하기도 했지만, 수확을 하는 인간에게는 재미가 있었던 것이다. 꿀을 채취한 벌집을 다시 벌통에 넣고, 남은 벌집을 다시 들어 올려 여왕벌이 있는지 살펴보고 벌을 털어낸 다음 채밀기에 넣어 꿀을 채취했다. 이렇게 해서 마지막 8개까지 다 채취를 했는데 여왕벌은 보이지 않았다. 우리가 발견하지 못하고 높으신(?) 여왕벌을 일벌 취급해서 그냥 털어버린 것으로 짐작이 되었다. 만에 하나 여왕벌이 다치거나 벌통이 열린 틈을 이용해서 멀리 달아나지 않기를 바라며 꿀을 다 따고 벌통을 다시 원래대로 덮어두었다

벌통 주변을 정리하고 꿀을 채취한 채밀기를 소나무 밑 평상으로 옮겨왔다. 얼마나 많은 꿀이 담겨있는지 뚜껑을 열고 안을 쳐다보았다. 제법 많은 꿀이 아래에 고여 있는 것 같았다. 우리가 가져온 두

병은 채워지기를 바라며 채밀기 아랫부분에 수도꼭지처럼 달린 파이프를 열고 꿀병을 그 아래 받쳤다. 꿀은 생각보다 많았다. 한 병 정도 될 것으로 짐작했는데 한 병을 채우고 또 많이 남아있었다. 가져온 두 번째 병에도 담아보았다. 귀한 꿀이기에 한 방울도 남기지 않고 채밀기를 기울여서 병에 담았다. 그렇게 담아보니 딱 두 병이나 되었다. 친구와 한 병씩 나눠 먹을 분량이 된 것이다. 채밀기 아래 파이프에 붙어있는 꿀을 손가락으로 찍어 맛을 보았다. 그야말로 꿀맛이었다. 새로운 체험이 꿀맛이었다.

표고버섯을 재배해보다

버섯 숙주인 참나무를 구하다

주말농장을 시작하고 처음으로 채소를 가꿔볼 때는 모든 것이 흥미롭고 재미가 있었다. 그런데 이러한 삶도 해를 거듭할수록 처음 시작할 때와 같은 가슴 뛰는 즐거움은 식어가고 있었다. 그래서 올해는 뭔가 새로운 것에 도전해보고자 마음을 먹고, 표고버섯을 재배해보기로 하였다. 버섯 재배에 관한 책을 사서 기초적인 이론과 방법을 습득하고, 재배를 하고 있는 농부들의 경험담을 인터넷으로 검색해 살펴보았다. 주말농장을 하면서 여러 가지 채소들을 가꿔보았지만, 버섯 재배는 채소를 가꾸는 것과는 달랐다. 버섯 재배용 비닐하우스를 짓고, 습도 조절을 위한 관수 장치를 해야 하고, 직사광선을 피하기 위한 차광막도 설치해야 했다. 그리고 표고버섯이 숙주로 하는 참

나무도 구해야 하고, 버섯 종균도 어디서 살 수 있는지도 알아봐야
했다. 그게 간단한 일은 아니었고, 아마추어 농부인 우리가 쉽게 경
험해볼 수 있는 것이 아니었다. 하지만 한 번 도전해보기로 했다.

　먼저 비닐하우스를 지었다. 비닐하우스는 처음이 아니고 주말농장
을 시작할 때 다용도용으로 지어봤고, 또 농기구 보관용으로 지어본
경험이 있어 전문가의 도움이 필요하지 않았고, 우리 손으로 지을 수
가 있었다. 그리고 비닐하우스에 차광막을 설치하고 물을 뿌려주기
위하여 관수 장치도 해두었다. 겨울 동안 참나무를 구해야 했는데 마
침 김해에 살고 있는 친구가 참나무가 있는 야산을 소유하고 있어 참
나무도 구할 수 있었다. 그래서 주말 어느 날 친구들과 함께 참나무

를 베러 산으로 올라갔다. 야산은 사
람이 들어가기 어려울 정도로 덤불이
우거져있었고, 경사도 가팔랐다. 경사
진 산등성이를 오르락내리락하면서
참나무를 찾아내어 톱질을 하고, 잔
가지를 잘라 길이가 1.2m 정도가 되
도록 토막을 내었다. 여기까지는 문제
가 없었는데 옮기는 것이 문제였다.
돌덩이같이 무거운 나무를 산기슭에
서 주차장까지 옮겨서 트럭에 실어야
했고, 또 농장으로 옮겨와서 쌓아놓
아야 하는데 쉬운 일은 아니었다. 벌
목공이 하는 흉내를 내며 밧줄로 나
무토막을 묶어서 끌기도 하고, 때로

는 지게에 지어 나르기도 하여 겨우 농장에 갖다 놓았다. 참나무를 농장에 갖다 놓는 일이 쉬운 일은 아니었지만 그래도 뭔가 새로운 것을 시작하는 흥미가 있어 무난히 해낼 수 있었다.

버섯 종균을 넣다

참나무를 지난겨울에 구해놓고 봄을 기다렸다. 농장에 와보니 상사화가 새로 싹을 내밀고 있었고 매화꽃도 제법 많이 피기 시작했다. 다음 주말에는 매화꽃이 만개한 봄 동산이 농장에 펼쳐질 것 같다. 그리고 시금치, 양파, 마늘, 유채 등 월동 식물들도 하루가 다르게 파릇파릇 자라고 있었다. 겨울 동안 죽은 듯이 살아가던 식물들이었는데, 봄 기운을 맞아 모두들 앞서거니 뒤서거니 열심히 새싹을 내고 있는 중이었다. 주말에 농장에 오면 이렇게 지난 주말과 다른 새로운 세상을 만나볼 수 있고, 생명이 자라는 숨소리를 들을 수 있어 참 좋다.

이번 주말에는 표고버섯 종균을 주입할 예정이다. 그런데 주말에 비가 온다는 일기예보였다. 그래서 목요일 저녁에 농장에 와서 밖에 쌓아둔 참나무를 미리 비닐하우스 안으로 옮겨놓았다. 그리고 금요일에 김해시 산림조합으로부터 종균도 찾아놓았다. 새싹들이 돋아나고 있는 농장을 한 번 둘러본 후 버섯 종균을 넣기로 했다. 버섯농사는 처음인 데다 집에서 책을 읽어보니 버섯 농사도 까다롭고 머릿속에 정리가 잘되지 않았다. 책을 읽은 내용을 다 기억할 수 없어 이번 주말에 해야 할 일에 대해서만 정리를 하고 농장에 왔다. 이를테면 구멍 깊이는 2.5cm~3cm로 하고 굵은 나무는 5cm까지 뚫어도 된다는 것, 구멍과 구멍 사이 가로 세로의 간격을 10cm와 5cm로 단순화하였고, 종균을 주입한 후 골목을 눕히는 방법 또한 베개 쌓기, 장작 쌓기 등 여러 가지가 있는데 그냥 적당히 쌓아두는 것으로 정리를 하였다. 그리고 종균을 접종한 후에는 15일 정도 물을 주지 말아야 한다는 것만 기억하고 오늘 작업을 시작한 것이다.

종균을 주입하는 방법도 참나무 굵기에 따라 다른 것 같은데 이렇게 단순화하면 수확이 기대에 미치지 못할지 모르겠다. 하지만 우리는 많은 것을 기대하는 것은 아니다. 종균이 살아서 나와 버섯이 돋아나기만 하면 좋은 것이다. 많이 살아서 나오면 좋겠지만 적게 나와도 상관이 없다. 친구와 둘이서 무거운 참나무를 내려놓고, 드릴로 구멍을 뚫어놓으면 아내들은 뚫린 구멍에 종균을 주입하였다. 보통 아내들은

농사에 크게 관심을 가지고 있지 않고 그래서 잘 돕지 않는데 아내들도 처음 해보는 일이라 그런지 흥미를 가지고 남편을 도왔다.

직장을 은퇴한 후 인생 후반부를 살아가면서 부부가 함께 살아가면 새로운 갈등이 생기는 경우가 많이 있는데, 주말농장에 와서 함께 농사를 지으면 그렇지 않은 것 같다. 함께 대화하고, 함께 먹고, 부부간에 함께 일함으로써 삶을 공유할 수 있어 좋은 것 같다. 두 부부가 함께 대화를 나누면서 참나무를 옮겨놓고, 이리 구르고 저리 구르면서 구멍을 뚫고 종균을 넣다 보니 해가 지고 저녁이 되었다. 몸은 힘들고 마음은 바빴지만 일을 마친 후에 우리가 해놓은 표고 골목을 보고, 뚫린 구멍마다 표고버섯이 얼굴을 내밀 것을 생각하니 마음은 벌써 부자가 된 듯한 느낌이 들었다. 씨앗을 뿌리는 농부는 미래가 있고, 아름다운 꿈을 꾸게 되는 것이다.

표고버섯이 올라오기 시작하다

계절은 가을의 문턱을 넘어서고 있었다. 들에는 벼가 익어가고 산등성이 녹색 수풀에는 황갈색이 번져가고 있었다. 채소밭의 들깨도 이제 꽃이 피기 시작했고, 고추도 끝물이 되어가고 있었다. 그리고 여름 채소들이 물러간 자리에는 김장 배추와 무가 텃밭의 주인이 되어 자라고 있었다. 주중에 태풍이 지나간 흔적들을 살펴보았다. 사과는 거의 다 떨어져 버렸고, 감도 많이 떨어져 있었으며, 해바라기밭은 쑥대밭이 되어있었다. 줄기가 꺾여버린 가운데 다행히 살아남아서 열매가 영글어가는 것들은 새들이 쪼아 먹고 있는 중이었다. 농부는 자연에 순응하면서 농사를 지어야겠지만 마음을 비우고 순응하면서 살아간다는 게 쉽지는 않을 것 같다. 취미로 농사를 짓는 주말 농부는 그래도 마음만 비우면 되겠지만, 생계가 걸려있는 농부에게는 재앙일수 있는 것이다.

태풍으로 망가져 버린 농장을 둘러보니 허망한 마음이 들었다. 버섯이 자라고 있는 비닐하우스 안으로 들어가 보았다. 여기에는 바깥세상과는 다른 풍성함이 있고, 새로운 가능성을 찾을 수 있었다. 올해 처음으로 버섯을 재배해본 버섯이 여기저기서 올라오고 있는 중이었다. 어떤 것은 비좁은 나무와 나무 사이에 끼어있는 것도 있었고,

어떤 것은 수확 시기가 지나 사람 손바닥만큼 퍼져있는 것도 보였다. 어느새 이렇게 자랐는지 모르겠다. 이 감격을 혼자서 맛볼 수는 없어 밖에서 일하고 있는 친구도 부르고, 아내도 불렀다. 버섯을 전문적으로 재배하는 농부에게는 대수롭지 않은 일상에 지나지 않겠지만, 처음으로 재배해보는 우리에게는 새로운 가능성이고 새로운 변화의 시작으로 느껴졌던 것이었다.

주말농장을 가꾸면서 계절의 변화에 따라 씨앗을 뿌리고 가꾸는 일상에서, 뭔가 새로운 변화를 시도해본 것이 버섯재배였는데 그것이 성공한 것이고, 그래서 새로운 일상이 시작되는 것이었다. 우리가 농사지어 처음 올라온 표고버섯을 시식해보기로 했다. 아직 중참 때가 아니었는데 농주를 한잔하기로 하고, 표고버섯을 데쳐서 초고추장에 찍어 먹어봤다. 버섯의 육질은 쫄깃쫄깃하면서 맛이 참 좋았다. 우리가 직접 재배해서 그런지 모르겠고, 새로운 삶의 체험이, 그리고 새로운 변화의 시도가 더해져서 맛이 더 있었는지 모르겠다.

이번 주말은 쌈용 배추를 심고, 월동할 마늘 파종을 준비하며, 여름에 땀을 흘리며 가꿔온 참깨를 수확하였다. 그리고 또 봄부터 가꿔온 버섯을 처음으로 수확해서 맛보는 즐거움도 누렸다. 이 가을에 정녕 우리가 살아가며 가꾸는 것은 오늘부터 올라오기 시작한 버섯이 아니라 일상에서 변화를 일구어내는 내 삶을 수확한 계절로 느껴졌다.

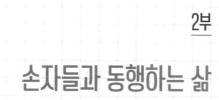

2부

손자들과 동행하는 삶

손자들과 연날리기

주말에 성규 엄마는 직장연수를 가야 한다고 했다. 우리 부부는 맞벌이하는 아들 내외를 위하여 손자들을 맡아주고 있고, 주말이 되면 손자들로부터 해방이 되는 날이다. 그런데 이번 주말은 그렇지 못했다. 주말에 하루 종일 손자들에게 시달릴 것을 생각하니 엄두가 나지 않았다. 예상하지 못했던 고개를 넘어야 하는 상황이었다. 손자들이 있어 귀엽고 좋기도 하지만 하루 종일 놀아주는 것은 참 힘들고 어렵다. 집에 있으면 TV를 켜달라고 하고, 보지 말라고 하면 할아버지에게 놀아달라고 졸라댄다. 여덟 살과 다섯 살에 접어드는 남자아이와 오랫동안 뒹굴며 놀아주는 것은 할아버지에게는 감당하기 어려운 중노동이다. 블록 놀이를 하고, 책을 읽어주는 방법도 있는데 이것도 잠시뿐이다. 얼마 가지 않아 흥미를 잃어버리고 다시 할아버지에게로 와서 심심하다고 하면서 놀아달라고 한다.

바깥나들이가 하나의 방법이긴 한데 딱히 데리고 갈만한 곳이 없었다. 이리저리 궁리를 하다 아이들을 데리고 농장에 가기로 했다. 절기는 오늘이 대한이지만 낮에는 포근하고, 미세먼지 농도도 보통이라는 일기예보였다.

아침 추위가 풀리기를 기다려 점심을 먹은 후 농장에 왔다. 아침에는 다소 쌀쌀했는데 오후가 되니 봄처럼 포근했다. 겨울 농장은 생명들이 살지 않아 황량하기 그지없었지만 손자들과 함께 오고, 성규 할머니가 동행하니 마음은 즐거웠다. 손자들과 연을 날리며 놀아주기 위해 왔지만 어쩌면 할아버지가 즐기기 위해서 손자들을 데리고 온 것인지도 모르겠다.

농장을 대충 둘러보고 연을 연줄에 매어 날려보았다. 할아버지가 연을 날리고 있는 것을 보고 나무 그네를 타고 놀던 아이들이 할아버지에게로 왔다. 연줄을 풀고 감을 때마다 연은 하늘에서 곡예를 하듯이 춤을 추고 있었다. 성규가 직접 한번 해보고 싶다고 했다. 할아버지가 연을 조종하는 방법을 알려준 후 얼레를 손자에게 넘겨주었다. 성규는 연줄을 당겼다 풀었다 하면서 연을 조종하면서 놀았고, 그에 따라 연은 하늘 높이 올랐다 내려왔다 하였다. 성하는 아직 어려서 조종을 할 수 없었지만, 하늘에서 날고 있는 연이 신기한 듯 연에서 눈을 떼지 못하고 있었다.

할아버지는 성하가 가지고 놀 연을 다시 연줄에 매어 하늘에 띄웠다. 하늘 높이 올려놓은 후 둘째 성하가 날려보도록 얼레를 성하에게 주었다. 형처럼 연을 조종할 줄은 모르지만, 연줄을 잡고 있고, 그 연줄 끝에는 연이 날고 있는 것만으로도 즐거운 것 같았다. 아이들이 좋아하는 모습을 보고 있으니 할아버지도 즐거웠다. 아이들을 데리고 농장에 온 것이 참 잘했다는 생각이 들었다. 추운 날씨에 감기 걸릴까 염려하여 따뜻한 실내에서 TV를 보거나 장난감을 가지고 하루 종일 놀 것을 생각하면 백번 잘한 것 같았다. 추위에 움츠렸던 가슴을 펴고 밖으로 나와 파란 하늘을 쳐다보고, 갈색의 흙을 밟으면서 연을 날리고 놀고 있으니 새로운 세상에 와서 노는 기분이 들었을 것이다. 오늘이 즐겁고 또 먼 훗날 아름다운 기억으로 남을 수도 있을 것이다. 아직은 아니지만, 하늘 높이 떠서 날고 있는 연처럼 하늘을 나는 꿈을 먼 훗날에는 꾸게 될지도 모를 일이다.

아이들이 재미있게 놀고, 사진을 찍어주던 성규 할머니도 직접 연을 날려보면서 노는 모습을 보고 할아버지는 과수원에 가서 가지치기를 하고 양배추도 두 포기 뽑아왔다. 저녁이 되면서 기온이 내려가는 것을 느끼고 서둘러 아이들을 차에 태웠다. 성규는 아쉬움이 남는 모양이었다. 다음 토요일이 빨리 왔으면 좋겠다는 말을 들으니 할아버지도 아이들을 데리고 온 보람을 느꼈다. 손자들이 있어 힘들기도 하지만 손자들이 있어 즐겁기도 한 것이 할아버지와 손자가 동행하는 삶이었다. 성규 엄마의 직장 연수로 하루 종일 아이들을 봐야 한다고 생각할 때는 넘기 힘든 고개가 눈앞에 있는 것

같았는데 손자들과 연날리기를 하고 집으로 돌아올 때는 고갯마루에
서 미끄럼을 타고 내려오는 기분이 들었다. 피할 수 없는 상황에서는
즐기는 방법을 찾으면 그런 방법이 있는 것이다.

초등학교 입학하던 날은

성규가 초등학교에 입학했다. 입학식에는 성규 엄마와 함께 할아버
지와 할머니도 참석했고, 외할아버지도 오셨다. 온 집안이 움직인 셈
이다. 집안의 장손이 새로운 세상을 향하여 첫걸음을 내딛는 날은 집
안의 새 역사가 기록되는 날로 생각해서 그런 것 같았다. 시간에 맞

취 참석하기 위하여 먼저 둘째 성하를 어린이집에 데려다주고 와야 했다. 그런데 성하는 어린이집에 혼자 가지 않으려 했다. 늘 함께 다니던 형이 가지 않는 것을 알고 그런 것 같았다. 초콜릿을 사주겠다고 설득을 시켜서 겨우 차에 태웠다. 가는 길에 형이 생각났던 모양이었다. "할아버지, 형은 어디 갔어?" 하고 물었다. 형은 이제 초등학교에 가게 되어 앞으로는 성하와 함께 가지 못하고, 성하 혼자만 어린이집에 다니게 될 것이라고 대답을 해주었다. 초등학교가 어떤 것이고, 왜 형이 함께 가지 않고 초등학교에 가야 하는지 성하가 이해할 수 없을 것이다. 하지만 할아버지는 그렇게 대답해줄 수밖에 없었다.

늘 함께 태우고 다녔던 성규가 없으니 할아버지도 뭔가 허전한 느낌이 들었다. 평소에는 둘을 태우고 가면 아이들이 장난치면서 웃는 소리, 싸우면서 우는 소리로 차 안이 늘 시끄러운데 오늘은 조용했다. 룸미러로 뒤를 돌아보았다. 평소와는 달리 성하는 뒷좌석에 얌전히 앉아있었다. 조금은 안쓰럽게 느껴졌다. 그래도 싸우고 장난치고, 울고 웃으면서 시끄러운 그때가 좋았던 것 같았다. 시끄러울 때는 조용하기를 바랐는데 조용하니 시끄러울 때가 그래도 나은 것 같이 느껴졌던 것이다. 사람은 힘들고 어려울 때는 참기 어려웠는데 그 시절이 지나고 나면 아이러니하게도 그런 시간들이 그립게 느껴지는 모양이다. 우리는 어제와 같은 오늘이 계속될 것으로 착각하면서 살아가지만, 세상은 늘 변하고 있는 것을 보게 된다. 언젠가는 때가 오면 할아버지가 성하를 태우고 어린이집에 가는 이 시간도 없어질 것이다. 그리고 성하가 자라게 되면 부모의 슬하를 떠날 날도 있을 것이고, 그래서 새로운 변화로 인해 손자들과 떨어져야 하는 아쉬움을 감내해야 하는 날도 올 것이다.

　할아버지는 성하를 어린이집에 데려다준 후 성규가 입학하는 학교로 갔다. 집에서 10분 거리에 있는 내성초등학교는 성규 아빠가 졸업한 학교다. 입학식 행사 중 학사보고를 들으니 설립한 지 올해가 111년째 되는 해라고 하였다. 그런데 성규 아빠가 학교에 다닐 때는 12반이나 되었던 학교가 오늘 와보니 입학생은 2반밖에 되지 않았다. 한 세대를 건너뛰면서 10반이나 줄어든 것이다. 인구절벽에 처해있는 우리나라의 현실을 초등학교 입학생 수에서 볼 수 있었다. 교장 선생님이 축사하는 순서가 있었다. 선생님은 축사 도중에 먼저 손을 든 아이들을 한 반에 두 명씩 지명해서 단상으로 올라오라고 했다. 제일 먼저 손을 들었던 성규도 뽑혀 강단으로 올라갔다. 선생님은 아이들에게 뭔가 과자 부스러기 같은 것을 입에 넣어주고 무슨 맛인지 알아맞혀 보라고 하였다. 세 번째로 성규 차례가 되었다. 선생님이 묻는 질문에 강당이 떠나갈 듯한 소리로 "초콜릿 맛입니다." 하고 대답을 했다. 앞에 있는 여자아이가 수줍어서 대답을 잘 못 하는 것을 보고 큰 소리로 대답을 해야 하는 것으로 생각했던 모양이었다. 그런 손자를 보고 할아버지는 흐뭇했고 남달리 감회가 깊었다.

　손자를 키워왔던 지난날들이 생각났다. 아이의 생일이 12월 29일이어서 일찍 태어난 또래보다는 신체적 연령이 1년은 늦어 학교에 잘 적응할 수 있을지 우려가 되었다. 그런 와중에 발육조차 늦었다. 또래들이 말문이 트이고, 서로 소통을 할 때 성규는 소통을 하지 못했다. 병원을 찾아 검사를 해본 결과 언어발달이 최하위 그룹이라는 것을 알게 되었다. 말이 늦으면 학습에도 문제가 있을 뿐만 아니라 또래들과 소통에도 문제가 있고, 그게 성격에 부정적인 영향을 미칠 것이 우려되었다. 학교에 입학할 때까지 이런 상황이 계속되면 학교를 1년 늦게 입학시킬 것을 고려하면서 성규 할머니는 열심히 언어치료를 하는 곳에 데리고 다녀야만 했다. 그 결과 또래들을 따라붙었다. 손자들이 입학하게 되면 이 땅의 모든 할아버지가 다 기뻐하겠지만, 성규의 경우 이런 어려움이 있었기에 할아버지는 더욱 마음이 기쁘고 뿌듯했다.

입학식을 마치고 담임선생님을 따라 2층에 있는 교실로 들어갔다. 아이들을 따라 교실로 가는 손자를 보면서 할아버지가 초등학교에 입학하던 때가 생각났다. 그 시절에는 선생님이 앞에서 "하나 둘!" 하면 입학생들은 "셋 넷!" 하면서, 병아리가 어미 닭을 따라다니듯이 선생님을 따라갔었다. 그리고 앞가슴에는 손수건을 달고 다녔던 것도 기억이 났다. 코가 나오면 코를 닦기 위해서 달고 다닌 것이다. 요즈음 아이들은 그렇지 않은데 옛날에는 아이들이 유달리 코를 많이 흘렸던 모양이었다. 아이들을 일컫는 가장 흔한 말이 '코흘리개'였으니까 말이다. 그런데 세월이 바뀌면서 그렇게 흐르던 코가 전부 말랐을까? 요즈음은 코를 닦기 위해 손수건을 달고 다니는 애는 없었다. 성규가 공부하게 될 반은 1학년 2반이었고, 17명의 아이 중 성규는 번호가 13번이었다. 아이가 아직 어려서 산만할 것이 우려되었는데, 오늘은 선생님 말씀에 제법 집중을 하면서 듣고 있었다. 새로운 세상에 관한 관심과 기대감이 있어 그런 것일 게다. 담임선생님으로부터 학부형들이 챙겨야 할 등하교 시간, 소지품 준비 등에 대한 주의를 들는 것으로 입학식을 마쳤다.

성규 엄마는 다시 직장으로 가고, 성규는 할아버지와 할머니 손을
잡고 집으로 걸어왔다. 성규 손을 잡고 오면서 할아버지는 손자가 이
렇게 살아가기를 기대해보고 싶었다. 많은 사람이 추구하는 돈이나
출세를 하기 위해 인생을 소비하지 않기를 바라고 싶었다. 행복이나
보람 같은 것은 그런 것에만 있는 것은 아니다. 소박한 삶 가운데도
행복이 있고, 보람이 있는 것이다. 앞으로 학교에 가게 되면 경쟁 대
열에 성규가 서게 되고, 영어와 수학을 잘해서 1등을 하면 좋겠지만
그게 행복을 보장해주는 것은 아니다. 성규 아빠와 엄마도 자식에게
지나친 기대감을 갖지 않기를 바라고 싶었다. 성규에게 남과 다른 재

능이 무엇인지를 발견하고 그 재능을 계발하는 데 도움을 주는 것이
부모가 할 일이라는 것을 명심하고 키우면 좋을 것 같다. 자기가 하
고 싶은 직업을 가지고 살아가고, 그게 이웃에게 행복을 더하여주고,
이 사회를 아름답게 만들어가는데 기여할 수 있다면 그게 성공하는
인생인 것이다. 손자의 앞날을 위해 할아버지는 이렇게 살아가기를
기도하면서 입학식을 마치고 집으로 왔다.

학교에 데려다주던 날은

성규가 초등학교를 입학한 지
한 달이 지나가고 있다. 입학 초기
에는 할아버지나 할머니가 교실까
지 성규를 데려다주어야 했다. 학
교에 가는 길을 잘 알고 있어 가
는 중에 혼자 가라고 하면 불안하
여 할아버지 손을 놓아주지 않았
다. 그런데 날이 갈수록 제법 대
범해져 가고 있었다. 할아버지 손
을 잡고 함께 가는 거리가 점점
줄어들더니 요즈음은 교문까지만
데려다주면 혼자 갈 수 있다며 '여
기서 헤어지자'고 한다. 아이들은

어른과 달리 변화에 빠르게 적응해가는 모습을 보게 된다.

그런데 오늘은 또 새로운 모습을 보여주었다. 오늘은 아파트단지를 벗어나 시장을 지나가고 있던 중 여자 친구를 만났다. 성규는 "할아버지, 이제 같이 가지 않아도 돼요. 할아버지 그만 집으로 돌아가세요."라고 하면서 여자 친구와 함께 학교를 향해 달렸다. 벌써 새로운 친구를 사귄 것을 보고 마음이 흐뭇했다. 언젠가는 더 넓은 세상에서 더 많은 사람을 만나게 될 것이고, 그런 날이 되면 할아버지와 동행했던 삶도 성규의 관심 밖으로 밀려나게 될 것이다. 그런 시작이 여자 친구를 만나는 오늘인가 하는 생각이 들었다.

성규가 할아버지 손을 놓고 여자 친구와 함께 가는 모습이 귀엽게 보였다. 혹시나 해서 할아버지는 멀리 떨어져 교문까지 따라갔다. 교문을 들어서면서 할아버지를 다시 보았던 모양이었다. "할아버지, 안녕!" 하고 "이제 가세요!"라고 하면서 손을 흔들고 가방을 메고 뛰어가는 손자 모습을 보면서 손자가 벌써 이만큼 자랐구나 하는 생각이 들었고, 참 대견스럽게 보였다.

어젯밤에는 성규 엄마의 퇴근이 늦었다. 성규와 성하를 할아버지 집에서 재워야 했다. 할아버지와 할머니가 한 명씩 맡기로 하고, 할아버지는 성규를 맡아 할아버지 침대에 눕히고 동화책을 읽어주었다. 할아버지는 시간이 지날수록 몸이 피곤하여 잠이 퍼붓는데, 손자는 눈이 말똥말똥했다. 손자가 잠을 청하지 못하는 바람에 하는 수 없이 스마트폰으로 어린이동화 동영상을 보여주기도 했다. 겨우 잠을 재우고 할아버지도 잠을 자려고 시계를 보니 밤 12시를 넘어서고 있었다.

손자 육아가 이렇게 힘이 드는 것이다. 그런데 오늘은 귀여운 모습만 보였고, 대견스러운 모습만 보였다. 빠르게 성장해가는 손자의 모습을 보면서 보람도 느꼈다. 어젯밤에는 할아버지를 힘들게 했던 녀석이었는데 오늘은 할아버지에게 흐뭇함을 안겨주었다. 우리네 인생 여정이 이런 것이다. 황량한 사막을 건너는 나그넷길을 지나면 오아시스를 만나는 삶이 있어 다시 기력을 회복하고 힘을 내듯이, 할아버지도 때로는 귀엽고 보람있는 손자를 보게 됨으로써 힘든 오늘을 살아가고 있는 중이다.

포켓몬스터를 공부해야 하는 할아버지

3월은 법인세 신고 기간이다. 세무사인 할아버지는 몸과 마음이 바쁜데 체력은 예전 같지 않다. 업무를 보고 나면 피로감이 자주 몰려온다. 그런 가운데 하루 일과를 마친다. 집에 가면 쉬고 싶은데 그렇지 못하다. 껌딱지 같은 손자들이 기다리고 있다. 손자들이 귀엽고 손자들이 있어 인생이 행복할 때도 있지만, 몸이 피곤할 때는 귀찮을 때도 있다.

저녁을 먹고 소파에 앉았다. 기다렸다는 듯이 큰놈 성규가 다가왔다. 포켓몬스터 놀이를 하자고 했다. 할아버지는 무슨 포켓몬이 되고 자신은 또 뭐라고 했다. 할아버지는 포켓몬을 몰라 할 수 없다고 했다. 성규는 자기가 가르쳐준다며 할아버지는 따라 하면 된다고 했다. 거절할 명분이 없어 화제를 다른 데로 돌렸다. 밥을 이제 먹었으니 5

분만 쉬었다가 하자고 했다. 그런 말이 손자에게 통하지 않았다. 군대에서 훈련을 받을 때도 '10분간 휴식 시간'은 있는데 손자에게는 그런 것도 없었다. 조금 뻗대다 하는 수 없이 일어서야 했다.

포켓몬이 어떤 것인지도 모르는 할아버지는 난감했다. 손자가 시키는 대로 해야 했다. 서서 양팔을 겨드랑이에 붙이라고 했다. 그리고 새가 날아가듯 손바닥으로 날갯짓을 하라고 했다. 역할이 새 포켓몬의 역할인 것 같았다. 손자를 따라 시키는 대로 연습을 했다. 몇 번을 하고 나니 마음에 들었던 모양이었다. 다음에는 양다리를 벌리고, 엎드려 엉금엉금 기어보라고 했다. 손자가 시키는 대로 하니 그런 자세로 자기를 잡으러 오라고 했다. 군에서 얼차려를 받을 때의 모습이었다. 엉금엉금 기어서 손자를 잡으러 다녔다. 얼마 가지 않아 할아버지는 지쳐가기 시작했다. 성규에게는 재미있는 놀이였지만 할아버지

에게는 고역이 되어가고 있었던 것이다. 이 놀이를 어떻게 해서 빨리 끝낼 수 있을까 궁리를 하였다. 그러던 차에 도망을 다니던 성규가 갑자기 돌아서서 발로 할아버지를 공격했다. 때는 '이때다!' 하는 생각이 들었다. 한 대 얻어맞고 바닥에 나뒹굴며 누워버렸고 할아버지는 항복을 한다고 했다.

손자는 재미가 절정으로 치닫고 있었는데 할아버지가 항복을 하고 누워버리니 당황했던 모양이었다. 잠시 멈칫하더니 할아버지를 설득시키러 왔다. "할아버지 항복하는 거예요? 포기하지 마세요."라고 하였다. 할아버지는 못 들은 체하면서 아프다고 엄살을 부렸다. "할아버지는 잘할 수 있어요.", "잘하면 챔피언도 될 수 있어요."라고 하면서 성규는 할아버지를 일으켜 세웠다. 손자와 할아버지의 역할이 바뀌어버렸다. 할아버지는 아이가 되어버렸고, 손자는 무기력한 할아버지에게 용기를 가지라며 설득을 시키는 어른이 되어있었다. 빠져나갈 출구를 겨우 만들어놓았는데 손자가 출구를 막아버린 느낌이었다. 계속 드러누워있을 수가 없었다. 힘에 부쳤지만 조금만 더 놀아줄 셈으로 다시 일어서서 기었다. 이를 옆에서 지켜보고 있던 성규 할머니는 할아버지가 안쓰럽게 보였던 모양이었다. 성규에게 야단을 쳤다.
"성규야, 할아버지는 오늘 종일 일하고 오셨다. 너희들은 너희들끼리 놀아라." 그냥 다독거리는 말이 아니고 큰 소리로 야단을 치는 말이었다. 그제야 성규는 멈칫하면서 장난을 멈췄고, 할아버지는 손자에게서 벗어날 수 있었다. 할아버지가 손자의 요구에 거절할 수 없었던 것을 할머니가 대신해주었다. 할아버지도 젊은 시절에는 그렇지 않았는데 할아버지가 되고 나서는 마음이 무척 약해지고 있었다. 성규 아빠를 키울 때는 할아버지도 강하고 엄했다. 아이들에게 눈짓만 주어도 알아서 하도록 키웠다. 그런데 손자에게는 그렇지 못했다. 그런 약점을 누구보다도 손자가 먼저 알고 있다. 그렇다고 벌을 세우거나 회초리를 들 생각은 없다.

인내할 수 있는 데까지 인내하면서 키울 예정이다. 엄한 역할은 아빠와 엄마에게 맡기고 할아버지는 다정다감한 친구 역할을 하는 것이 좋을 것으로 생각하고 있다. 엄마로부터 야단을 맞고 할아버지에게 오면 하소연을 들어줄 수 있는 그런 포근한 느낌이 있는 친구가 되어주기를 바라면서 손자를 키우고 있다. 그런데 그게 쉬운 일이 아니다. 참 힘이 들 때가 많이 있다.

오전 업무를 마치고 점심을 먹은 후 커피 한 잔을 했다. 쉬는 시간을 이용하여 인터넷으로 '포켓몬스터'라는 단어를 검색해봤다. 포켓몬스터가 무엇이기에 손자가 저녁마다 할아버지와 함께 역할놀이를 하자고 하는지 알고 싶었던 것이다. 포켓몬스터는 일본에서 제작된 오락 게임이었는데 아이들은 이를 원작으로 한 애니메이션 시리즈를 많이 보고 있는 것 같았다. 포켓몬스터라는 이름은 '주머니 속의 괴물'이란 뜻이었는데 이 괴물이 한두 개가 아니었다. 현재까지 807개의 포켓몬이 존재하고 있었다. 할아버지가 이 많은 포켓몬을 알아서 손자와 호흡을 맞춰주는 것은 불가능했다. 결국, 인터넷 화면에 떠있는 이야기 시리즈 중 하나의 동영상을 보는 것으로 포켓몬스터에 대하여 개략적인 이해를 했다.

나이 70을 내다보는 할아버지가 어린 손자와 놀아주기 위해 포켓몬스터를 보고 있다는 사실을 손자가 어른이 되어 알았을 때 반응이 어떨지 그게 궁금하다. 손자와 함께 인생을 동반하는 것이 즐겁고 보람된 일도 있지만 때로는 힘들 때도 있고, 때로는 손자를 즐겁게 해주기 위해서 공부도 하였다는 것을 먼 훗날 손자에게 말해주고 싶어 할아버지는 오늘도 일기를 쓰고 있다.

손자들의 주말농장을 만들어주다

이번 주말도 손자들을 데리고 농장에 가야 할 사정이 생겼다. 손자들을 데리고 가면 좋은 면도 있고, 번거로운 면도 있다. 농장에 와서 손자들과 함께 놀아주면 손자들도 좋아하고 할아버지도 즐겁다. 반면에 일이 바쁠 때는 손자들이 있어 일에 차질이 생길 때도 있고, 풀밭을 돌아다니다가 벌레들에게 쏘일까 봐 염려가 되기도 한다. 그런데 이번 주말은 아이들 아빠와 엄마의 개인 사정이 있어 할아버지가 선택할 사항이 아니었다. 손자들을 데리고 가서 어떻게 놀아주면 좋을까 하고 궁리를 하다 아이들 스스로 심고 가꾸는 아이들의 주말농장을 만들어주기로 했다. 아직 성규가 좀 어리긴 하지만 이제 초등학교에 입학하였으니 할아버지가 도와주면 될 수 있을 것 같았다. 그래서 할아버지가 가꾸는 주말농장 안에 별도로 손자들이 식물을 가꾸어보는 공간을 따로 만들어주기로 하고 구체적인 계획을 세워봤다.

텃밭에 심을 채소들은 지금이 모종을 옮겨 심는 철이다. 아이들만의 농장을 만들어 토마토, 오이, 고추 등을 심으면 딱 좋을 것 같았다. 아침을 평소보다 조금 일찍 먹고, 모종을 파는 석대동 화훼단지로 갔다. 아이들 텃밭에는 많은 것이 좋은 것이 아니라 조금씩 다양하게 심는 것이 좋을 것 같았다. 식물마다 생육특성이 다르고 열매가 다르기 때문에 되도록 많은 품종을 심어서 가꾸고 열매 맺는 모습을 보고 즐길 수 있게 해줄 생각을 하고, 소꿉장난하듯이 방울토마토, 딸기, 옥수수, 오이, 가지, 수박, 피망 등을 한 포기 혹은 두 포기씩 샀다. 그리고 텃밭을 아름답게 꾸미기 위해 미니장미와 여우꼬리, 백일홍, 마가렛 등 봄꽃도 한두 포기씩 샀다. 농장으로 가는 길에는 '주말농장' 팻말을 만들기 위해 하얀 페인트도 한 통 사고, 식물 앞에 붙일 이름표에 코팅할 재료들도 사 가지고 농장으로 출발했다.

차창 밖으로는 연두색의 신록이 펼쳐지고 있었다. 신록과 같은 손자들을 태우고 가는 할아버지 마음에도 신록이 움트고 있었다. 농장에 가서 손자들과 아름다운 텃밭을 만들 것을 생각하니 마음이 즐거웠다. 뭔가 새로운 것을 해보는 것은 우리들에게 흥미를 돋우고, 삶을 즐겁게 만드는 것이다. 손자들에게 할아버지 농장에 가면 무엇을 할 것인지 물어보았다. 개구리 잡고 올챙이를 잡아 물병에 넣어 놀겠다는 것이다. 손자들은 개구리를 잡고 올챙이를 잡으면서 놀기 위해 농장에 가고 있었고, 할아버지

는 손자들에게 아름다운 추억거리를 만들어주기 위해 농장으로 가고 있었다.

농장에 들어서니 새로운 봄꽃들이 활짝 피어있었다. 핑크빛 꽃 잔디가 피어있었고, 빨간 영산홍이 불이 붙은 듯 피어있었다. 채소밭에는 새싹들이 올라오기 시작하였다. 여기에 손자들에게 텃밭을 별도로 만들어주면 농장에 더욱 아름다운 이야기들이 새싹처럼 돋아날 것 같이 느껴졌다.

아이들은 차에서 내리자마자 고삐 풀린 망아지처럼 잔디밭으로 뛰어갔다. 도회지에 사는 동안 아이들에게도 통제되는 굴레는 있었던 것이다. 그런데 오늘은 그런 굴레에서 벗어나 마음껏 자유를 누리는 모습을 볼 수 있었다. 풀밭에서 뛰어놀다 하얗게 부푼 민들레 홀씨가 보였던 모양이었다. 민들레 홀씨를 따서 서로 멀리 날려보내는 시합을 하며 놀았다. 작년까지만 해도 할아버지가 민들레 홀씨를 입으로 불어 날려보내며 노는 방법을 가르쳐주어야 했고, 무당벌레나 개미가 기어 다니는 것을 보여주면서 놀아주었는데, 이제는 아이들 스스로 즐기는 법을 알고 있었다. 과수원에서 형제 둘이 손잡고 돌아다니며 노는 모습이 보기 참 좋았다. 이 땅의 천국을 보는 것 같았다. 언젠가는 아이들이 자라서 배우자를 만나게 될 것이고, 새로운 가정을 꾸려 각자의 삶을 살아가게 되겠지만, 마음만은 늘 오늘같이 함께 손잡고 다니는 그런 형제로 살아가기를 할아버지는 소망해보았다.

아이들이 노는 동안 할아버지는 손자들의 주말농장을 만들어주기로 하였다. 작년에 꽃을 심었던 곳에 퇴비를 넣고 삽으로 흙을 뒤집었다. 모종을 옮겨 심을 수 있도록 밭을 조성한 후에 나머지 과정은 손자들과 함께하기로 하고 아이들을 불렀다. 먼저 농장 앞에 세울 '주

말농장' 팻말은 할아버지가 만들기로 했다. 판자에 하얀 페인트를 칠한 후 '성규·성하의 주말농장'이라는 글은 할머니가 써주고, 이것을 잘라 각목을 붙여 못질하는 것은 할아버지와 성규가 함께했다. 성규는 간판을 만드는 데 흥미가 있었지만, 할아버지는 손자들을 위한 예쁜 꽃동산을 만들어주는 것이 좋아 망치질을 하고 있었다.

'주말농장'이라는 팻말을 만든 후 다음으로 식물에 이름을 써 붙이는 것은 성규가 스스로 하도록 했다. 글씨가 예쁘고 반듯한 것이 좋은 것이 아니라 조금 삐뚤삐뚤해도 손자가 직접 써 붙인 이름표가 더 의미가 있고, 보기에 좋을 것 같아서 그랬다. 성규는 초등학교에 입학한 지 두 달이 채 되지 않았지만, 한글 정도는 쓸 줄 안다. 할아버지는 우리가 심을 식물 이름을 불러주고 성규는 받아 적었다. 방울토마토, 딸기, 오이 등을 차례로 쓰고, 코팅을 하였다. 땅에 꽂을 막대기는 전정하여 쌓아둔 가지를 잘라서 끝부분에 칼집을 내어 이름표를 꽂았다. 이렇게 해서 모든 준비를 마친 후 '주말농장' 팻말을 텃밭

앞에 세웠다. 할아버지가 삽으로 구덩이를 파고, 성규는 팻말을 꽂고 할아버지는 다시 흙을 채웠다. 아직 채소와 꽃을 심지 않았지만, 팻말을 세우고 나니 외형상 손자들의 주말농장은 완성되었다. 팻말을 꽂는 기념식 흉내를 내며 주말농장 팻말 옆에서 할아버지와 손자가 포즈를 취하고 기념사진도 찍었다.

이제 채소를 심고, 꽃을 심을 차례다. 손자 성하도 부르고, 할머니도 불렀다. 꽃은 사람들 눈에 잘 띄게 맨 앞쪽에 심을 구상을 한 후, 키가 큰 옥수수, 토마토 등은 뒤에 심고, 키가 작은 채소들은 앞에 심기로 하였다. 먼저 옥수수부터 심었다. 할아버지와 성규가 심는데 둘째 성하도 함께 심겠다며 끼어들었다. 할아버지가 구덩이를 파면 성규와 성하가 둘이서 물을 부었다. 그런데 물이 담긴 물뿌리개는 물이 가득 차서 너무 무거웠다. 둘이서 들었지만, 조절이 잘 되지 않아 구덩이에 물을 붓지 않고 엉뚱한 곳에 붓기도 하였다. 성규는 이렇게 되는 것이 동생 성하 때문이라고 생각했던 모양이었다. "성하야, 너는 가만히 있는 게 형을 도와주는 거야."라고 하는 것이 아닌가! 한때 말이 늦어서 할아버지에게 걱정을 많이 끼쳤던 녀석이었는데 지금은 어른들 어투를 사용하는 것을 보고 놀랐다. 형은 동생을 빠지라고 하고, 동생은 한사코 함께 심겠다며 끼어들었다. 옥수수를 잘 심고, 빨리 심는 것이 중요한 것이 아니고, 함께 심고, 함께 가꾸며, 함께 즐거움을 누리는 것이 중요한데 성규 눈에는 성하가 작업에 방해가 되는 존재로만 보였던 모양이었다.

할아버지가 떠온 물을 다 부은 후에 다시 물을 담아 와야 했다. 이

번에는 아이들이 스스로 담아왔다. 아이들 둘이서 낑낑거리며 들고
오는 모습이 참 보기에 좋았지만, 할머니 보기에는 안쓰럽게 보였는
지 결국은 할머니가 도와주어 물을 들고 오기도 했다. 이렇게 해서
옥수수를 심은 후 성규가 미리 써놓은 '옥수수'라는 이름표를 꽂았
고, 다음으로 딸기를 심고 다음으로 방울토마토를, 피망과 오이, 가
지, 수박 등을 심어나갔다. 마지막으로 꽃은 사람들 눈에 제일 잘 띄
는 맨앞에 심기로 했다. 미니장미를 심고, 여우꼬리와 백일홍을 심은
후 나머지 남는 공간에는 마가렛을 심는 것으로 '성규·성하의 주말농
장'을 완성하였다.

일을 마친 후 아이들과 함께 만들어놓은 텃밭을 보았다. 마른 잡초가 무성했던 곳에 새로운 꽃동산이 생겨났다. 마음이 참 뿌듯했다. 지금은 듬성듬성하게 꽃과 채소들이 심겨 있지만, 여름이 되고 가을이 오면 예쁜 꽃이 피고, 열매가 주렁주렁 열리는 우리들만의 아름다운 '미니 에덴동산'이 되어있을 것이다. 그리고 할아버지와 손자가 함께 심어 가꾼 딸기, 방울토마토를 따 먹으면 맛이 더 좋을지도 모를 것이다. 아직은 미완의 작품이지만 머지않아 새로운 의미를 안겨주고, 새로운 기쁨을 안겨줄 것으로 생각하면서 마지막으로 할아버지, 할머니, 성규, 성하가 함께 기념사진을 찍는 것으로 모든 일을 마쳤다. 아무쪼록 할아버지와 손자들이 함께 만든 꽃동산에서 아름다운 삶들이 돋아나고, 아름다운 이야기들이 자라며, 아름다운 추억거리가 많이 열릴 것을 기대해보게 된다.

감자를 심던 날은

일 년이 지나고 다시 봄이 왔다. 오늘은 감자를 심을 예정이다. 손자들을 데려가 함께 심으면 좋을 것 같아 성규 엄마에게 성규네 가족도 함께 가자고 전화를 해봤다. 성규가 가지 않겠다고 한다는 것이다. 할아버지가 농장에 가자고 하면 언제든지 따라나서는 아이인데, 왜 가지 않으려는지 궁금했다. 이유를 물어보니 옛날에는 농장에 갔다 오면 할아버지께서 장난감을 사주셨는데 요즈음은 사주지 않아서 안 가겠다는 것이다. 쓴웃음이 나왔다. 아이들에게 나쁜 버릇을 길러주면 안 된다는 생각이 들어 할아버지도 데려가기를 포기했다.

아침밥을 먹고 막 출발하려는데 성규 엄마로부터 다시 전화가 왔다. 성규가 농장에 가고 싶다는 것이다. 장난감은 안 된다는 다짐을 받고 데려가기로 했다. 그런데 막상 아들 가족이 온다고 하니 부담이 되기도 했다. 오늘 날씨는 춥지 않을지, 할아버지와 감자 심는 것을 좋아할지, 감자를 심고 나면 무엇을 하고 놀지 등에 대하여 미리 계획을 짜야 했다. 일단 농장에 가서 농장을 둘러보면서 하루 일정을 생각해보기로 하고 할아버지는 먼저 출발했다. 농장에 오는 길에 손자들이 좋아하는 소시지와 고기도 사고, 파전을 부쳐 먹기 위해 홍합도 사 가지고 왔다.

농장에는 봄이 성큼 와 있었다. 매화가 피어있었고 쪽파와 부추 등이 올라와 있었으며, 마른 풀 사이에는 쑥과 돌나물도 보였다. 손자들과 함께 보낼 궁리를 하면서 농장을 둘러봤다. 개천에는 개구리 알들이 있었고, 먼저 깨어난 올챙이들이 헤엄치며 노는 것도 보였다. 둘째 성하는 아직 어려서 개구리와 올챙이에 호기심이 많으니 보면 좋아할 것 같았다.

그리고 나무 그네를 타면서 놀고, 점심때는 소시지와 고기를 구워주면 좋아할 것 같았다. 농사일도 체험시켜주면 추억에 남을 것 같아 작년에 할아버지가 만들어준 '성규·성하의 주말농장'을 다시 일구도록 시키고, 할아버지와 함께 감자를 심으면서 하루를 보낼 계획을 하였다.

성규 할머니와 선경이 엄마는 아이들이 오기 전에 새로 올라온 부추와 시금치도 베어놓고, 파전을 부칠 계획으로 봄에 새로 올라온 쪽파를 뽑아와 다듬어 놓았으며, 된장찌개도 끓일 준비를 하고 있었다. 모처럼 아들 가족이 오는데 바비큐라도 해주면 좋을 것 같은데 시간이 여의치 않아 오늘은 대충 야외에 소풍 나온 기분만 내면서 점심을 먹기로 했다.

할머니가 음식 준비를 하는 동안 할아버지는 아이들이 오면 타고 놀 나무 그네를 손보고 있는데 손자들이 "할아버지!" 하면서 뛰어와 할아버지에게 안겼다. 집에서 날마다 보는 손자들이지만 농장에서 보니 더욱 반가웠다. 직장을 은퇴하고 인생 후반부를 살아가다 보니 주변 사람들도 떠나가고 없는데 할아버지에게 가까이 다가오는 친구도 있었다. 바로 손자들이 할아버지의 친구가 되고 있었던 것이다. "성규

왔어? 성하도 왔네!" 하면서 하던 일을 멈추고 손자들을 안아주었다.

손자들이 왔으니 점심을 먹어야 하는데 오늘은 날씨가 포근하여 야외 탁자에서 먹기로 했다. 반찬이라야 농장에서 나는 푸성귀와 오리고기, 소시지 등 일상과 특별히 다른 것도 없지만, 농장에서 아들 내외와 손자들과 함께 먹으니 더욱 맛이 있었다. 할아버지가 바라는 삶이 바로 이런 것이다. 고급 음식점에서 무슨 맛있는 요리로 외식을 해야 즐거운 것이 아니고, 할아버지가 일구고 있는 농장에 와서 할아버지가 가꾼 푸성귀로 가족들이 함께 먹는 이것이 할아버지에게는 최고의 맛과 포만감을 안겨주는 식사라는 생각이 들었다.

점심을 먹은 후에는 '성규·성하의 주말농장'을 일구기로 했다. 오늘은 성규 아빠가 왔으니 아빠와 아이들이 함께 일구도록 했다. 할아버지가 퇴비를 뿌리고 삽으로 땅을 일구는 시범을 보여준 후에 성규 아빠에게 아이들과 함께 해보라고 했다. 그런데 아이들에게는 삽이 너무 길고 무거워 다루기에 버거웠다. 그래서 성규 아빠는 삽으로 하고, 아이들에게는 호미를 한 자루씩 주어 흙을 파도록 했다. 아이들이 호미로 밭을 일구는 것이 무슨 도움이 될까마는 그래도 아빠와 함께 가꾸는 것이 중요한 만큼 동참하는 의미에서 호미로 흙을 파라고 했던 것이다. 아이들은 호미로 흙을 파보는 것을 예전에 해보지 못한 재미있는 놀이로 생각되었던 모양이었다. 둘이서 장난을 치며 노는 모습이 참 보기에 좋았다.

도회지에서는 놀이터가 있어야 놀고, 장난감이 있어야 놀 수 있는

데 농장에 오면 호미와 삽도 장난감이 되고, 가족과 함께하는 농사일도 즐거운 놀이가 되는 것이었다. 아빠와 손자들이 함께 일군 곳에 씨앗을 뿌려두면 아름다운 이야기들이 쑥쑥 자라서 꽃을 피우고 열매를 맺을 것을 생각하니 할아버지는 마음이 참 흐뭇했다. 마음 같아서는 아이들이 스스로 완성하도록 느긋한 마음으로 좀 더 지켜보고 싶기도 했지만, 아이들에게 맡겨두면 진도가 나가지 않을 것 같아 나중에는 할아버지도 거들어서 함께 일구어놓고 다음 차례로 감자를 심으러 갔다.

감자를 심기 위해 할아버지를 따라온 손자들에게 감자에 대하여 설명을 해주었다. 싹눈이 나있는 감자를 흙에 묻어두면 뿌리가 나오고 땅속에서 감자알이 주렁주렁 맺히는 과정을 설명해주었는데, 아이들이 잘 알아들을 것 같지는 않았다. 할아버지의 설명보다는 때가 되어 오늘 씨감자를 묻어두었던 곳에서 새싹이 올라오고, 자라서 꽃이 피고 수확을 할 때가 되어야 할아버지의 설명을 이해하게 될 것이다.

할아버지는 그때가 되면 할아버지의 설명이 기억날 것으로 생각하고 설명을 해준 후에 손자들과 감자를 심었다. 할아버지가 씨감자를 구덩이에 넣으면 흙을 덮는 것은 아이들이 하도록 했다. 그런데 그게 참 재미있는 모양이었다. 성규와 성하가 이랑 양쪽에 쪼그려 앉아 할아버지가 감자 조각을 구덩이에 넣으면 서로 먼저 흙을 덮으려고 경쟁을 하면서 감자를 흙에 묻었다.

도회지에서 살아가면 손자와 할아버지는 각각 다른 삶을 살아간다. TV프로도 손자 보는 것과 할아버지 보는 프로가 다르다. 할아버지는 여가가 있으면 신문을 읽고 싶어 하고, 손자들은 장난감을 가지고 놀기를 좋아한다. 각자 관심과 흥미가 다르고 좋아하는 것이 다른데 아이들이 농장에 오면 할아버지와 손자들이 함께 씨앗을 뿌리고 가꾸고 거두면서 공유하는 삶이 있어 참 좋다.

　감자를 심은 아이들에게 놀아 줄 일이 더 이상 없어 "아빠 엄마와 놀아라."라고 하고 할아버지는 퇴비를 넣기 위해 과수나무 밑에서 삽으로 흙을 파고 있는데, 둘째 성하가 "할아버지, 같이하자요." 하면서 곁에 왔다. 아빠 엄마와 노는 것보다 할아버지가 삽질하는 모습이 더 재미있어 보였던 모양이었다. 할아버지는 힘든 일을 하고 있는데, 손자에게는 할아버지 하는 일이 재미있는 놀이로 보였던 모양이었다.

할아버지가 땅을 파기 위하여 삽에 발을 얹으면 성하도 삽 한쪽에 발을 얹어 같이 하자고 했고, 흙을 파서 삽자루로 흙을 뜨면 성하도 삽자루를 함께 잡자고 했다. 작업 진도는 더디게 나아갔지만, 할아버지는 손자가 귀여워서 함께 삽질을 했다.

삽으로 흙을 파낸 후 세 발 수레를 끌고 퇴비를 실으러 가는데 성하가 또 따라왔다. 퇴비를 쌓아둔 곳까지 빈 수레에 성하를 태워주니 컨테이너 하우스에서 놀고 있던 성규도 "할아버지, 나도 태워주세요!" 하면서 뛰쳐나왔다. 해야 할 일이 많이 남아있지만, 퇴비 나르는 것을 잠시 제쳐놓고 손자 둘을 세 발 수레에 태워서 과수원을 몇 차례 '왔다 갔다'를 반복하면서 아이들과 놀아주었다. 손자들은 재미가 있어 계속 태워달라고 졸랐는데 남은 일을 해야 하기 때문에 적당한 때에 내려놓고 남은 일을 마저 하는 것으로 하루 일을 마쳤다.

오늘 하루도 바빴다. 농장에는 시기를 놓치지 않고 거름을 주어야 하고, 씨앗을 뿌려야 한다. 그런데 귀한 손자들이 와서 놀아줘야 되었으니 더욱 바쁜 하루를 보냈다. 손자들이 와서 하루가 바빴지만, 바쁜 만큼 즐겁고 보람 있는 하루를 보낸 것으로 기억되었다. 할아버지와 손자들이 함께 심어두었던 감자에서 싹이 나면 아름다운 추억들이 많이 달릴 것 같고, 이전에 경험해보지 못했던 새로운 체험들이 많이 열매를 맺을 것 같았기 때문이다. 농장에 손자들이 오면 할아버지와 손자가 공유하는 삶이 있고, 삶의 아기자기한 이야기들을 많이 가꾸게 되어 항상 즐겁고 뿌듯한 마음을 가지게 된다.

손자들과 드론을 띄우며

농장에는 여름이 오고 있었다. 녹음으로 둘러싸여 가는 농장은 도회지에서 볼 수 없는 새로운 세상이었다. 아이들은 차에서 내리자마자 잔디밭으로 뛰어갔다. 할아버지와 손자가 함께 만들어놓은 '성규·성하의 주말농장' 팻말 옆에는 아름다운 작약꽃이 피어있었고, 아이들이 심어놓은 토마토는 탁구공만한 열매를 달고 있었다. 열매가 빨갛게 익어 따먹을 수 있을 때 아이들을 데려와 함께 따서 먹어보기를 희망해보았다.

성하는 메었던 배낭을 풀어놓고 물뿌리개로 물을 담아 채소들에 물을 주었다. 할아버지가 시키지도 않았고, 어젯밤에 비가 와서 물을 줄 필요는 없었는데 할아버지가 채소를 심으면서 물을 주는 모습을 보고 농장에 오면 물을 주어야 하는 것으로 알고 있는 모양이었다. 식물들에게 왜 물을 주어야 하는지 그 이유를 알고 주는 것은 아니겠지만, 아이들이 스스로 물을 주며 가꾸는 모습이 참 귀엽고 보기에 좋았다. 성하가 물을 준 만큼 열매들이 주렁주렁 더욱 많이 열렸으면 하는 바람을 가져보게 된다.

농장에 오면 뭔가 손자들에게 재미있는 놀이를 해주려고 하는 것이 할아버지 마음이다. 그래서 이번 주말에는 아이들과 드론을 날리며 놀아주기로 하고 드론을 사 가지고 왔다. 그런데 바람이 세게 불었다. 할아버지는 드론을 조작하는 것도 미숙한데 바람까지 불고 있으니 제대로 날릴 수 있을지 자신이 없었다. 미리 인터넷으로 드론에 관하여 공부를 하고 집에서 조립도 해보긴 했는데 막상 날려보려니 조심해야 할 것이 한두 가지가 아니었다. 바람이 세게 불어 멀리 날려버릴 수도 있을 것 같고, 조정기를 잘 못 조작하여 드론이 곤두박질치면서 땅에 떨어져 부서질 수도 있을 것 같았다. 그런데 성규는 한층 기대를 가지고 할아버지더러 빨리 날려달라고 졸랐다. 손자가 없으면 별로 관심도

가지지 않을 드론을 조립하여 설명서에 따라 페어링을 해보았다.

　프로펠러가 돌기 시작하면서 드론을 잔디밭에서 공중으로 띄우는 데 성공했다. 조작 방법이 미숙하고 바람이 불어 자유자재로 날려보지는 못했지만, 그런대로 날려보는 재미를 즐길 수는 있었다. 성규에게도 드론을 조정하는 방법을 가르쳐 주고 조정기를 손에 쥐어주며 레버를 작동하여 날려보도록 해보았다. 아직은 조작이 미숙하였지만 그래도 하늘에 드론을 띄워보는 것만으로도 재미는 즐길 수 있었다.

　문제는 바람이었다. 드론이 높은 곳으로 올라갈수록 조정기의 컨트롤 범위를 벗어나고 바람의 힘에 의하여 날려가는 것 같았다. 때로는 지붕 위에 얹히기도 하고, 때로는 소나무에 걸리기도 하였다. 그럼에도 불구하고 성규는 드론이 하늘을 나는 것을 보고 좋아서 춤을 추었다. 하늘을 나는 드론과 춤을 추는 손자의 동작이 하나같이 움직였다. 손자가 좋아하는 것을 보고 할아버지도 재미에 푹 빠졌다. 할아버지 혼자서 장난감 드론을 날리며 놀면 유치한 놀이에 지나지 않겠지만, 손자와 함께하니 재미있는 놀이가 되었다.

　'키덜트'(kidult)라는 말이 있다. 키덜트란 말은 어린이를 뜻하는 '키드'(Kid)와 어른을 의미하는 '어덜트'(Adult)의 합성어인데 이 말은 '아이들 같은 감성과 취향을 지닌 어른'을 지칭하는 말로서 때로는 독립심이 부족하고 나약한 어른을 뜻하는 부정적인 의미로 사용되기도 하지만, 다른 한편으로는 재미있게 스스로가 즐기려는 성인들을 의미하기도 하는 것으로 알려져 있다. 더구나 요즈음은 '키덜트 (kid+adult) 문화'가 순수 대중문화 시장에서 급부상하고 있다는 기사를 본 적도 있다. 손자들이 있어 할아버지도 어린이가 되어 함께 키덜트 문화를 즐기면서 놀 수 있었다.

아이들을 스스로 놀도록 하고 할아 버지는 밭에 일을 하러 갔다. 성규가 "이성하 대원! 이쪽으로 기어 올라와" 하는 소리가 들렸다. 고개를 들어보 니 형 성규와 동생 성하가 과수원과 채소밭 사이의 언덕을 기어오르고 있 었다. 형이 대장이고 동생은 대원이 되어 유격훈련을 시키는 것 같았다. 아직 다섯 살밖에 되지 않은 동생이 가파른 언덕을 올라가다 미끄러지니 형이 먼저 올라가 고추 지지대를 내밀 며 잡고 올라오라고 하였다. 만화영화 에서 본 듯한 모습이었다.

할아버지는 아이들이 다칠까 봐 염려가 되었다. 나무와 풀이 엉긴 언덕을 어린 동생이 따라 올라가는 것은 무리였다. 그런데도 불평을 하지 않고 형을 따라 언덕을 기어오르는 모습이 참 귀엽게 보였다. 할 아버지는 하던 일을 멈추고 아이들을 계속 지켜봤다. 성하는 형을 따 라 겨우 언덕을 기어 올라갔다. 동생이 올라오자 형은 동생을 잔디밭 으로 데리고 와서 무술 연습을 시켰다. 서유기에 나오는 손오공을 보 았는지 모르겠는데 고추 지지대를 무술봉으로 가지고 놀고 있었다.

아이들이 집에 있으면 텔레비전이나 컴퓨터 게임을 할 것이고, 이걸 피해 바깥나들이를 해도 대충 눈으로 보고 즐기는 것이 일상인데 농

장에 오면 실지로 무엇을 해보며 직접 체험을 즐길 수 있어 좋은 것
같았다. 높고 낮은 지형지물이 놀이터가 되고 할아버지가 농사를 짓
는 농자재가 장난감이 되어 즐기며 놀 수 있는 곳이 할아버지 주말농
장이었다.

아이들이 노는 것을 보고 할아버지는 다시 고추 곁가지를 따고, 지
지대에 가지를 묶어주기도 하고 잡초를 뽑기도 했다. 잡초를 뽑다 보
니 잡풀 사이에 달팽이가 보여 아이들에게 가져다주었다. 아이들은
달팽이를 가지고 놀았다. 달팽이가 기어가면서 촉수를 내밀면 손으로
살짝 건드려보았다. 달팽이는 얼른 촉수를 감추고 조금 있으면 다시
내밀며 기어가는 모습이 재미있고 신기했던 모양이었다.

농장에 오면 장난감이 필요 없다. 풀벌레, 달팽이 등 살아있는 모든 것이 장난감이 되고 할아버지와 할머니의 농사를 돕는 것이 놀이가 되었다.

아이들 눈에 할머니가 마늘종을 따서 소쿠리에 담아오는 것이 보였다. 성규가 나무 그늘 밑에서 놀다 "내가 갖다 나를게요." 하면서 할머니로부터 소쿠리를 받아서 들고 왔다. 그런데 마늘종이 생각보다 무거웠던 모양이었다. 힘이 부치는지 나중에는 머리에 이고 갖다 날랐다. 집에서는 심심하면 "할아버지, 놀아주세요."라고 보채는데 농장에 오면 할아버지가 없어도 스스로 농장을 뛰놀며 놀이를 찾아 즐기고 있었다.

할아버지는 손자가 있어 즐겁고, 손자들은 할아버지가 있고, 할아버지 농장이 있어 즐거운 하루가 되었다. 주말농장은 씨앗을 뿌리고 가꾸며 살아가는 할아버지의 주말 쉼터이지만 손자들이 따라오면 손자와 함께하는 주말 놀이터가 되는 것이었다.

고구마를 심고, 딸기를 따고

5월 마지막 주말이다. 농장에는 덩굴장미가 빨갛게 피어있었고, 노랑꽃 창포도 피기 시작했다. 주말을 기다려 농장에 오면 '어제'와 다른 새로운 '오늘'을 만나게 된다. 과수원은 3주 전에 풀을 베었는데 오늘 와보니 다시 잡초가 우거져있었다. 잡초 속에는 노란 씀바귀와 지칭개도 보였다. 아름다운 야생화들이 잡초 속에 피어있었지만, 과수원이 잡초들로 인하여 망가지는 것을 볼 수 없었다. 날씨가 더운 가운데 예초기를 메고 풀을 베었다. 봄에 씨앗을 뿌리고 나면 농사일을 거의 다 마친 것 같았는데, 씨앗을 묻고 나니 잡초들이 농부의 일손을 기다리고 있었다. 세상에 공짜는 없는 법이다. 아름다운 낭만을 즐기고, 풍성한 수확을 얻기 위해서 농부는 또다시 땀을 흘리며 농장을 가꾸어야 했다.

오전 일을 마치고 원두막에 올랐다. 시원한 바람이 불어와 등에 베인 땀을 말려주었다. 오월의 신록이 넘쳐흐르는 산등성이가 참 싱그럽게 보였다. 사람이 살아가면서 하늘도 한 번 쳐다보고, 사시사철 변해가는 자연의 오묘함도 한 번씩 느껴보면서 살아야겠다는 생각이 들었다. 늘 바쁘게 살아가고 긴장감을 가지고 앞만 보고 달려갈 것이 아니라 때로는 주변도 한 번 돌아보면서 살아야 하는데, 우리는 그럴 여유를 갖지 못하고 살아가는 것 같다.

점심을 먹은 후에 손자들과 놀아주고 손자들의 재롱을 보면서 한나절을 보냈다. 아침에 아이들이 학교에 갈 준비를 할 때는 말을 듣지 않아 전쟁을 하듯 아침마다 목소리를 높여 야단을 치기도 하지만, 농장에 오면 여유로움을 즐기게 되고 그러다 보면 손자들의 귀여운 모습만 보게 된다.

더운 날씨를 피해 원두막에서 한나절을 보내고 오후 늦게 고구마를 심기로 했다. 할아버지가 아이들을 부르니 기다렸다는 듯이 달려왔다. 할아버지가 부르면 뭔가 재미있는 일이 있을 것이라는 깊은 신뢰

감이 있기 때문일 것이다. 아이들에게 장화를 신기고 실장갑을 끼워주었다. 어른 실장갑이 아이들에게 커서 헐겁긴 했지만, 그런대로 손가락을 끼울 수는 있었다.

　물을 담은 물뿌리개와 고구마 모종, 그리고 모종삽을 들고 이랑으로 가서 심었다. 할아버지가 구덩이를 파면 형 성규가 물을 부었다. 할아버지를 자주 따라온 아이들은 모종을 옮겨 심는 것 정도는 가르쳐주지 않아도 할아버지와 호흡을 잘 맞춘다. 옆에서 지켜보고만 있던 동생 성하도 한번 해보고 싶은 모양이었다. 형 성규에게서 물통을 빼앗아 직접 붓고, 할아버지가 쥐고 있는 모종삽을 달라고 해서 흙을 덮기도 하였다. 오늘 할아버지와 함께 심은 고구마가 어떤 식물인지 모르겠지만, 가을이 와서 뿌리에 굵은 덩이가 달린 것을 캐게 되면 아이들은 새로운 자연의 신비로움을 체험하게 될 것이다.

고구마를 심고 나오는데 길가에 딸기가 익은 것이 보였다. 채소밭에 심었던 딸기는 냉해를 입어서 열매를 보기 어려웠는데 길가에 저절로 자란 야생딸기는 열매 크기는 작았지만 여기저기 제법 많이 달려있었다. 돈벌이를 목적으로 하는 농부에게는 열매가 작아서 상품성이 떨어지겠지만, 아이들이 체험을 즐기기에는 크고 작은 것이 문제가 되지 않았다. 할머니가 따서 소쿠리에 담고 있는 것을 보고 아이들을 불러 함께 따도록 했다. 그리고 아이들에게 아름다운 추억이 될 것 같아 할아버지도 함께 땄다. 딸기 잎을 헤쳐 앙증맞은 딸기들을 찾아내어 따서 소쿠리에 담기도 하고, 잘 익어 맛있게 보이는 것은 따

서 입에 바로 넣기도 하였다. 맛이야 그 맛이 그 맛일지 모르겠지만, 책에서만 보고 과일가게에서 사 먹은 딸기들보다 더 신비로운 맛을 느낄지도 모를 것이다.

아이들이 딸기를 따면서 좋아하는 것을 보고 이번에는 오디를 따기 위해 뽕나무가 있는 곳으로 데리고 갔다. 오디는 대부분 높은 가지에 달려있었고, 아이들은 키가 작아 딸 수가 없었다. 할아버지는 사다리를 가져와 아이들을 올라가게 하고, 나뭇가지를 끌어당겨 딸 수 있도록 해주었다. 아이들에게 오디는 처음 보는 열매였다. 과일가게에 가면 오디도 볼 수 있지만, 아이들이 잘 먹는 과일이 아니기 때문에 먹을 줄 모르는 것 같았다. 그래서 할아버지가 시범적으로 따서 먹는 것을 보여주고 아이들도 먹어보도록 했다.

아이들이 없으면 할아버지도 오디에 별로 관심을 가지지 않는데 오늘은 오디를 따면서 재미를 즐겼다. 손자와 함께 체험을 하면서 놀아줄 수 있기 때문이었다. 높은 가지에는 더 많이 딸 수 있는 오디가 달려있었지만 많은 것이 중요하지 않기에 적당히 간식을 즐길 만큼만 따고 사다리에서 내려왔다.

할머니는 우리가 딴 딸기와 오디를 씻어서 한 소쿠리에 담아왔다. 빨간색과 자주색 열매들이 색깔의 조화를 이루어 아름답게 보였다. 손자들과 함께 맛을 보았다. 시장에서 사 먹는 맛과는 다른 맛은 아니겠지만 그래도 맛이 있었다.

돈 없이 값없이 따면서 체험을 즐기고 입맛을 즐길 수 있는 할아버지 농장이 있고, 손자들이 있어 오늘 하루도 즐거웠다. 손자들과 할아버지가 삶을 공유할 수 있는 이 시간이 참 소중하게 느껴졌다.

농장은 손자들의 자연학습장

여름이 다가오면 농장의 시간 열차는 더욱 빠르게 달린다. 이번 주말은 루드베키아가 피고 접시꽃이 새로 피어있는 새로운 간이역을 지나고 있었다. 그리고 석류가 피는 곳으로 떠날 채비를 하고 있었다. 여행이란 것이 공간적 의미에서 일상을 벗어나 다른 고장이나 외국에 가보는 것을 뜻하겠지만, 시간적 의미에서 보면 어제와 다른 오늘과 내일로 떠나는 것도 여행이라는 생각이 든다.

손자들 손을 잡고 과수원을 둘러봤다. 매실나무와 보리수나무는 지난 주말에 수확을 마쳤는데 오늘 와보니 새로운 열매들이 눈에 띄었다. 끝물이 되어가는 산딸기도 아직 따먹을 만큼은 열려있었고, 블루베리는 가지가 휘어질 정도로 많이 열려있었다. 아이들과 남은 매실과 보리수를 따고 산딸기와 블루베리를 따면서 놀아주면 즐거운 하루가 될 것 같았다.

작업복을 갈아입고 보리수를 따러 갔다. 보리수는 지난 주말에 따고 덜 익은 것을 남겨두었는데 오늘 와보니 빨갛게 익어있었다. 양은 얼마 되지 않지만, 손자들과 함께 따면서 놀기에는 충분했다. 많은 열매를 따면 농부가 수확하는 일이 되고, 듬성듬성 달려있어 열매를 찾아서 따내면 재미있는 놀이가 되는 것이다. 보리수를 따고 매실나무 밑으로 갔다. 빨간 보리수와 달리 매실은 녹색이어서 잎사귀 사이에서 잘 보이지 않았다. 그게 아이들에게는 숨은그림찾기를 하는 재미를 더해주었다. 할아버지 할머니와 성규가 매실을 찾아 누가 먼저 따는지 시합을 하면서 열매들을 땄다. 아이들이 농장에 오면 도회지에서 보고 즐길 수 없는 새로운 놀잇거리가 있고, 새로운 볼거리가 있어 참 좋고, 그래서 할아버지가 농장에 같이 가자고 하면 언제나 '오케이'다.

매실을 따다 보니 날씨가 더워졌다. 땡볕에서 오래 있는 것은 무리다. 아이들을 데리고 원두막에 올라와 점심을 먹었다. 사 가지고 온 김밥을 먹고 있는 손자들이 참 귀엽게 보였다. 노인들이 손자를 맡아 키우는 것이 인생의 짐이라고들 하지만 인생의 축복인 것도 사실

인 것 같다. 때로는 힘들고 어렵기도 하지만 그런 어려움을 극복할
수만 있으면 삶이 아름답고 보람된 인생을 살아갈 수 있는 것이 아
닐까 하는 생각을 해본다. 오늘도 땡볕에서 수확을 할 때는 날씨가
더워 힘이 들었지만, 원두막에서 김밥을 먹으면서 손자들 재롱을 볼
때는 마음이 참 즐겁고 좋았다. 할아버지가 손자를 양육하며 동행
하는 삶에는 동전의 양면 같은 삶이 있는 것이다. 원두막에서 점심
을 먹은 후 시원한 바람을 맞으며 유유자적한 시간을 보냈다.

오후에는 산딸기와 블루베리를 따고 감자도 캘 일이 남아있는데 날
씨가 너무 더웠다. 아이들은 할머니와 놀도록 하고 할아버지는 나무
그늘에서 낮잠을 한숨 잤다. 꿀맛 같은 낮잠을 자고 있는데 성규가

할아버지 곁에 와서 놀아달라고 졸랐다. 아직은 더워서 밭에 나가 일을 할 수가 없었다. 메뚜기를 잡으며 놀아줄까도 생각했는데 아직은 메뚜기가 나올 때가 아니었다. 다른 방법을 궁리하다 물웅덩이에 가서 개구리와 올챙이를 잡아 채집통에 넣어주었다. 어른들에게는 좀 징그럽게 보일 수도 있지만, 손자들은 호기심을 가지고 재미있게 놀았다. 그런데 그것도 오래가지는 못했다. 개구리와 올챙이들을 보고 놀던 아이들이 흥미를 잃을 때쯤 돼서 산딸기를 따러 갔다. 산딸기는 끝물이 되어서 많지는 않았으나 아이들이 따먹을 분량은 충분했다. 성규는 산딸기를 따서 한 입 넣어보니 맛이 달콤했던 모양이었다. 할아버지가 따서 담아오도록 소쿠리를 주었는데 소쿠리는 아예 겨드랑이에 끼고 따는 족족 입에 넣었다.

농장에 올라올 때는 군것질이 하고 싶어 아이스크림을 사달라고 졸랐는데 농장에 오니 산딸기를 따서 군것질을 하고 있었다. 산딸기를 가꾸어 열매를 딸 때가 되어 손자들이 와서 따먹는 모습을 보니 할아버지는 이보다 더 풍성한 수확이 어디 있을까 하는 생각이 들었다.

산딸기를 딴 후 할아버지와 손자가 함께 만들었던 '성규·성하의 주말농장'으로 아이들을 데리고 갔다. 할아버지가 농사를 짓는 밭에서 함께 심고 가꾸는 것도 재미가 있지만, 아이들 스스로 심고 가꾸는 손자들만의 공간을 만들어주면 더욱 좋을 것 같아 따로 만들어주었는데, 오늘 와보니 채소들이 자라서 열매들을 달기 시작했다. 토마토는 빨갛게 익은 것이 하나 보였고, 오이도 야구방망이만큼 큰 오이가 세 개나 달려있었다. 그리고 옥수수, 피망, 가지 등도 열매가 굵어가는 것을 볼 수 있었다. 아이들이 스스로 심어서 열매를 맺는 모습을 보면 뭔가 감동이 있고, 자연의 신비로움을 느끼게 될 것으로 기대하였는데 아이들에게서 그런 기색은 별로 보이지 않았다. 아직은 어려서 그럴 것이지만, 먼 훗날이 되면 아이들이 따로 만들어놓은 이곳에서 할아버지와 함께 심고 가꾸고 열매를 딴 오늘을 기억할 수 있을 것이다.

열매들은 아이들이 스스로 따면 좋을 터인데 잘 못 따다가 줄기를 망가뜨릴 수 있어 할아버지와 함께 땄다. 성규가 소쿠리를 받치고 할아버지가 꼭지를 가위로 잘라서 소쿠리에 담았다. 그리고 물을 주려고 했는데 마침 동생 성하가 혼자서 물을 주고 있었다. 할아버지가 시키지도 않았는데 어떻게 혼자서 물을 주려고 하였는지 모르겠다. 아마 채소들을 처음 옮겨 심을 때 할아버지가 물을 준 것을 기억하고 학습이 되어 모방을 해보는 것 같았다. 다섯 살밖에 되지 않는 아이가 물뿌리개를 수도꼭지 밑에 받혀놓고 수도꼭지를 틀어 물을 담아 낑낑거리며 들고 와서 밭에 물을 뿌리는 모습이 할아버지 눈에는 참 사랑스럽게 보였다. 아이들이 만들어놓은 공간을 아이들 스스로 가꾸고 있는 모습에서 할아버지는 삶의 아름다운 모습을 보게 된다.

다음으로 감자를 캐기 위해 아이들에게 호미를 하나씩 쥐여주었다. 할아버지가 줄기를 걷어내고 흙을 파헤치니 흙 속에 파묻혀있던 하얀 덩이들이 드러났다. 지금까지 나무와 줄기에서 열매를 땄는데 흙 속에도 수확할 감자가 감춰져 있다는 것이 아이들에게는 신비로웠던 모양이었다. 성규, 성하가 서로 캐려고 다투는 모습을 보고 할아버지는 감

자를 심은 이유가 여기 있었다는 생각이 들었다.

농부들은 돈을 벌기 위해 감자를 심어 가꾸는데, 할아버지는 아이들이 와서 감자를 캐면서 농사체험을 맛보며 즐기라고 심었다. 그런데 오늘 아이들이 와서 그런 시간을 즐기고 있으니 할아버지는 감자 알보다 더 많은 수확을 하고 있었다.

감자를 캐고 나니 어느덧 해가 서산으로 넘어가고 있었다. 이제 블루베리를 딸 차례가 되었다. 블루베리는 지금이 한창이었다. 할아버지는 얼른 따서 집으로 갈 채비를 서둘러야 했는데 성규는 마음이 느긋했다. 블루베리를 따면서 할아버지를 도울 생각은 않고 따서 입에만 넣고 있었다. 손자가 할아버지와 함께 일하며 수확을 돕는 것도 보기에 좋지만, 할아버지가 가꾼 것을 따먹는 모습은 더 보기 좋았다. 농장에 식물을 가꾸어 이웃들과 나눠 먹는 것도 즐겁고 보람 있는 일인데, 할아버지가 가장 사랑하는 손자가 직접 따먹고 있으니 그것보다 더 좋을 수는 없었다.

마지막으로 풋고추를 땄다. 할아버지와 손자가 들고 오는 소쿠리에는 블루베리와 풋고추가 담겨있었다. 할아버지 눈에는 오늘 손자와 농장에서 보낸 아름다운 하루가 담겨있는 것으로 느껴졌다. 날씨는 덥고 수확을 하느라 하루 종일 분주했는데 그만큼 아름다운 추억도 많이 만들고 집으로 발길을 돌렸다.

가을걷이를 하던 날은

개천절을 맞아 농장에 왔다. 아들과 며느리, 손자들도 함께 왔다. 모처럼 가족들과 함께 오니 마음이 즐거웠다. 아들 내외와 함께 오는 것도 즐겁지만, 손자들과 함께 오니 더욱 즐거웠다. 할아버지가 손자와 놀아주고, 식물들을 함께 심고, 가꾸고, 거두면서 하루를 보내면 할아버지 인생이 즐겁기 때문이다.

농장에는 코스모스가 활짝 피어있었고, 블루베리도 단풍이 들어가고 있었다. 할아버지 인생처럼 농장에는 가을이 머물고 있었던 것이다. 아이들과 무엇을 하고 보낼 것인가를 구상하면서 농장을 둘러봤다. 대추나무에는 열매들이 주렁주렁 달려있었고, 단감나무에도 우리가 따서 먹을 분량의 열매들은 달려있었다. 채소밭에는 캐야 할 고구마가 있었고, 방울토마토 열매도 보였다. 아이들과 풀밭에서 풀벌레를 잡으면서 놀고, 익은 열매들을 거두며 가을걷이를 체험시켜주면 손자들이 좋아할 것 같았다.

일단 점심을 먹기로 했다. 모처럼 아이들이 왔으니 별미를 해 먹기로 하고 왕새우를 사 가지고 왔다. 아들은 손자들과 농장 원두막에서 놀게 하고, 할아버지는 새우를 꼬리 부분과 머리 부분으로 잘랐다. 할머니와 성규 엄마는 잘린 꼬리 부분을 프라이팬에 소금을 깔아 굽고, 머리 부분은 튀겼다. 특히 머리 부분을 바싹 튀겨먹으니 어릴 적 시골에서 벼메뚜기를 잡아 구워 먹던 그런 맛이 났다.

사방이 확 트인 원두막에 올라 손자들의 재롱도 보면서 가족들과 함께 먹으니 이게 행복이 아닐까 하는 생각이 들었다. 도회지에서 우리는 늘 바쁘게 살아가지만, 행복은 거기에 있는 것이 아니다. 때로는 바쁜 삶 가운데 이런 여유로움을 즐기고, 가족 간에 오순도순 대화를 나누면서 소통하는 이 시간에 있는 것이 아닌가 하는 생각이 들었다. 지금은 느끼지 못하겠지만 먼 훗날이 되면 이 시간이 참 소중하게 기억될 것이라는 생각이 들어 손자 성규에게 가족사진을 찍어보라고 하였더니 제법 예쁘게 잘 찍었다.

점심을 먹은 후 잠시 쉬었다. 아들과 며느리가 아이들과 나무 그네를 타면서 놀아주는 모습이 참 정겹게 보였다. 젊은 시절을 직장에서 바쁘게 보내고 인생 후반부를 살아보니 옛날 자식을 키울 때가 참 좋았다는 생각이 들었다. 그 당시에는 자식을 다 키우고 나면 '젖과 꿀이 흐르는 약속의 땅'에 도착할 것으로 생각하며 살아왔는데, 그런 것은 아닌 것 같았다.

젊은 시절에는 미래의 아름다운 삶을 꿈꾸며 살았고, 노후가 되니 과거의 아름다웠던 기억을 반추하며 살아가는 것 같았다. 성규 아빠와 엄마가 나무 그네를 타면서 아이들과 놀아주는 이 시간이 아름다웠다는 것은 먼 훗날 아들 내외가 할아버지가 되고, 할머니가 되어서야 비로소 느낄 것이라는 생각이 들어 오늘을 기억할 수 있도록 할아버지는 몰래 사진을 찍어두었다.

성규와 놀아주고 있는데 벌이 날아다니는 것이 보였다. 할아버지가 농장에서 치는 벌통을 열어 꿀벌들이 꿀을 따서 어떻게 모으고, 어떻

게 살아가는지 보여주기로 하였다. 벌에게 쏘이지 않기 위하여 벌옷을 입히고 장갑도 끼워 완전무장을 시키니 마치 우주복을 입은 꼬마 우주인 같이 보였다. 그게 할아버지 눈에는 귀엽게 보였다.

　벌집 가까이 가서 벌통 뚜껑을 열어봤다. 성규는 벌들이 공격해 올까 봐 겁을 먹기 시작했다. 할아버지는 벌들은 건드리지 않으면 공격을 하지 않고, 공격을 해도 우리가 완전무장을 했으니 쏘이지 않는다며 안심을 시키고 조금 더 가까이 와서 보도록 하고 벌집 하나를 꺼내어 설명을 해주었다. 벌이 어떻게 군집을 이루어 살아가고, 꿀은 어디에 모으며, 벌집에 꿀을 다 채우게 되면, 뚜껑을 봉해서 꿀을 저장하고 있는 벌집도 보여주며 설명해주었다.

할아버지는 여왕벌이 어디에 있고, 여왕벌이 돌아다니면 일벌들이 비켜주는 모습도 보여주고 싶었는데 전에 벌에 한 번 쏘인 적이 있는 성규는 벌에게 쏘일까 봐 겁을 먹고 그만 돌아가자고 해서 그 정도로 보여주고 벌통을 덮어주었다.

벌통을 관찰해본 후 이번에는 아이들을 데리고 메뚜기를 잡아주러 나섰다. 할아버지가 풀숲을 휘젓고 다니면 메뚜기들이 놀라서 펄떡 뛰기도 하고, 날아가기도 하였다. 그러면 아이들이 "할아버지 저쪽으로 날아갔어요." "뒤에도 한 마리가 뛰었어요." 하면서 할아버지에게 메뚜기가 숨은 곳을 알려주었고, 그러면 할아버지가 그곳으로 가서 메뚜기를 잡아주었다. 메뚜기는 숨고 할아버지와 아이들은 숨은 메뚜기를 찾아내며 숨바꼭질을 하였던 것이다.

그런데 오늘은 사마귀도 보이지 않고, 방아깨비도 보이지 않았다. 할아버지는 사마귀가 보이면 다른 벌레를 잡아먹는 모습을 보여주며 약육강식의 자연생태계에 대하여 설명도 해주고 싶었고, 방아깨비 뒷다리를 잡고 방아 찧는 모습도 보여주고 싶었는데 오늘은 보이지 않아 아쉽기도 했다.

그래도 할아버지와 손자가 풀밭을 뛰놀며 풀벌레들을 찾아 채집통에 한 마리씩, 한 마리씩 모으니 할아버지도 즐겁고 손자들도 재미있어했다. 인생 후반부를 살아가는 할아버지는 무슨 부귀영화를 꿈꾸고 누리면서 살아가는 것보다 이렇게 손자들과 어울려 놀아주고 손

자들이 즐거워하는 모습을 보면서 할아버지도 즐거움을 공유하는 이것이 인생 후반부의 낙이 아닐까 하는 생각이 들었다.

메뚜기를 잡아 채집통에 넣어 야외 탁자에 올려놓고 감을 따러 나섰다. 감은 가지치기를 하지 않아 좀 높은 곳에 달려있었다. 그래서 사다리를 타고 올라가야 하기 때문에, 동생 성하는 두고 성규만 데리고 갔다. 나무 밑에서 할아버지는 사다리가 넘어가지 않도록 잡아주고 성규는 사다리를 타고 올라가서 따게 했다.

감은 다른 열매들과 달리 가지에서 잘 떨어지지 않았다. 성규에게 감 꼭지를 잡고 돌려서 비틀거나 아니면 가지를 젖혀 부러뜨려서 따도록 설명을 해주니 요령을 잘 알아들었다. 할아버지는 성규가 잘 딸 수 있도록 높은 곳에 열린 감은 가지를 당겨주고, 성규가 딴 감은 소쿠리를 들고 담았다.

손자가 감 따는 재미에 빠져 위험한 줄도 모르고 사다리를 한 계단씩 높이 올라갔는데 할아버지는 혹 안전사고가 날까 봐 염려가 되었다. 그래서 높은 곳에 있는 것은 뒤에 할아버지가 올라가서 따도록 하고 내려오라고 했다. 손자가 딴 감이 조그만 소쿠리에 가득했다. 감을 딴 손자보다 손자를 지켜보면서 도와준 할아버지가 더 큰 즐거움을 느꼈다.

다음으로 대추를 딸 차례다. 금방 따가지고 온 감을 깎아 먹으면서 좀 쉬었다 따도 되는데 오늘은 아이들과 가을걷이를 할 것이 많이 남아있어 바로 대추를 따러 갔다. 감을 야외 탁자에 올려놓고 대추를 따러 가자고 했더니 아이들은 "네, 좋아요!" 하면서 할아버지를 따라나섰다. 아이들은 농장에 와서 할아버지가 무엇을 하러 가자고 하면 무엇이든 참 좋아한다. 할아버지를 따라다니면 뭔가 새로운 놀이를 즐길 수 있고, 도회지에서 해 볼 수 없는 새로운 체험을 해볼 수 있기 때문이다.

대추 열매는 감과는 달리 낮은 가지에 열려있어 동생 성하도 딸 수 있었다. 그래서 성하는 낮은 곳에 있는 것을 따도록 하고, 성규는 높은 곳에 있는 것을 따도록 하였다. 아이들은 대추를 따는 재미에 빠져 놀았고, 할아버지는 손자들이 열매를 따면서 노는 모습을 지켜보면서 놀았다. 손자들은 할아버지 농장에서 열매를 따며 가을걷이를 하고 있었고, 할아버지는 손자들이 즐거워하는 모습을 보면서 인생의 가을걷이를 하고 있었다. 대추는 많이 열려있었지만 가지고 온 조그만 소쿠리에 한 소쿠리만 따고, 나머지는 뒤에 따도록 남겨두었다.

이제 고구마를 캘 차례가 되었다. 할아버지가 고구마를 심은 목적은 먹기 위해서라기보다 손자들이 와서 고구마 캐는 체험을 시켜주기 위해 심었다. 그런데 마침 오늘 공휴일을 이용하여 어린 일꾼들이 와서 캐게 되었다. 아이들에게 호미를 하나씩 쥐여주고, 고구마가 있는 곳으로 데리고 왔다. 할아버지가 앞장서고 손자들이 따라오는 모습이 마치 병아리들이 어미 닭을 따라 졸졸 따라다니는 모습이었다.

고구마 이랑에 가서 할아버지가 줄기를 걷어주고 줄기 근처를 파면서 고구마가 있는 곳을 설명해주었고, 아이들은 땅에 묻혀있는 고구마를 찾아 호미로 캤다. 지금까지 감과 대추를 딴 것은 가지에 달려있는 보이는 열매를 딴 것인데 고구마는 땅에 묻혀있어 보이지는 않았다. 그게 흥미를 더해주었다. 흙을 걷어내고 고구마 줄기를 따라가서 빨간 덩이를 찾아내는, 마치 보물찾기 놀이와도 같은 재미가 있었던 것이다. 고구마는 생각보다 많이 달려있지는 않았지만 많고 적은 것은 별로 상관이 없었다. 그래서 서너 포기만 캐어서 야외 탁자에

올려놓고 다음 예정된 순서로 토마토를 따러 갔다.

어린 일꾼들을 쉴 틈도 없이 할아버지가 데리고 다녔는데 그래도 아이들은 좋아했다. 방울토마토는 이제 끝물이 되어가고 있었다. 여름에는 줄기가 무성하였고, 열매도 주렁주렁 달려있었는데 가을이 되니 잎도 말라버리고 열매도 듬성듬성 달려있었다. 그래도 아이들이 따면서 놀기에는 충분했다. 성규는 토마토를 전에도 따본 경험이 있어 할아버지가 따로 설명을 해주지 않아도 딸 수 있었다.

그런데 성하는 아직 어려 잘 몰랐다. 성규는 할아버지를 대신하여 동생 성하에게 따는 방법을 명령조로 설명해주었다. "이성하! 너는 내 부하야. 대장이 시키는 대로 하는 거야. 지금부터 빨간 것만 골라 따야 돼!" 하면서 동생에게 명령을 하였고, 동생은 "알았어!" 하면서 붉은 것을 골라 따서 소쿠리에 담았다. 텔레비전에서 본 만화영화를 보고 역할놀이를 재현하면서 토마토를 따고 있었던 것이다.

인생 후반부를 살아가는 방식은 각자의 취미와 가치관에 따라 다를 것이다. 누구는 사회봉사를 하면서 보람을 찾고, 누구는 취미생활을 즐기면서 살아갈 것이다. 그리고 많은 사람은 할 일이 없어 어떻게 하루를 보내야 할지 몰라 무위(無爲)의 세월을 살아가는 사람도 있을 것이다.

사람에 따라 살아가는 방식은 다르겠지만, 주말농장을 하면서 인생 후반부를 보내면 참 좋을 것 같다. 자연 속에서 하루를 보내면서 젊은 시절에 가득 채웠던 욕심도 버릴 줄 알고, 새 생명을 심어, 자라서 열매 맺는 것을 지켜보면서 함께 꿈도 키우게 되고, 거기다 가족들이 오면 농장은 삶을 재충전하는 쉼터가 되기도 하고, 손자들과 함께 놀아주면서 아름다운 추억을 남겨주는 즐거움도 얻게 되니 이보다 더 즐거운 삶이 있을까 하는 생각이 든다. 사람에 따라 생각이나 가치관은 다를 수 있겠지만, 할아버지는 그렇게 생각이 되는 것이다.

오늘도 손자들은 오늘의 즐거움으로 하루를 보냈지만, 할아버지는 오늘보다 먼 훗날에 기억이 될 하루를 그리며 오늘을 보냈다. 할아버지와 손자가 동행하는 삶이 영원하지 않고, 언젠가는 할아버지가 이 세상에 있지 않을 때가 있겠지만 손자들 기억 속에는 오늘의 아름다운 기억이 살아있을 것을 그려보면서 할아버지도 즐거운 하루를 보냈던 것이다.

겨울에는 손자들과 빙어낚시를

설날 가족행사를 마치고 나니 시간이 여유로웠다. 아내와 농장에서 하룻밤을 자고 올 계획을 하고 있는데 큰아들로부터 전화가 왔다. 해운대 쪽으로 드라이브를 가자는 것이다. 저희들끼리 놀다 오는 것이 좋을 터인데 부모를 챙겨주는 마음이 고마워 함께 드라이브를 나섰다. '어디에 갔다 올까' 의논을 하고 있는데 손자 성하가 나서 얼음낚시를 하러 가자고 하였다. 부산에서는 얼음낚시를 할 수 없다. 얼음이 얼지 않기 때문이다. 그런데 손자에게 말이 통하지 않았다. 막무가내로 고집을 부리는 바람에 하는 수 없이 손자의 소원을 들어주기로 하였다. 안동 방향으로 차를 몰았다. 안동으로 가기로 한 것은 일전에 안동에서 얼음축제를 하였다는 뉴스를 본 적이 있어서 그랬다. 아직도 얼음낚시가 가능할지 모르지만 일단 그쪽으로 가보기로 했다. 설 연휴 기간이어서 고속도로가 정체되었다. 경주를 지나니 차가 '가다 서다'를 반복했다. 안동에 도착하여 늦은 점심을 먹고 나니 오후 3시 30분을 넘어서고 있었다.

얼음낚시를 할 수 있는지 알아보려 하였으나 전화로 확인할 수 없었다. 축제 기간이 지나서 전화를 철거시켰던 모양이었다. 헛걸음할지도 모른다는 생각이 들긴 했지만 다른 대안이 없어 일단 가보기로 했다. 다행히 목적지에 도착하니 아직도 얼음낚시를 하는 강태공들이 보였다. 아이들이 얼음낚시를 할 수 없어 실망할까 봐 염려를 하며 왔는데 무척 다행스러웠다. 부푼 마음에 얼른 입장료를 내고 와 얼음 구멍에 낚싯줄을 담갔다. 당장에라도 송어가 낚여 올라올 것 같은 느

낌이 들었다. 부산에서는 볼 수 없는 새로운 세상에 와서 새로운 체험을 해보는 재미에 아이들도 무척 좋아했다. 다른 사람이 송어를 낚아 올리면 구경을 하러 뛰어다녔고, 뛰어가다 미끄러져도 아프다고 울지도 않았다. 부산서 여기까지 온 보람이 있었다. 그런데 우리에게는 행운이 따라주지를 않았다. 늦은 시간에 와서 낚을 시간도 넉넉하지 못한 데다 경험이 없다 보니 끝내 손맛을 보지 못하고 일어서야 했다.

아쉽기는 했지만, 해가 저물어 미련을 떨쳐버리고 일어섰다. 부산으로 출발하기 전에 저녁이나 먹기로 하고 식당에 앉았다. 그런데 아무래도 미련이 떠나지 않았다. 밤에 차를 몰고 부산까지 장거리를 가는 것도 부담이 되었다. 결국, 하룻밤을 자고 내일 다시 도전하기로 의논을 모았다. 안동에서 1박을 하기로 하고 함께 잘 수 있는 6인용 방이 있는 호텔을 구했다. 아들, 며느리, 손자가 한 방에서 함께 자게 되었다. 나들이도 어른들과 함께 가면 부담이 될 것이고, 호텔 방도 함께 자면 거북할 것이 많을 터인데 성규 엄마가 함께 자기로 하고 방을 구한 것이 고맙게 느껴졌다. 아들 내외의 마음 씀씀이를 느끼면서 어른들도 불편함을 주지 않으려고 신경을 써야 할 것으로 생각이 되었다. 요즈음 우리나라도 핵가족 사회가 보편화되었고, 노인들은 가족의 중심에서 소외되어 살아가고 있는 세상인데 우리 내외는 아직도 가정의 실질적인 어른으로서 가족의 중심에 있었다. 이러한 데는 여러 가지 원인이 있을 수 있는데 그중 하나가 아직도 할아버지와 할머니가 손자들을 돌보며 가족구성원으로서 주어진 역할을 다하고 있는 것도 한 가지 이유가 아닐까 하는 생각이 들었다.

아침에 일어나 다시 낚시터로 갔다. 이번에는 송어를 낚지 않고 빙어를 낚아보기로 하였다. 큰 물고기가 좋은 것이 아니라 작은 것이라도 손맛을 보는 것이 실속이 있을 것 같았기 때문이었다. 빙어를 낚는 방법에 대하여 설명을 듣고 아이들에게 미끼를 끼워주며 낚아보도록 하였다. 성규는 할아버지와 누가 먼저 낚는지 시합을 하자고 하였고, 할아버지는 누가 많이 낚는지 시합도 하자고 하였다. 빙어를 낚으며 재미있는 놀이가 시작되었다.

그런데 행운은 성규에게 먼저 다가왔다. 성규가 "한 마리 낚았다!"라며 먼저 소리쳤다. 할아버지가 쳐다보니 작은 빙어가 낚싯줄에 대롱대롱 매달려있었다. 그게 조그만 빙어가 아니고 고래만큼 크게 보였다. 기쁨이 고래만큼 크게 느껴졌던 것이다. 하룻밤을 자고 다시 와서 아이

들에게 빙어 낚는 체험을 시켜준 것이 잘한 것 같았다. 조금 있으니 성규 할머니가 낚아 올리고, 이어서 할아버지, 성규 아빠도 낚아 올렸다. 성하는 아직 고기를 낚을 줄은 모르지만, 빙어를 낚아 올릴 때마다 가서 낚싯줄을 끌어올려 보고, 떼어낸 빙어를 어항에 담아 잡은 고기를 만지며 놀았다.

아이들이 좋아하는 것을 보니 어른들도 즐거웠다. 어른들끼리 바다낚시를 가서 대어를 낚아 올리는 것보다 손자들과 함께 작은 빙어를 낚는 것이 더 즐겁고, 얼음낚시로 가족이 함께하는 시간이 더 즐거웠다.

아이들이 처음에는 흥미를 가졌으나 얼마 가지 않아 흥미가 반감되는 것 같았다. 빙어를 낚다가 낚싯대를 그냥 두고 엄마와 할머니와 함께 얼음지치기를 하면서 하면서 놀기도 하고, 그러다 빙어를 낚는 것이 보이면 얼마나 낚았는지 확인을 하러 오기도 했다. 얼음낚시에 익숙한 주변 사람은 제법 많이 낚기도 하였는데 우리는 초보라서 그런지 별로 많이 낚지는 못했다. 성규가 낚은 빙어를 헤아려 13마리나 낚았다고 좋아하는 것을 보고 철수하기로 하였다. 많이 낚으면 더 좋겠지만 그게 중요한 것은 아니었다. 집에 돌아올 때는 낚은 빙어를 물에 도로 넣어주려고 하였다. 그런데 성하가 한사코 집에 가져가자고 하였다. 집으로 가는 동안 산소가 부족하여 죽을 것을 알면서 물을 넣은 비닐봉지에 담아 싣고 부산으로 출발했다.

성규 아빠와 할아버지가 교대로 운전을 하면서 부산으로 차를 몰았다. 차 안은 아이들 장난 소리로 시끄러웠다. 성규 엄마의 조용히 하라는 소리가 끊임없이 이어졌고, 아이들은 야단을 치면 잠시 멈칫

하는 것 같았는데 다시 장난이 이어졌다. 너무 시끄러워서 운전에 신경이 쓰이기도 하였지만, 손자들이 장난치며 노는 소리가 싫지는 않았다. 그러던 중 둘째 성하가 성규 엄마에게 너무 치대었던 모양이었다. 결국, 성규 엄마는 화가 나서 야단을 치며 성하 엉덩이를 한 대 때린 것 같았다. 성규가 그것을 보고 엄마에게 따져 물었다. "엄마는 내가 성하를 때리면 참으라고 해놓고 왜 참지 않았어요?" 또 엄마는 "동생이 잘못하면 동생을 때리지 말고 타일러라고 해놓고 왜 엄마는 타이르지 않고 성하를 때렸어요?"라고 묻는데 성규 엄마의 대답 소리는 들리지 않았다. 옛날 어른들 같으면 "조그만 것이 어른에게 종알종알 대든다"고 꿀밤이나 맞았을 것인데 요즈음은 그런 세상이 아니었다. 아이들 자존감을 살려주니 자기 할 말은 다하면서 사는 것이었다. 그리고 그게 할아버지의 무릎 교육도 보탬이 되었다고 생각하니 마음이 흐뭇하기도 하였다. 성규 엄마가 대답을 못 하고 난처해 하고 있는 것으로 짐작되었고, 성규는 더 이상 엄마를 공격하여 궁지에 몰아넣지 않았으면 하는 생각이 들었다. 그런데 성규는 여기서 그치지 않았다. "엄마는 어릴 때 외할아버지(외할머니는 계시지 않음)에게 화가 난다고 아이들을 때리면 안 된다는 교육을 받지 않았어요? 잊어버렸어요?"라고 하는 것이 아닌가? 어른들의 일거수일투족이 아이들 눈에 투영되는 모습을 보면서 새삼스럽게 놀라기도 하고 한편으로는 섬뜩한 생각도 들었다.

할아버지는 성규 엄마가 화가 나있을지도 모른다는 생각에 조용히 타일렀다. 아이들을 키우면서 어른들이 편하게 키우면 아이들 교육이 잘못될 수도 있고, 어른들이 힘들고 어렵지만 참으면서 키우면 아이들은 제대로 잘 자랄 수 있으니 참으면서 키우라고 충고도 해주었다.

운전을 하면서 부산으로 오는 동안에 아이들은 장난을 치며 울기도 하고, 웃기도 하고, 성규 엄마가 화를 내며 야단을 치기도 하고, 자식들을 귀여워하기도 하는 것을 보면서 이게 우리들이 세상을 살아가는 모습이 아닌가 하는 생각이 들었다.

장거리 여행을 마치고 집에 돌아와 짐을 챙기면서 보니 아니나 다를까 빙어는 산소가 부족해 모두 죽어있었다. 1박 2일 동안의 여행 경비를 계산해보고 빙어를 낚은 원가를 회계학적으로 계산해보았다. 죽은 빙어 한 마리를 낚는데 원가는 4만 원이 넘게 발생했었다. 화폐 액만 계산해서 그렇고 여기에 손자들의 소원을 들어주기 위해 엄마, 아빠, 할아버지, 할머니가 고생한 것도 포함시키면 원가는 더 비싸게 치었다.

하지만 할아버지의 원가계산은 달랐다. 아이들에게 아름다운 추억을 안겨주고, 아이들이 좋아하는 것을 보면서 어른들이 얻은 기쁨을 수익에 포함시키면 이번 여행은 흑자였던 것이다. 집에 돌아오니 몸은 피곤하고 설날에 쓸 예정으로 두둑하게 넣어둔 지갑은 텅 비어버렸지만 지난 1박 2일의 여행이 참 아름답게 느껴졌다. 직장을 은퇴하고 남을 나이에 아직도 세무사 업으로 돈벌이를 하면서 스트레스를 받을 때도 있지만, 손자가 있어 고생한 보람을 보상받으며 살아가는 것이 할아버지의 인생인 것 같았다.

제주도에서 손자들과 3박 4일

성규 엄마가 직장에서 보유하고 있는 콘도 회원권으로 제주도에 다녀올 수 있게 되었다며 함께 가자고 했다. 부모를 생각하는 마음은 고맙지만, 어른들과 함께 가면 자식들에게 부담이 될 것 같아 사양을 했다. 저희들끼리 다녀오라고 했는데 부담될 것은 없고 함께 가는 것이 더 좋다며 가자고 권유를 했다. 그냥 말로만 하는 립서비스는 아닌 것 같아 따라나서기로 했다. 자식들은 부담될 것이 없다고 하지만 어른들이 함께 가면 신경 쓸 일이 많을 것 같아 3박 4일 중 1박 2일만 함께 여행하고 우리 부부는 먼저 부산으로 돌아올 계획을 하고 따라나섰다.

여행을 떠난다고 하니 손자 성규가 제일 좋아했다. 뭐가 좋은지 물어보았다. 우선 학교와 학원에 가지 않아서 좋고, 제주도에 가면 미로찾기, 수영 등 아빠 엄마와 함께 놀 수 있어 좋다는 것이었다. 성규 아빠는 여행 스케줄을 짜기 위해 할아버지에게 어디를 가면 좋을지 물어보았다. 손자들이 좋아하는 곳이면 어디를 가도 좋으니 손자들 중심으로 일정을 잡아보라고 했다. 손자가 좋아하면 아빠 엄마가 좋아할 것이고, 아빠 엄마가 좋아하면 할아버지 할머니도 좋아할 것이기 때문에 그렇게 말했다. 그래서 손자들이 좋아하는 곳을 기준으로 여행 일정을 짜는 것으로 알고 출발했다.

제주도를 자주 가본 할아버지는 어디에 가서, 무엇을 보고 오고 싶은 생각보다는 자식들과 함께 있는 시간이 더 소중한 것으로 생각해서 그냥 따라나섰다. 첫날 가본 곳은 미로찾기를 하는 메이즈랜드와

미니 열차를 타고 전원의 풍경을 즐기는 에코랜드였다. 서양측백나무와 돌로 만들어놓은 미로에서 아들, 손자, 며느리와 함께 미로에 들어서서 출구를 찾아 나가는 놀이를 하였는데 아이들은 미로를 찾는 재미로 돌아다녔고, 할아버지는 아이들이 좋아하는 모습을 보는 재미로 따라 다녔다.

에코랜드에 가서는 가족이 함께 미니 열차를 타고 가다가, 내리고 싶은 간이역이 있으면 내려 이색적인 풍경을 즐기곤 했다. 제주도라는 땅에 여행을 와서 다시 에코랜드라는 조그만 세상을 여행하고 있는 것이 우리들의 모습이었다. 모처럼 바쁜 일상에서 벗어나 새로운 세상에 와서 가족과 함께 걸으니 마음은 가볍고 여행은 즐거웠다. 가족들과 함께 장난감 같은 열차를 타고 동화 같은 세상으로 가보는 것도 이색적인 즐거움이었고, 간이역에 내려 함께 걸으며 대화를 나누는 것도 좋았으며, 손자와 친구가 되어 놀아주는 것도 재미가 있었다.

둘째 날 오전에는 동물들에게 먹이를 주고, 돼지 새끼와 오리들이 먹이를 찾아 먹기 위하여 오르막과 내리막 통로를 오르락내리락하면서 보여주는 쇼를 즐기면서 휴애리농원에서 보냈고, 오후에는 제주 레포츠

랜드에 들러 카트를 타고 레이싱을 즐겼다. 성규는 아빠와 함께, 성하는 엄마와 함께 2인승 카트를 타고, 할아버지와 할머니는 각각 1인승 카트를 타고 달렸다. 모처럼 영감 할멈도 아이들처럼 동심의 세계에서 짜릿한 스릴감을 느끼며 가족들과 함께 추억을 만드는 재미에 빠져보았다.

여행 셋째 날은 둘째 성하가 말을 타고 싶다고 해서 아이들에게 승마를 체험시켜주었다. 성규 엄마, 아빠도 아이들과 놀아주기 위하여 휴가를 내어서 온 만큼 아이들이 원하는 것이면 모든 것을 들어주는 방향으로 여행지를 돌아다녔다. 우리는 소비자 중심의 세계를 살아가고 있고, 오늘의 소비자는 아이들이었기 때문이었다.

점심을 먹은 후에는 영화나 게임 속에 나오는 캐릭터와 같은 크기의 실물들을 만들어 전시해놓은 피규어 뮤지엄에 들러봤다. 어른들 눈에는 모두가 아이들 장난감을 전시해놓은 것으로 보였는데 손자들 눈에는 그렇지 않은 것 같았다. 텔레비전이나 게임에서 나오는 주인공을 실물로 보게 되어 신기했던 모양이었다. 할아버지와 손자가 보는 눈은 달랐고, 할아버지는 별로 볼 것이 없어 대충 훑어보고 밖으로 나왔는데 아이들은 한참을 지나도 나오지 않아 오랜 시간을 밖에 서 기다려야 했다. 그래도 지루하지는 않았다. 손자들이 좋아하면 가족 전체가 즐겁기 때문일 것이다.

여행 마지막 날은 성규 아빠와 아이들이 수영을 하는 동안 성규 엄마와 할아버지, 할머니는 차를 몰고 드라이브를 나섰다. 특정한 목적지도 없이 서귀포 주변을 돌다가 예전에 어머니를 모시고 한라산 1,100m 고지에 갔던 기억이 나서 그쪽으로 차를 몰았다. 꼬불꼬불한 산길로 올라가 봤더니 길 한쪽에는 사슴상이 옛 모습 그대로 있었다.

30년 전 옛날에는 내가 성규 아빠 나이였고, 그때에 어머니를 모시고 사진을 찍었던 기억이 나서 우리 부부가 그 자리에 서서 기념사진을 찍었다. 기분이 참 묘했다. 그때는 내가 어머니를 모시고 와서 사진을 찍었는데 지금은 어머니가 이 땅에 계시지 않고, 내가 자식들을 따라 왔고, 내가 어머니의 위치에 와있는 것이었다. 세월이 덧없게 느껴지고, 또다시 30년의 세월이 지나고 나면 지금의 아들과 며느리가 할아버지와 할머니가 되어 이곳에 와서 우리 부부를 그리며 기념사진을 찍을지도 모른다는 생각을 해보기도 했다.

여행 마지막 코스로 항공박물관에 가서 관람을 하는 것으로 여행 일정을 모두 마쳤다. 당초에는 1박 2일만 하고 우리는 먼저 돌아오려고 했는데 손자들이 할아버지와 할머니와 함께 있으면서 놀기를 좋아하고, 성규 아빠와 엄마도 중간에 빠지는 것을 조금 섭섭해 하면서 여행 끝날까지 동행하기를 권해서 마지막까지 함께 다녔다. 손자들을 키우는 동안 힘들고 어려웠지만 그렇기 때문에 손자들이 할아버지 할머니를 필요로 했고, 성규 아빠와 엄마도 어른이 부담이 되기보다 가족이 함께 있는 것을 더 좋아하는 모습이어서 마음이 참 흐뭇했다.

여행을 마치고 집으로 돌아오면서 3박 4일 동안의 여행을 되돌아 봤다. 여행을 와서 새로운 것을 보고 즐긴 것은 없었던 것 같았고, 자식들과 손자들이 좋아하는 곳으로 따라다니다 보니 지루할 때가 많았던 여행으로 기억에 남았다. 그럼에도 불구하고 나름대로 의미 있는 여행이었다는 생각이 들었다. 자식들과 가까이 살아도 서로 바쁘게 살아가다 보니 일상에서 함께 하는 시간을 갖기 어려운 것이 현실인데 이번 3박 4일의 여행 동안은 늘 함께 다니고, 함께 먹고, 함께 자고, 함께 즐기는 시간을 보냈던 것이 소중한 시간으로 기억에 남을 것 같았다.

요즈음 핵가족 사회에서 나이가 들어 할아버지 할머니가 되면 가족에서 소외되어 살아가는 실버세대에 접어들게 되는데, 아직은 할아버지 할머니가 가정에서 필요한 역할이 있고, 부담이 되는 존재가 아니라 '없는 것보다 있는 것이 더 좋은 존재'로 살아가고 있다고 생각하니 마음이 흐뭇했다.

  할아버지가 여행 동안에 형 성규에게 "동생 성하를 잘 보살피면서 사이좋게 놀아라."라고 당부를 해주었다. 그랬더니 성규가 "엄마와 아빠처럼 사이좋게 지내면 돼요?"하는 것이 아닌가. 손자의 눈에 비친 아빠 엄마의 모습에서 아들 내외가 모범된 삶을 살아가고 있구나 하는 생각이 들어 마음이 흐뭇한 적이 있었다.

  5월은 가정의 달이다. 가정에서 자식들이 부모에게 효도하고, 부모는 부모로서 존경받으며 살아가는 삶을 생각해보게 된다. 부모에게 건강식품을 사드리고, 용돈을 드리는 것이 중요한 것이 아니라, 자식들 스스로 부부끼리 오순도순 잘 살아가는 모습을 보여주는 것이 부모에게 가장 큰 효도의 선물이 아닐까 하는 생각을 해보게 된다.

우리 부부는 손자를 키우면서 힘들고 어렵고, 지금도 그 굴레에서 벗어나지 못하고 있지만 아직도 자식들을 위해 뭔가 할 수 있는 일이 있고, 그것을 피하지 않고 맡아줌으로써 자식들이 부모에게 더욱 감사하는 마음을 갖게 되는 것이 아닌가 하는 생각을 해보게 된다. 인생 황혼녘에 손자를 맡아 고생을 하긴 하지만 그로 인해 손자들이 할아버지를 좋아하고, 자식들이 아버지를 존경하고, 가족이 하나임을 확인할 수 있어 보람된 여행이었다.

3대가 함께 떠난 여름휴가는

아들이 여름휴가 계획이 어떤지 물어보았다. 휴가를 가지 않을 예정이라고 대답해줬다. 더운 여름에 휴가를 떠나면 피서가 아니라 고생길이 될 것 같기 때문이었다. 아들 내외는 경주 보문단지에서 쉬었다 올 계획을 하고 호텔을 예약해두었으니 함께 가자고 했다. 저희들끼리 다녀오라고 했다. 어른들과 함께 가면 자식들이 불편할 것 같아서였다. 할아버지, 아들, 손자가 함께 가면 즐기는 놀이문화가 각각 다르고, 즐겨 먹는 먹거리가 다르며, 어른과 함께 가면 성규 엄마가 특히 불편할 것 같았기 때문에 그랬다. 그리고 아직은 자식들의 효도휴가를 받을 만큼 늙지 않은 것도 하나의 이유였다. 그래서 저희들끼리 다녀오라고 했는데 아들 내외는 함께 가자고 졸랐고, 그냥 저희들끼리 가기가 미안해서 하는 그런 눈치는 아닌 것 같았다.

　가족들과 함께 하는 시간이 즐겁긴 하지만, 다른 한편으로는 부담
이 될 것 같아 망설이다 승낙하였다. 아들에게 휴가 일정을 물어보았
다. 당일은 호텔 수영장에서 아이들과 물놀이를 하면서 놀아줄 계획
이라고 하였다. 아이들이 물놀이를 하는데 할아버지는 필요가 없을
것 같았다. 저희들끼리 먼저 가서 놀도록 하고, 할아버지는 저녁 시간
에 맞춰 따로 출발했다. 영감 할멈이 호텔에 도착해서 쉬고 있는데
손자들이 수영을 마치고 들어왔다. "할아버지! 할머니!"하면서 들어
와 안기는 모습이 참 정겹게 느껴졌다. 할아버지와 할머니가 손자들
을 키울 때는 힘들었지만 그렇기 때문에 정이 쌓였고, 집이 아닌 다

른 곳에서 할아버지와 할머니를 만나니 반가웠던 모양이었다. 아이들을 잠시 안아보고 휴식을 취한 후 저녁을 먹으러 갔다. 가족이 함께 식사를 하고, 안압지로 가서 야경을 즐겼다. 그리고 분위기 좋은 카페에 가서 3대가 함께 차를 마시면서 모처럼의 여유를 즐겼다. 보문호수의 건너편의 불빛들이 우리가 떠나온 일상의 세상 같았고, 우리가 지금 앉아있는 곳은 그런 속박에서 벗어난 또 다른 세상같이 느껴졌다. 손자가 숙제를 해야 하고, 할머니는 식사 준비를 해야 하며, 아들 내외와 할아버지는 직장의 긴장감 속에서 살아가야 하는 세상이 건너편에 있고, 그런 구속에서 벗어나 안식이 있고, 가족 간에 대화가 있고, 그래서 편안함이 있는 곳이 이쪽의 세상 같았다.

호텔로 돌아와서 3대가 한 방에서 자기로 했다. 성규 엄마가 불편할 것 같았는데 전혀 그런 내색이 없어 할아버지도 마음이 편했다. 잠자리를 펴고 손자들과 놀아주었다. 손자들은 아빠 엄마와 노는 것보다 할아버지와 할머니와 장난을 치며 노는 것에 더욱 익숙해져 있다. 아빠 엄마가 스마트폰을 보고 있는 동안 할머니는 손자들과 체조놀이를 하면서 놀아주었고, 할아버지는 맨 가에 누워 손자의 귀여운 모습을 지켜보다 잠이 들었다. 아침에 눈을 뜨니 5시 30분이었다. 아내도 약속이나 한 듯이 눈을 뜨고 있었다. 나이를 먹은 노인들의 생활리듬이 자식들과 같을 수 없다. 자식들이 잠에서 깨지 않도록 조용히 일어나 보문호수를 한 바퀴 돌았다. 아침 운동도 하고, 영감 할멈끼리 대화도 나누면서 산책을 하니 지루한 줄 모르고 한 바퀴를 돌 수 있었다.

호텔에 돌아오니 아이들도 다 일어나 있었다. 오늘 계획을 물어보았다. 오전에는 아이들 놀이기구가 있는 경주월드에 가서 놀아줄 계획이라고 하였다. 맞벌이 부부는 자식들에게 늘 미안한 감정을 갖고 살아가는 모양이었다. 폭염주의보가 내려 할아버지는 꼼짝도 하고 싶지 않은데 아이들과 놀아줄 계획을 하는 것을 보니 그런 생각이 들었다. 우리 부부는 따라나서지 않고 호텔에서 쉬기로 하였다. 모처럼 달콤한 낮잠을 자고 일어나니 성규 엄마로부터 전화가 왔다. 점심을 함께 먹자는 것이었다. 점심을 먹기 위해 다시 만나는 것이 불편할 것 같아 저희들끼리 먹으라고 했다. 그리고 우리 부부는 신라 시대의 유적지가 있는 신라고도로 드라이브를 즐겼고, 돌아오는 길에 쌈밥집에서 영감 할멈끼리 점심을 먹었다.

다시 호텔로 돌아와 낮잠을 한숨 자고 일어나니 아이들이 돌아왔다. 이번에는 할아버지와 할머니가 호텔방에서 손자들과 놀아주고 성규 아빠와 엄마는 그들만의 데이트 시간을 갖기 위해 따로 나섰다. 그야말로 호텔방은 가족들이 여름휴가를 즐기는 베이스캠프가 되었다. 가족여행을 떠나더라도 늘 함께 다니는 것보다 때로는 전체가 함께 있고, 때로는 따로 떨어져 있는 시간을 갖는 것이 편하고 조화로운 여행이 아닌가 하는 생각이 들었다.

여름휴가철이 되어 바닷가나 계곡으로 찾아가 늘 함께 지내는 것이 나쁠 것도 없지만 우리들처럼 호텔방을 베이스캠프로 삼고, 누구나 쉬고 싶으면 와서 쉬고, 가고 싶은 곳이 있으면 가서 즐기면서 세대 간의 문화 차이를 극복하고 3대가 함께 즐기는 이런 여행도 참 좋고 서로에게 편안함을 주는 여행이 아닌가 하는 생각이 들었다. 할아버지, 아들, 손자가 함께 떠나도 서로가 서로에게 부담이 되지 않고, 즐거움은 배로 만들고, 불편함은 반으로 줄일 수 있는 이번 여름휴가의 의미를 생각해보았다.

인생은 계획대로 되지 않는다

계절은 봄을 지나고 여름이 오고 있었다. 여름이 시작되면 농장에는 거둘 것이 많이 생긴다. 채소밭에는 상추, 쑥갓 등 푸성귀들이 나고, 양파와 마늘도 알이 굵어 뽑을 때가 된다. 과수원에는 매실을 따는 것으로 시작해서, 주말마다 차례로 보리수를 따고, 산딸기를 따며, 블루베리도 거두게 된다. 그리고 장마가 오기 전에는 감자도 캐야 한다.

오늘은 감자를 캐기 위해 손자들을 데리고 왔다. 감자 캐는 재미를 함께 즐기기 위해서였다. 평소에는 영감 할멈이 와서 식물을 가꾸기 때문에 농장은 조용한데 손자들이 오면 아이들 떠드는 소리로 농장은 하루 종일 왁자지껄해진다. 아이들이 있어 농장은 활기가 넘치게 되고, 손자들과 함께 농사를 지으면 농사짓는 재미가 배가 된다. 그래서 감자를 심거나 꽃밭을 가꿀 때와 같이 농장에 특별한 것을 심고 거둘 때가 되면 손자들을 데리고 와서 함께 심고, 거두게 되는 경우가 많다.

이번 주말은 성규 아빠와 엄마도 함께 왔다. 가족이 모두 오면 할아버지의 주말농장은 식물을 가꾸는 곳이 아니라 가족들과 삶을 즐기는 공간이 된다. 회색빛 도회지의 삶에 찌든 아이 아빠와 아이들이 자연으로 나와 함께 식물을 가꾸고, 풀밭을 누비며 곤충을 잡는 모습을 지켜보는 것은 할아버지의 또 다른 즐거움이다. 그리고 아들, 며느리, 손자들이 농장에 와서 함께 점심을 먹으면 야외 나들이를 나온 기분이 들어 식사시간이 즐겁다.

요즈음처럼 세대 간에 공유하는 삶이 단절되어가는 이 시대에 할아버지, 아들, 손자 삼 대가 함께 와서 함께 놀고, 함께 먹고, 함께 일하면서 대화를 나누는 시간은 아무나 누릴 수 없는 우리만의 행복이다. 젊은 시절 자식을 낳아 키울 때는 남보다 공부를 더 잘해서 출세하고, 돈을 많이 버는 자식이 되기를 희망하면서 키워왔었다. 그런데 인생 전반부를 끝내고 후반부를 살아보니 그게 아닌 것 같다. 우리를 풍요롭게 만드는 것은 'how many, how much'에만 있는 것이 아니고, 소박한 삶 가운데도 행복은 있는 것이다. 아버지가 자식에게 물려줄 유산이 있다면 유형의 재산이 아니라 이러한 소박한 삶을 자식들에게 남겨주고 싶다.

오전 한나절을 아이들과 함께 놀아주고 점심을 먹은 후에는 감자를 캐러 갔다. 감자는 어느새 이파리에 노란 단풍이 들면서 시들어 있었고, 감자알이 굵어지면서 땅이 갈라져 있는 것도 볼 수 있었다. 할아버지와 손자가 초봄에 감자를 함께 심은 것이 엊그제 같은데 벌써 줄기는 삶을 다하고 있었고, 땅속에는 덩이들이 달려있었다. '할아버지의 삶도 이럴까?' 하는 생각이 들었다.

지금은 할아버지 농장에서 손자들과 함께 내일의 꿈을 심고, 가꾸면서 아름다운 시간을 보내고 있다. 그런데 때가 되면 할아버지의 삶도 감자 줄기와 같이 단풍이 들게 될 것이고, 손자들과 할아버지가 엮어온 이야기들이 주렁주렁 덩이가 되어 달려있을 것을 생각해보게 된다.

아이들에게 감자를 캐라고 했더니 첫째 손자 성규는 호미로 흙을 파고 감자를 캘 줄 아는데 둘째 성하는 아직 어려서 감자를 어떻게 캐는지 모르는 것 같고 할아버지와 형이 캔 감자를 소쿠리에 담기만 하였다.

성규도 어릴 때는 그랬다. 할아버지는 손자와 함께 감자를 캐는 재미를 즐기기 위해 성규가 어릴 적부터 손자를 데리고 농장에 왔다. 그런데 성규는 감자를 캘 줄 몰랐고, 그저 할아버지가 하는 일을 따라 하면서 놀이를 즐기며 놀았다. 옛날 생각이 나서 성규를 처음으로 농장에 데리고 와서 감자를 캤던 농사일기와 사진을 찾아보았다. 성규가 태어난 지 2년 7개월이 되는 때에 데리고 와서 감자를 캔 것으로 기록되어있었다. 성규는 2011년 12월에 태어났는데 2014년 7월 할아버지와 함께 감자를 캔 사진이 있었다.

세 살도 안 된 된 손자는 감자를 캘 줄도 모르고, 단지 할아버지와 함께 노는 재미로 호미질을 했던 것이다. 그런데 지금은 초등학교 2학년이 되어있었다. 그때는 할아버지가 감자를 캐서 들고 오면 어린 성규는 앞장서서 아장아장 걸어갔는데 오늘은 함께 캐어서 담은 감자 소쿠리를 혼자서 들고 가겠다고 하였다. 손자가 이만큼 자라서 감자가 담긴 소쿠리를 스스로 들고 가는 모습이 참 대견스럽게 보이면서도 한편으로는 할아버지에게는 세월이 이만큼 빠르게 흘러가고, 손자에게는 세월이 이만큼 빠르게 흘러오고 있는 것을 보게 된다.

할아버지와 손자가 주말농장에서 함께 심고 가꾸고 거두면서 주말을 보내는 삶은 당초 할아버지의 인생 후반부 설계에는 없었다. 직장을 은퇴한 후에는 시골로 내려가 자연을 벗 삼아 전원생활을 하면서 조용히 살아갈 계획이었다. 그래서 정년 5년을 앞두고 여기에 600여 평의 밭을 마련하였다.

그런데 은퇴 후에 새로운 변수가 생겼다. 아들이 장가를 보낼 때까지 시골로 갈 계획을 잠시 미뤄야 했다. 장가를 보내고 나면 시골로 갈 계획이었는데 이번에는 손자가 태어났다. 맞벌이하는 부부를 위하여 우리 부부는 손자들을 맡아주어야만 했다. 둘째가 태어나고, 첫째를 초등학교에 보낸 후에도 할아버지 할머니는 손자들에게 발목이 잡혀있다. 은퇴 후 10년이 지났는데도 당초 계획대로 인생 후반부를 살아갈 수 없게 된 것이다. 계획대로 되지 않는 것이 인생인 것을 깨닫게 되었다.

그럼에도 불구하고 이렇게 샛길로 빠진 삶도 재미가 있다. 당초 인생 후반부를 설계한 대로 되지 못하였지만 그게 반드시 잘 못된 것은 아닌 것 같다. 영감 할멈이 손자를 맡아 양육하는 것이 힘든 일임을 부인할 수 없지만 힘들기 때문에 아름다운 삶이 있었고, 보람도 있었다. 손자들로 인하여 새로운 길이 보였고, 그 길에서 또한 새로운 삶의 영역을 보게 된 것이다. 그리고 이러한 손자와 동행하는 삶이 어쩌면 영감과 할멈 둘이서 살아가는 것보다 좋을 수도 있다는 생각이 들었다.

'세렌디피티(serendipity)'라는 말이 있다. 완전한 우연으로부터 중대한 발견이나 발명이 이루어지는 것을 말한다. 예를 들면 플레밍이 배양실험을 하는 도중에 실수로 잡균인 푸른곰팡이를 혼입한 것이 후에 감염증으로부터 수많은 사람들을 구해낸 항생물질인 페니실린이라고 한다. 비아그라의 발명도 그렇다. 원래 고혈압 치료제로 개발되었지만, 임상시험에서는 불합격 판정을 받게 되었다고 한다. 그런데 일부 실험 참가자 중에서 발기가 되는 부작용이 발견되었다는 것이다. 그래서 제약사인 화이자는 막대한 연구비를 투자하여 1998년 3월 27일 마침내 '비아그라'라는 발기부전 치료제의 신약 허가를 받게 되었다고 한다.

누군가가 인생은 30%의 계획과 70%의 우연이 만나 빚어진다고 하였다. 우리는 길을 가다가 옆길로 새어버리면 실패를 연상하게 되지만, 옆길로 샌다는 것이 반드시 부정적인 것만은 아닌 것 같다.

손자들로 인해 당초 인생 후반부의 설계가 옆길로 새어버렸지만 그 길에 들어선 삶도 괜찮은 것 같다. 내가 태어나 인류를 위하여 큰 기여를 하지 못하더라도 가정에서 한 알의 밀알로 살아가면서 자식들과 손자들의 기억 속에서 오래 남을 수 있다면 그 또한 보람된 인생이 아닐까 하는 생각을 해보게 된다.

3부

살아온 길, 살아갈 길

'쉼표'가 있는 삶을

오늘은 폭염이 예상된다는 일기예보다. 더위를 피해 아침 일찍 농장에 왔다. 지난 주말에 풀을 베었는데 또 잡초들이 보였다. 여름에는 농장에 오면 잡초를 베는 것으로 하루를 시작하게 된다. 예초기로 베고, 예초기로 벨 수 없는 곳에 자라고 있는 잡초들을 낫으로 베고 호미로 뽑았다. 얼마의 시간이 지났을까 땅에서 지열이 올라오는 것을 느낄 수 있었다. 등에는 땀이 배고 사람이 무기력해져 가고 있었다. 땡볕에 일을 오래 하는 것은 무리다. 예정된 일을 다 마치지는 못했지만, 미련 없이 낫과 호미를 놓고 원두막에 올라왔다.

원두막은 참 시원했다. 뜨거운 땡볕 아래서 일을 했기 때문에 더욱 시원하게 느껴졌다. 일을 하고 쉴 곳을 찾는 농부에게는 원두막이 최고의 쉼터였다. 잠시 쉬고 있는데 아랫집 김 교수네 집에 차가 들어오는 것이 보였다. 아내에게 '함께 식사를 하자고 해도 될지' 물어보았다. '숟가락 하나 더 놓으면 된다'고 하였다. 전화해서 함께 점심을 먹자고 했다. 그렇다고 무슨 특별한 음식을 준비해서 초대한 것은 아니었다. 우리가 농사지은 푸성귀를 반찬 하며 먹어도 농장에서 함께 먹으면 맛이 있기 때문에 초대를 한 것이었다.

김 교수는 농주 두 병을 들고 왔다. 점심상이 오기 전에 농주부터 한잔했다. 맛이 참 시원하고 좋았다. 더위에 땀을 흘렸기 때문에 더욱 맛이 있었다. 주말이면 식물을 가꾸기 위해 농장에 오지만, 일을 하고 난 후 이웃과 농주를 한잔하는 이 맛도 참 좋은 것 같다. 반주를 한잔한 후 점심을 먹었다. 이웃과 더불어 먹으니 더욱 맛이 있는 것 같았다. 평일에는 도회지에서 각자 다른 삶을 살아가고 주말이 되면 농장에 와서 함께 모여 점심을 먹으면서 삶을 나누는 이 시간이 참 아름답게 느껴졌다. 우리가 일상에서 가질 수 있는 행복은 이런 소박한 삶 가운데 있는 것이 아닐까 하는 생각이 들었다.

점심을 먹은 후 낮잠을 한숨 잤다. 도회지에서는 밤에 잠자리에 들어도 불면증으로 잠을 못 이루는 사람도 많은데, 농장에 와서 땀을 흘리면서 일을 하고 나면 잠이 저절로 온다. 시원한 나무 그늘에서 낮잠을 한숨 자고 일어나니 해거름 녘이 되었다. 집에 가져갈 수확물을 챙겼다. 산딸기와 완두콩을 따고, 양파를 수확했다. 그리고 상추, 쑥갓, 부추, 근대 등 잎채소들을 채취했다. 녹색의 채소밭은 풍성함이 넘쳤다. 우리가 먹을 것과 이웃에게 나누어줄 것을 구별해서 비닐봉지에 담고 보니 이 조그만 푸성귀에서도 삶의 풍성함이 느껴졌다. 주말을 기다려 농장에 오면 늘 바쁘게 살아가는데 오늘은 모처럼 여유로운 시간으로 하루를 보냈다. 농장에 와서 식물을 가꾸며 일하는 것도 즐겁지만, 오늘처럼 잠시 쉬어가는 삶도 좋은 것 같다.

어느 성악가가 노래를 부르다가 죽었다고 하였다. 사람들이 이상해서 가까이 가서 살펴보니 성악가가 보고 부르던 그 악보에는 쉼표가 없더라는 것이다. 우스갯소리지만 우리에게 주는 교훈은 큰 것 같다. 문장에는 쉼표가 있어야 하고, 악보에도 쉼표가 있어야 한다. 마찬가지로 우리들의 삶에도 쉼표가 있어야 하는 것이다. 인생 후반부를 살아가는 우리는 더 달려갈 곳도 없는데 늘 바쁘게 살아가는 것 같다. 브레이크 없는 삶을 살아가고 있는 것이다. 젊은 시절은 열심히 살아가는 것이 정답일지 모르지만, 실버세대들에게는 정답이 아닌 것 같다. 때로는 여유를 가지고 뒤도 한 번 돌아보고, 좌우도 살펴가면서 살아가는 것이 정답일 것이다. 그런데 이제까지는 늘 바쁘게 살아왔고, 바쁘게 살아가는 것이 인생을 열심히 사는 것이고 보람있는 삶으로 생각하며 살아왔다. 주말농장을 가꾸면서 열심히 살았고, 손자를 키우면서도 열심히 살았다. 평일에는 세무사로 일하면서 열심히 살았고, 퇴근을 해서 집에 오면 틈틈이 살아가면서 느낀 소소한 이야기를 글로 남기기 위해 열심히 살았다. 그야말로 시간을 쪼개어서 사용하며 살아왔던 것이다.

그런데 곰곰이 생각해보니 그게 아닌 것 같다. 오늘처럼 일을 하지 않고 여유로운 시간을 보내는 것도 즐겁고 의미 있는 시간 같았다. 쉼표가 없는 악보를 보고 열심히 노래를 부를 게 아니라 필요한 곳에는 쉼표를 찍으며 노래를 불러야 아름다운 음악이 되듯이 실버세대를 살아가는 우리들은 특히 인생에 쉼표를 무시하고 살아가는 것은 정답이 아닌 것 같다. 농장에 와서 모처럼 여유로운 시간을 보내면서 생각하니 열심히 식물을 가꾸면서 살아가는 것만이 좋은 것이 아니고 때로는 사시사철 변하는 자연의 조화로움을 생각해보고, 거기에 내 삶을 조명해보면서 내가 어디를 가고 있고, 그 끝은 어딘지를 한번 생각해보기도 하고 다시 앞으로 나아가는 삶이 의미 있는 실버들의 삶이 아닐까 하는 생각을 해보게 된다. 주말농장에 와서 땀 흘린 후에 농주도 한잔하고 이웃과 삶을 나누고, 낮잠도 한숨 잘 수 있는 여유로운 시간을 보내고 나니 이게 실버세대가 살아가는 모습이어야 된다는 생각이 들었다. 앞만 보고 달려간다고 해서 그 끝에 지상의 낙원이 있는 것은 아닐 것이다.

인생 후반부를 다시 설계해보다

주말농장을 시작하고, 직장을 은퇴한 지 10년이 지났다. 지난날들을 되돌아보았다. 주말농장에서 보낸 시간들이 참 아름답게 느껴졌다. 사람들이 북적이는 도회지를 벗어나 농장에 오면 늘 새로운 세상을 만나게 되었고, 새로운 세상을 만들어가는 재미가 있었다. 계절에 따라 옷을 갈아입는 자연이 아름다웠고, 내가 뿌린 씨앗들이 싹이 나고, 자라고 꽃피우고 열매 맺는 모습이 신비로웠다.

농장에서 어린 시절 향수를 그리며 콩을 심어 수확한 콩으로 두부를 만들어보고, 꿀벌도 쳐서 꿀을 채취해본 것도 이전에는 해보지 못했던 신선한 체험이었다. 손자들과 풀밭에서 뛰놀며 풀벌레들을 잡고, 함께 씨앗을 뿌리고 거두며 농사짓는 일은 주말농장의 즐거움을 배가시켜주었다. 인생에 있어서 '성취감'은 무슨 거대한 것을 이루어야만 맛볼 수 있는 것은 아닌 것 같았다. 농장에 와서 식물을 가꾸면서 살아가는 소박한 삶에도 아름다운 인생이 있고, '성취감'을 맛볼 수 있었던 것이다.

그런데 나이가 들어가면서 주말농장을 가꾸는 것이 힘에 부쳤다. 인생 여정이 유한한 것을 생각하면 주말농장을 가꾸면서 인생 후반부를 전부 소비할 수도 없었다. 이번 주말에도 농장에 가면 배추를 묶어주어야 하고, 마늘과 양파 이랑에는 잡초를 뽑아주어야 하며, 상추, 시금치 등도 솎아내어야 한다. 그럼에도 불구하고 만사를 제쳐놓고 여행을 떠나기로 하였다. 이전에 가보고 싶어도 가보지 못했던 새로운 길을 가보고 싶었기 때문이었다. 일상에서 벗어나 친구들과 여행을 다녀오기로 하고 남해로 차를 몰았다. 고속도로의 가로수에는 마지막 남은 단풍잎들이 떨어지고 있었다. 단풍잎이 다 떨어지고 나면 추운 겨울이 올 것이다. 내 인생도 그러한 날이 머지않을 것이라는 생각이 들었다.

단풍잎들이 떨어지는 것을 보면 서글픈 마음도 들지만 다른 한편으로는 일상에서 벗어나 새로운 세계를 향해 가고 있는 마음에는 새로운 희망이 생기기도 하였다. 때로는 항아리에 물을 채우면서 절제 있는 삶을 살아야 할 때도 있고, 때로는 물을 비우면서 절제 있는 삶에서 일탈해보는 때도 있어야 조화로운 삶이 될 것이다. 남해로 출발할 때는 남해 죽방렴에서 멸치를 잡는 것도 보고, 갯벌체험도 해볼 것을 기대했지만, 날씨가 추웠고, 물때도 맞지 않아 그러한 체험은 해볼 수

없는 것이 아쉬웠다.

　그냥 섬을 일주하면서 가고 싶은 데가 있으면 가보고, 머물고 싶은
데가 있으면 머물러 보기로 하였다. 꼭 어디를 가봐야 할 곳은 없었
다. 친구들과 함께 여행을 하는 것만으로도 즐거웠다. 가는 길에 '글
램핑'이라는 간판이 눈에 들어와 들러보았다. 넓은 공간에 여러 개의
캠핑용 천막이 쳐져있었는데 일반적인 텐트 캠핑과는 달랐다. 대형
텐트 내부에는 펜션이나 호텔에 준하는 침대, 탁자, TV, 냉난방 장치,
화장실 등의 기본적인 편의시설이 다 갖춰져 있었다. 손자들을 데리
고 오면 야영하는 재미를 즐김과 동시에 야영에서 오는 불편함을 피
할 수 있어서 참 좋아할 것 같았다. 여기에 더하여 주변 어촌마을로
내려가서 죽방렴으로 물고기를 잡는 체험을 해보고, 갯벌에 나가 조
개 캐기도 해보면 아이들에게 더할 나위 없이 아름다운 추억을 만들
어줄 수 있을 것 같았다.

　뒷날 기회가 되면 아들, 며느리, 손자들과 함께 와보기로 하고 우리
는 독일마을로 차를 몰았다. 독일마을은 1960년대 산업 역군으로서
광부와 간호사들이 독일에 파견되었다가, 한국으로 돌아와 정착한 마
을이었는데 지금은 관광지로서 더 알려져 있었다. 독일마을은 처음
가보는 곳이 아니어서 특별히 보고 즐길 것은 없었다. 그럼에도 불구
하고 친구들이 가보지 않았다고 해서 함께 갔다. 황토색 지붕에 하얀
색의 벽으로 지어진 집들이 옹기종기 들어서있는 마을에서 피자, 맥
주 등을 파는 풍경이 이국적인 분위기를 풍겨주었다. 우리는 주마간
산 격으로 마을을 둘러보고 예술가들이 조성해놓은 '원예 예술촌'으

로 갔다. '원예 예술촌'도 처음은 아니지만, 친구들과 함께 와보니 새로운 느낌이 들었다. 여행도 누구와 동행하느냐에 따라 보고 느끼는 것이 다른 것 같았다.

독일마을을 내려와 이번에는 자연휴양림으로 왔다. 친구들과 어울려 산길을 걸었다. 마음이 참 상쾌했다. 멀리 있던 친구들이 더욱 가까이 다가와 있는 것 같이 느껴졌다. 정상만 쳐다보면서 올라갈 때는 보이지 않았던 꽃이 여유로운 시간으로 내려올 때는 보였다는 어느 시인의 느낌이 이런 것일까 하는 생각이 들었다. 바쁠 때는 보고 느낄 수 없었던 삶들이 여유로움을 가지고 보면 새롭게 보이는 것 같았다.

때로는 친구들과 어울려 함께 웃으며 걷기도 하고, 때로는 아내와 둘이 오붓한 시간을 가지면서 걷기도 하였다. 그리고 때로는 대열에서 벗어나 혼자서 걸으며 잠시 사색에 빠져보기도 했다. 여행을 와서 아름다운 풍경을 즐기며 관광을 하는 것도 좋지만 이렇게 주말농장에서의 일상을 벗어나 새로운 세상에 머물러보고, 호젓한 산길을 걸어보는 것도 좋은 것 같았다. 농장의 일상을 벗어나 보니 새로운 세상이 보이는 것이었다.

"사람은 했던 일보다 하지 않아서 남는 후회가 더 크다."라는 말이 있다. 우리는 이 세상에서 한평생 해보고 싶은 것을 다 해볼 수는 없을 것이다. 그렇다고 한 우물만 파면서 인생을 소비하기에는 인생이 너무 짧다. 아직 다리에 힘이 있을 때 가보고 싶은 곳이 있으면 가보고, 해보고 싶은 것은 해보고, 먹고 싶은 것이 있으면 맛도 즐기는 그런 다이내믹한 노후의 삶을 생각해보게 된다.

슬로시티를 찾아 나선 1박 2일

슬로시티(Slow city)라는 말이 있다. '유유자적한 도시, 풍요로운 마을'이라는 뜻의 이탈리아어 치타슬로(cittaslow)의 영어식 표현이다. 이 운동은 1986년 패스트푸드의 개념에 반대해서 시작된 운동이다. 공해 없는 자연 속에서 전통과 자연 생태를 슬기롭게 보전하면서 느림의 미학을 기반으로 무한 속도경쟁의 디지털 시대보다 여유로운 아날로그적 삶을 추구하자는 삶의 운동이다. 이 운동은 이탈리아의 소도시 그레베 인 키안티(Greve in Chiantti)의 시장 파울로 사투르니니가 창안하여 마을 사람들과 세계를 향해 '느리게 살자'고 호소하면서 유럽 곳곳에 확산되기 시작하였다고 한다.

슬로시티 가입 조건은 인구가 5만 명 이하이고, 도시와 주변 환경을 고려한 환경정책이 실시되고 있으며, 유기농 식품의 생산과 소비, 전통음식과 문화 보존 등의 일정 조건을 갖춰야 슬로시티로 가입할 수 있는데, 우리나라는 2007년 12월 1일 아시아에서 처음으로 전남 4곳(완도군 청산도, 신안군 증도, 담양군 창평면, 장흥군 유치면)이 슬로시티 국제연맹의 실사를 거쳐 지정되었다고 한다.

지난 3월은 법인세 신고 기간이어서 무척 바빴다. 계수를 다루는 업무가 직업이다 보니 매일매일이 긴장의 연속이었고, 바쁠 때는 주말에도 나와서 업무를 챙겨야 될 때도 있었다. 업무로 인해 스트레스를 받거나 일이 바쁠 때에는 이런 생각도 들었다. '직장을 은퇴하고 제2의 인생을 살아가는 나이에 이렇게 살아야 되나!' 하는 생각이 들기도 했던 것이다. 하지만 이 나이에 일을 할 수 있다는 것이 축복이라고 생각하면서 일을 처리해냈다. 주변의 많은 친구가 직장을 은퇴한 후, 할 일이 없어 빈둥빈둥 놀면서 하루를 보내고 있는데 아직 일을 할 수 있다는 게 축복이고, 내가 가진 지식과 경험으로 아직도 사회에 이바지할 수 있다는 것이 축복이라는 생각이 들었다. 또 긴장과 스트레스가 몸에 좋지 않다고 하지만 적당한 긴장과 스트레스는 오히려 정신건강에 좋다는 생각이 들었고, 이렇게 일을 함으로써 용돈을 벌어 손자들이 좋아하는 장난감을 사줄 수 있다는 것이 할아버지의 즐거움이라고 생각하면 이 또한 축복인 것이다. 그래서 힘들고 어려운 시간들의 연속이었지만 내게 주어진 축복이라고 생각하면서 3월 한 달을 무사히 보내게 되었다.

그리고 4월을 맞았다. 가파른 고개를 넘어선 기분이 들었다. 긴장이 풀리고 어딘가 여행을 떠나 기분 전환을 하고 싶어졌다. 어디를 가서 무엇을 즐기고 올 것인가를 생각하면서 인터넷으로 여행지의 정보를 수집해보았다. 그런 가운데 '슬로시티'라는 마을이 눈에 띄었다. '슬로시티'에 대한 정보를 수집하면서 내 삶을 되돌아보게 되었다. 인생 전반부를 바쁘게 살았고, 인생 후반부에 들어서서도 세무사라는 직업을 갖고 있어 바쁘게 살아왔던 자신을 되돌아보게 되었다.

지금까지 늘 앞만 보고 달려왔고, 완행열차보다는 급행열차만 타고 다니는 것이 습관이 되어있는 삶을 살아온 것 같았다. 그런 가운데 지난 3월은 법인세 신고 기간이어서 더욱 바빴다. 지금부터는 삶의 속도를 줄이고 마음에 쉼표를 찍을 때는 쉼표를 찍어가면서 살아가야겠다는 생각이 들어 슬로시티를 찾아 떠나기로 하였다. 우리나라에서 국제적으로 인정받고 있는 슬로시티 중 하나인 신안군 증도에 있는 한 리조트에서 쉬었다 올 생각을 하였고, 가는 길에 또 다른 슬로시티 중 하나인 담양군 창평면 삼지내 마을도 들러보기로 하였다.

여행에 동행할 친구로는 고향 친구들과 함께 가기로 하였다. 모처럼 친구들과 함께 여행을 떠나니 기분이 참 좋았다. 어릴 적 소풍 가는 기분이 들었고, 새로운 세상을 찾아 나서는 기대감으로 마음은 들떠있었다. 직장을 은퇴하고 나면 주변 사람들도 하나둘 떠나가고, 슬하에 키운 자식들마저 자라서 둥지를 떠나 혼자 남게 되는 것이 인생 후반부의 삶인데 그래도 고향 친구가 주변에 있어 참 좋은 것 같았다. 만나서 부담이 없고, 서로가 서로에게 기쁨이 되며, 어릴 적 추억을 함께 공유할 수 있어 여행에 동행할 친구로는 고향 친구가 제일 좋은 것 같았다.

　우리가 처음으로 도착한 곳은 담양군 창평면에 있는 삼지네 마을이었다. 차에서 내리니 먼저 눈에 띄는 것이 슬로푸드를 파는 '달팽이가게'였고, 길 건너편에는 옛 전통 방식의 기와로 지어진 면사무소가 눈에 띄었다. 그리고 마을에 들어서니 대나무로 엮은 달팽이 조형물이 눈에 띄었다. 이 마을의 심벌마크가 '마을을 이고 느리게 기어가는 달팽이구나.' 하는 생각이 들었다.

　마을은 대부분 기와집으로 지어져 있었고, 담장은 돌담이었으며, 마을 길은 포장되어있는 길이 아니라 흙길 그대로였다. 그리고 돌담 아래에는 시냇물이 흐르고 있었다. 마을을 흐르는 시냇물은 도회지에서처럼 인공적으로 만들어놓은 조경의 물길이 아니고, 자연적으로 마을을 가로질러 흐르고 있는 것으로 소개되어있었다. 삼지내 마을은 백제 시대에 형성되었고, 개울물은 마을 이름이 말해주듯이 예부터 월봉천과 운암천, 유천이 마을 아래에서 모인다고 하여 '삼지내'라

는 마을 이름이 생겨났다고 하니 마을을 흐르는 물이 더욱 유서 깊게 느껴졌던 것이다.

바쁜 일상을 벗어나 모처럼 슬로시티의 마을길을 걸으며 슬로 라이프의 시간을 즐겼다. 길을 걷다가 찻집이 보이면 따사로운 햇볕을 받으며 잔디밭에서 차를 한 잔 마시기도 하고, 이 마을의 슬로푸드인 쌀로 만든 엿도 맛보았다. 엿을 먹어보니 옛날 유년 시절에 먹었던 그 맛이 났다. 그 시절은 모두가 슬로시티에서 슬로 라이프의 삶을 살았으며 경제적으로 빈곤하였지만, 마음은 여유롭게 살았던 것 같았다. 그런데 세월이 지나고 나이가 들어가면서 사람들이 모이는 도회지로 나와 살게 되었고, 치열한 경쟁사회 속에서 늘 긴장하고 바쁘게 살아왔어야만 했다. 그러다 어느덧 인생 후반부에 접어들게 되어 다시 옛날을 그리워하는 마음에 슬로시티를 찾아 나선 자신의 모습을 발견하게 되었다. 옛날의 시골길을 걸으며 시골에서 살았던 지난날의 추억을 회고하기도 하고, 느릿느릿 살아가는 삶에 대하여도 다시 한 번 생각해보는 시간을 가지면서 동네 한 바퀴를 둘러보고 다음 행선지인 증도로 향했다.

차를 몰고 가는 길에는 봄기운이 물씬 풍기고 있었다. 내비게이션이 안내하는 대로 한참 차를 몰고 가니 증도에 예약을 해둔 리조트가 나왔다. 체크인을 하고 예약된 방에 들어가 잠시 쉬었다가 다시 나와 섬을 한 바퀴 둘러보기로 했다.
먼저 증도의 명물이라고 하는 짱뚱어 다리부터 걸어보았다. 다리 길이는 470m나 되는데 우리가 걸을 때에는 물이 빠져서 갯벌 위를 걷게 되었다. 갯벌에는 다양한 종류의 게들이 기어 다니는 것을 볼 수 있었고, 여기가 자연환경이 살아있는 갯벌이라는 느낌이 들었는데, 이름에 걸맞은 짱뚱어는 보이지 않아 조금은 아쉬움이 들기도 했다.

친구들과 함께 유유자적함을 누리면서 짱뚱어 다리를 걷다 보니 친구가 있어 참 좋다는 생각이 들었다. 사람이 살아가면서 때로는 혼자 있을 때가 좋고, 때로는 친구가 있어 좋을 때도 있다. 오늘은 친구가 있어 더욱 즐거운 여행이 되었다.

짱뚱어 다리를 둘러보고 다음으로 염전과 소금박물관으로 가봤다. 박물관에는 인류역사의 발전을 소금을 이용하여 온 관점에서 설명해 놓았는데 새삼 소금이 소중한 것을 깨달을 수 있었다.

멀리 부산에서 4시간이나 차를 몰고 전라도 신안까지 왔기에 증도

에서 볼 것은 다 보고 가야겠다는 생각과 이번 여행은 여유로움을 즐기는 슬로시티 여행이라는 생각이 충돌될 때는 선택의 딜레마에 빠지기도 했다. 결국, 선택의 갈림길에서 많은 것을 둘러보는 것보다 여유로움을 즐기는 방향으로 마음을 정하고 드라이브를 즐기면서 섬을 둘러보고 숙소로 돌아왔다. 저녁을 먹은 후에는 친구들과 리조트 주변을 산책하고, 다시 돌아와 밤늦게까지 어릴 적 시골에서 함께 자란 추억을 나누다 잠이 들었고, 아침에는 튤립축제장이 있는 신안군 임자도로 향해 차를 몰았다.

튤립축제장에 가기 위해 선착장에 도착하니 엄청 많은 사람이 붐볐다. 우리는 9시 30분에 도착했는데, 12시에 배를 탈 수 있었다. 오랜 기다림 끝에 배를 타고 가서 축제장에 들어서니 엄청난 꽃들이 형형색색으로 심겨 있었고, 가운데는 네덜란드 풍차가 있었다. 네덜란드 국화인 튤립과 네덜란드 상징물인 풍차가 있으니 네덜란드의 한 마을을 여기에 옮겨놓은 것 같은 분위기였다.

사진이 아름답게 나올 것이라고 생각되는 곳에는 아내를 모델로 사진을 찍어주기도 하면서 꽃길을 걸었다. 메인 전시장 건너편에는 유채꽃이 활짝 피어있는 곳도 있었고, 메인 전시장과는 다른 분위기를 풍기는 튤립정원을 꾸며놓은 곳도 있어 볼거리가 풍성했다. 부산서 먼 길을 왔고, 줄을 서서 2시간 반이나 기다려야 했지만 오기를 잘했다는 생각이 들었다.

이번 여행은 바쁜 삶에서 벗어나 여유로운 시간을 가지면서 슬로라이프를 즐겨보자는 뜻에서 다녀온 여행이었다. 그런데 막상 여행을 떠나보니 생각만큼 여유롭지 못했다. 부산서 4시간이나 걸려왔으니 가볼 것은 다 가보고 가자는 욕심이 생겨 삼지네 마을을 걸을 때도 달팽이처럼 느릿느릿하게 걷는 것이 몸에 익숙하지 못했다.

'빨리빨리' 문화에 익숙한 삶을 살아오다 보니 하루아침에 느릿느릿한 삶으로 바뀌어지지 않는 것이었다. 그럼에도 불구하고 이번 여행은 즐겁고 의미도 있었다. 슬로시티를 돌아보면서 슬로우 라이프의 삶에 대하여 다시 한 번 생각해볼 기회를 가졌고, 앞만 보고 빨리 달

려가는 삶에서 볼 수 없고 느낄 수 없는 것을, 느리게 걸어가면 보인다는 것도 여행의 수확이라면 수확이라고 말할 수 있을 것 같았다.

인생의 위기에 섰을 때 느낀 것은

지난 7월에 농장에서 일을 하다 사다리에서 미끄러져 떨어진 적이 있었다. 그 당시에는 털털 털고 일어났고 별일이 없었다. 그런데 두 달쯤 지나고 나니 왼쪽 다리가 좀 저리는 것 같은 느낌이 들었다. 혹 이게 뇌졸중 전조증상은 아닌가 하는 의심이 들어 병원에 가봤다. MRI를 촬영해본 결과 염려했던 뇌졸중은 아니었는데 생각지도 않았던 만성 경막하출혈이라는 진단이 나왔다. 의사는 사진을 보여주면서 뇌와 경막 사이에 피와 물이 섞인 혈종이 차있다며 혹 최근에 머리에 심한 충격을 받았거나 높은 곳에서 떨어진 적이 있는지 물었다. 가만히 기억을 더듬어 보니 2달 전 농장에서 일을 하다 사다리에서 떨어진 적이 있어 그런 일이 있었다고 말해줬다. 의사의 설명으로는 그것이 원인이 된 것 같다며 뇌에 구멍을 뚫어 관으로 혈종을 빼내는 수술을 해야 한다고 했다. 어쭙잖은 사고로 인하여 뇌수술을 해야 한다고 하니 겁이 덜컥 났다.

환자가 놀라는 모습을 보고 의사는 맹장수술보다 더 간단한 수술이라고 하면서 안심을 시켜줬다. 그래서 별것 아닌 것으로 안심을 하고 있었고, 수술할 날을 기다리고 있었다. 수술이 하루 앞으로 다가

왔다. 의사는 환자에게 수술동의서를 받으면서 수술 중 만의 하나 일어날 수 있는 사고에 대해 상세히 설명을 해주었다. 통계적으로 1% 정도 사망하는 경우가 있다는 것, 잘못되면 식물인간 혹은 불구가 될 수도 있다는 것, 그리고 노인의 경우 수술을 해도 혈종이 다시 차서 재수술을 해야 할지도 모른다는 것 등을 설명해주었다. 의사의 설명을 듣고 나니 '이게 맹장수술처럼 간단한 수술이 아니구나.' 하는 생각이 들었고, '내 인생에 위기가 왔구나.' 하는 생각이 들었다. 만에 하나 수술 과정에서 문제가 있어 죽거나, 불구가 될 수도 있다고 생각하니 앞이 깜깜하고 '아직은 아니다.'라는 생각이 들었다.

나이 70에 접어들면서 내 인생에 있어서 또 하나의 고개를 넘어야 되는구나 하는 생각을 하니 인생의 벼랑 끝에 서게 된 느낌이 들었고, 지금까지 살아온 지난날들이 생각났다. 한평생을 살아오면서 더러 크고 작은 위기를 거쳐 온 기억들이 떠올랐다. 초등학교 시절 도랑에서 멱을 감다 물에 빠져 죽을 뻔한 일도 있었고, 학창 시절에는 택시에 부딪혀 죽을 뻔한 일도 있었다. 직장에 다닐 때는 안면신경에 이상이 있어 뇌수술을 받아야 했는데 그 당시에도 잘못되면 사망할 수 있다는 설명을 들으면서 수술을 결심하여 인생의 위기를 넘긴 적도 있었다. 그리고 이번에 또 하나의 위기를 맞게 되었다.

아직은 자식들에게 아버지가 있어야 하고, 아내도 남편이 없으면 상당 기간 힘들고 어려운 시간들을 보내야 할 것으로 생각되었다. 인생 후반부를 살아오면서 틈틈이 정리해두었던 원고들로 내년에는 책을 발간할 예정인데 어쩌면 세상에 빛을 보지 못할 수도 있다는 생각도 들었다. 그런 가운데 손자 성규가 전화를 해왔다. "할아버지, 아프지 마세요!" 하면서 우는 모습을 동영상으로 보니 할아버지가 사랑하는 손자를 두고 이 세상을 떠날 수는 없다는 생각도 들었다.

하지만 내가 할 수 있는 일은 아무것도 없었다. 그저 의사가 얘기해주는 최악의 경우가 비껴가기를 바랐고, 행운이 따르기를 바라며 수술대에 올랐다. 수술은 잘 되었고, 염려했던 모든 우려는 일어나지 않았다. 수술 한 시간 만에 다시 입원실로 돌아왔다. 하루가 지난 후부터 링거액이 달린 거치대를 끌고 걸을 수 있었다. 수술하는 동안 나보다 더 걱정을 많이 한 사람은 아내였는데 생사의 고비를 넘기고 나니 옆에서 간병하던 아내가 제일 좋아했다.

그러던 중 아내의 생일이 다가왔다. 여느 때 같으면 남편, 아들, 며느리로부터 생일선물을 받고, 외식으로 생일파티를 할 것인데 남편의 입원으로 어쩔 수 없는 상황이 되어버렸다. 아내에게 미안하고, 아쉬운 마음이 들었다. 남편이 어려울 때 간병하는 것이 뒷날 큰 보람으로 기억되기를 바랐고, 먼 훗날 아내가 어려울 때가 있으면 남편이 되갚을 수 있기를 바라며 병원에서 보내야만 했다.

병원에서 보내는 일상은 늘 단조로웠다. 때가 되면 밥 먹는 것, 병상에 누워있으면 간호사가 와서 수시로 수액을 교체해주고 혈압 등을 체크하고 가는 것, 침상에서 보내는 시간이 무료하면 책을 읽고 병원 내에서 '왔다갔다' 하며 걷고 낮잠을 자는 것 등이다. 병원에서 보내야 했던 아내의 생일날도 마찬가지였다. 시간이 무료하여 조금 걸을 예정으로 10층에서 1층으로 내려갔다. 그런데 마침 병원 1층에서는 '재능나눔 자선 음악회' 준비를 하고 있었다. 우연히 참석하게 된 음악회였지만 우리는 아내의 생일날에 아내를 위한 음악회로 즐길 수 있도록 마련해준 것이라고 생각하며 자리를 차지하고 앉았다.

자선단원은 부산시립합창단 중 일부 멤버로 구성되었는데 음악이 참 아름답고 좋았고, 감동을 주었다. 솔로, 혼성듀엣으로 부르는 멜로디가 감미로웠고 소프라노, 알토, 테너, 베이스가 어울린 합창의 음률이 조화롭게 들렸다. 예전에는 귀에서 흘려 들으며 지나갔던 대중음악의 가사도 이전과 달리 환자에게는 큰 위안이 되었고, 아내와 둘이서 함께 들으니 새로운 느낌으로 감동을 주었다.

"우리는 바람 부는 벌판에서도 외롭지 않은 … 우리는 기나긴 겨울밤에도 춥지 않은 우리는, 우리는 연인"

송창식의 「우리는」이라는 합창을 수술을 마친 남편과 남편을 간병하는 아내가 함께 들으니 우리는 '너와 내'가 아닌 '우리는' 연인이자 부부임을 새삼 느끼게 되었다.

음식은 객관적인 맛이 있어야 맛을 내겠지만, 맛을 느끼는 사람의 식성과 배고픔이 맛을 더 좌우하듯이 음악도 그런 것 같았다. 유명하고 인기 있는 성악가가 음향장치가 잘 된 무대에서 부르는 음악이 객관적으로 아름다운 멜로디를 내겠지만, 듣는 사람이 마음에 평화를 얻기 원하고, 누군가로부터 위안을 얻고 싶을 때 위안이 되면 그 음악은 아름다운 멜로디가 되는 것이고 치유의 음악이 되는 것이다. 단조롭고 삭막했던 입원생활에서 모처럼 문화생활을 즐기고 마음의 여유로움을 얻으며 아내의 생일을 위한 음악회를 즐기고 나니 기분이 새로워지는 것 같았다.

수술 이후 경과는 좋았고, 그래서 퇴원을 하게 되었다. 먼저 이 세상에서 좀 더 머물 수 있도록 기회를 주신 하나님께 감사한 마음이 들었다. 그리고 많은 것을 생각해보게 되었다. 인생이 유한한지도 모르고 끝이 없을 것 같은 착각 속에서 살아왔던 자신을 되돌아보게 되었고, 남은 여생은 어떻게 살아가야 할지를 다시 한 번 생각해보게 되었다. 자선봉사 단원들이 자선봉사를 하며 아름다운 멜로디로 남에게 기쁨과 위안을 주고, 자신들도 기쁨과 보람을 얻는 삶을 살아가듯이 내 삶도 자신과 가족을 위하여 살아왔던 삶에서 일정 부분은 할애하여 이웃을 생각하며 봉사하는 삶을 살아야겠다는 생각을 하게 되었고, 내가 가진 것으로 이웃과 나눌 수 있는 것은 어떤 것이 있을까 하는 생각을 해보게 되었다.

그리고 또 하나, 인생의 마지막 동구 밖까지 동행할 사람은 자식도 아니고 친구도 아니며 배우자라는 것이다. '부부가 한평생을 살아가는 동안 때로는 티격태격 싸우면서 살아가기도 하지만 진정 인생이 위기에 처할 때 곁에서 힘이 되고 위로해줄 사람은 부부밖에 없다'는 것이다. 우리는 노후를 대비해서 많은 돈을 저축하려고 하고 있는데, 그보다 더 중요한 것이 부부가 서로에게 사랑과 신뢰를 쌓아두어야 하는 것이 아닐까 하는 생각을 해보게 되었다. 인생에 있어서 위기에 처했을 때 남편이 아내에게, 아내가 남편에게 도움을 주고받고 위로를 주고받아도 미안하지 않고 부담이 되지 않을 정도로 평소에 부부 간에 사랑으로 신뢰를 쌓아두는 것이 노후준비를 위한 첫째가 아닌가 하는 생각을 해보게 되었던 것이다.

실버세대에서 뉴실버세대로

'뉴실버세대(New silver generation)'라는 말이 있다. 기존의 '실버세대'가 직장에서 퇴직한 뒤 연금이나 퇴직금 혹은 자식들이 주는 용돈으로 생활하면서 여생을 보내고, 집안에서 소일거리를 하거나 손자를 돌보는 일 등을 맡아 해오고 있는 세대를 말하는 데 반하여 뉴실버세대는 정년퇴직 후에도 그동안 사회에서 쌓은 경험과 삶의 지혜를 사회에 되돌려주기 위해 활발한 활동을 하면서 사회적 경제적 영향력을 행사하고, 스포츠 여행 등 건강과 여가를 즐기기 위한 활동에도 적극적인 고령자 세대를 일컫는 신조어이다.

이 말은 서구에서 2차 세계대전 이후에 태어난 전후세대로서 고령화 사회에 진입하면서 전통적인 노인상에서 벗어나려는 모습을 보인 것을 가리키는 용어인데 최근에는 '뉴실버세대'에 대한 노인들의 관심이 높아지고 있으며, 이에 따라 '뉴실버세대'를 겨냥한 마케팅 전략 또한 주목을 받고 있다고 한다. 대한상공회의소에 따르면 2020년까지 실버산업의 성장률은 연평균 12%를 넘길 것이라 전망했고, 이는 산업평균 성장률 4.7%를 웃돌아 시장 규모가 148조 5,000억 원 규모에 이를 것으로 예측했다고 한다. 이러한 현상은 인간의 평균수명이 연장되고 고령자의 신체적 건강도 강화되면서 사회활동에 대한 노인들의 열망이 더욱 높아지고 있는데 기인하는 것이 아닌가 생각된다.

흔히들 인생에 있어서 정년은 세 번 맞게 된다고 한다. 첫 번째 정년은 일정한 연령에 도달하면 본인의 의사와는 상관없이 직장에서 은퇴해야 하는 정년이고, 두 번째 정년은 자기 스스로 일을 할 수 없다고 포기하여 정년을 맞이하는 것이며, 세 번째는 하늘의 뜻에 따라 이 세상을 떠나는 '인생 정년'이라고 한다. 그런데 두 번째 정년은 본인이 어떠한 목적을 가지고 인생설계를 하며 어떻게 살아가느냐에 따라 연장될 수도 있고 앞당겨질 수도 있는 것이다. 나이가 들면서 육체적 한계에 부딪히면 당초 계획했던 인생설계를 접거나 수정해야 할 때도 오겠지만 정신이 건강하다면 또다시 새로운 꿈을 설계하고 도전하면서 살아갈 수 있어 두 번째 정년은 뒤로 늦출 수 있으며 자기가 관리할 수 있는 정년이 될 것이다.

직장정년을 맞은 지 10년을 지나고 있다. 지금까지 살아온 길을 되돌아보고 다시 살아갈 길을 설계해봤다. 인생 전반부는 참 힘들고 어려운 시기였던 것으로 기억되었다. 희망했던 대학도 들어가지 못했고, 가고 싶은 직장에도 가지 못했다. 어쩌다 공직에서 근무하게 되었지만, 그곳에서도 뜻을 펼치지 못했다. 정년을 하고 나면 전원으로 돌아갈 계획을 하였는데 그것도 계획대로 되지 않았다.

그럼에도 불구하고 인생 후반부는 실버세대가 아닌 뉴실버세대를 살아가고 있다고 생각하고 싶다. 아침에 일어나면 할 일이 없고 갈 곳이 없는 실버세대가 또래의 대부분인데, 낮이면 사무실에서 일하고, 집에 오면 손자들과 씨름하며 돌봐주고 있고, 주말이면 농장에 가서 식물을 가꾸면서 늘 바쁘게 살아왔다. 그런 가운데 틈틈이 농사일기를 쓰고, 손자의 육아일기를 써서 책도 3권이나 발간하였다. 직장을 은퇴하기 전에는 직업이 하나뿐이었는데 은퇴 후에는 세무사로서, 농부로서, 손자를 키우는 할아버지로서, 그리고 작가로서 4가지 직업을 가지고 살아가고 있으니 다이내믹한 뉴실버세대를 살아가고 있다고 해도 과언이 아닐 것 같다.

　그런데 모든 실버세대가 뉴실버세대로 살아가기를 희망하지만 그게 저절로 주어지지는 않을 것이다. 사회적 제도가 뒷받침이 되어야 하고, 경제적으로도 노후준비가 어느 정도 되어있어야 하며, 건강도 받쳐주어야 한다. 그렇다고 그러한 조건이 다 갖춰졌다고 해서 모든 실버세대들이 뉴실버세대를 살아갈 수 있는 것은 또한 아니다. 맥아더 장군은 이런 말을 했다. "사람은 다만 나이를 먹는다고 늙는 것이 아니다. 이상(理想)을 저버리기 때문에 늙는 것이다. 사람은 햇수와 더불어 피부에 주름이 가겠지만, 세상일에 흥미를 잃지 않는다면 마음에 주름은 가지 않을 것이다."라고 했다. 직장 은퇴 후 새롭게 펼쳐지는 세상에 대한 흥미를 가지고 도전해보려는 도전정신이 있고, 퇴직 전에 철저한 사전준비가 되어있다면 누구나 뉴실버세대의 기회를 가지면서 살아갈 수 있지 않을까 하는 생각을 해본다.

　"인생의 최고 시기는 정년 후."라는 어느 철학자의 말이 가슴에 와닿는다. 현재 100세를 살아가고 계시는 김형석 교수는 '100세를 살아보니 인생 60에서부터 75세까지가 가장 행복했다'는 글을 읽은 적이 있다. 누구에게나 닥칠 직장 정년이 인생의 황혼 길로 빠지는 길이 아니고, 인생의 황금 길로 가는 길목이 되기를 바라면서 직장 은퇴 후 10년을 맞아 지금까지 살아온 길을 정리해보고, 앞으로 살아갈 길을 새로 구상을 해보게 된다.

살아온 길, 살아갈 길

직장에서 명예퇴직한 지 10년이 지나고 있다. 은퇴 후 인생 후반부를 새로 시작할 때는 가슴 뛰던 열정으로 농장을 개간하고, 내 손으로 시설물도 만들어보면서 농사를 지었고, 주말에 농장에 갔다 오면 농사일기도 빠뜨리지 않고 기록해왔는데, 지금은 열정도 식어가고 흥미도 줄어들고 있으며, 체력도 예전 같지 않음을 느끼게 된다. 손자를 키우는 일도 그렇다. 첫 손자가 태어나 자랄 때에는 일거수일투족에 관심과 흥미가 있었고, 그래서 먼 훗날에 들려주기 위해 낱낱이 기록해두었는데 요즈음은 그것도 일상화되어버렸고, 둘째 손자부터는 육아일기를 쓰는 것도 포기하면서 살아가게 된다. 원고를 쓰는 것도 예전과 같지 않은 것은 마찬가지다. 책을 내기로 하고 원고를 정리하다 보니 부족한 부분은 보충해야 할 때가 있는데 표현하고 싶은 언어가 생각나지 않고, 문맥이 자연스럽지 않아 끙끙거리기도 자주 하게 되고 시간도 오래 걸리는 것을 느끼게 된다. 인생 70에 접어들다 보니 체력과 정신력이 예전과 같지 않은 것 같다. '몸은 늙어도 마음은 아직 젊다.'라고 생각해왔는데, 요즈음 생각하니 몸과 함께 마음도 늙어가고 있음을 느끼게 되는 것이다.

그럼에도 불구하고, 정년 후 10년을 지나고, 인생 70을 내다보는 시간대에 접어들면서 지금까지 살아왔던 인생 후반부의 삶을 정리하여 책을 내기로 한 것은 의미가 있는 일이라는 생각이 들었다. 원고를 정리하면서 지난날들을 되돌아보게 되고, 앞으로 살아갈 날들이 의미 있는 삶이 되기 위해 무엇을 해야 할 것인가를 생각해보기 때문이다. 인생 후반부를 살아온 지난날들을 되돌아보니 지나온 세월이 참 아름답고 보람도 있었으며, 의미 있는 삶을 살아왔던 것 같았다. 하지만 앞으로 다가오는 세월은 지난 세월이 반복되지 않을 것이라는 생각도 들었다. 농장에서 식물을 가꾸는 것도 체력이 따라주지 못할 때가 올 것이고, 손자와 동행하는 삶도 머지않아 손자들이 자라면 할 아버지를 떠날 때가 올 것이다. 인생이 유한함을 생각하면 남은 인생을 한 우물만 파면서 살아가는 것도 정답은 아닌 것 같다. 세상이 변하고 있고, 자신이 변하고 있는 상황에 적응하기 위하여 지금부터 뭔가 새로운 길을 찾아 나서야 할 때가 되었다는 생각이 들었다.

지금까지 가보고 싶었으나 아직 가보지 못했던 새 길을 찾아가 보려고 하는데, 대안이 떠오르지 않는다. 그래서 3부의 「살아온 길, 살아갈 길」은 여백을 다 채우지 못하고 미완으로 남겨두었다. 지나온 길을 다시 가고 싶지도 않고, 갈 상황은 아닌데 새 길은 아직 보이지 않기 때문이다. 정보화 시대에 뒷방 늙은이로 살아가지 않기 위해서는 자기계발은 계속해야 할 것이고, 일기를 쓰고, 때가 되면 책을 내는 것도 자기성찰의 기회가 되기 때문에 나이가 들었다고 해서 포기하고 싶지는 않다. 반면에 주말농장을 관리하는 것은 체력을 감안하면 줄여나가야 할 것이고, 손자들이 할아버지를 떠나갈 때를 대비하면 그 공간을 채워줄 뭔가 새로운 삶을 살아갈 구상도 해봐야 할 것이다. 아직 갈 길을 정하지는 못했지만 새로운 취미생활을 해보고 싶고, 이웃과 사회를 위하여 봉사하고 베풀 수 있는 일을 찾아보는 것도 의미 있고 보람된 일이라는 생각이 든다.

앞으로 또 10년이 지난 후 『정년 후, 20년을 살아보니』 라는 책을 다시 낼 때 후회하지 않고 더 알찬 내용으로 인생 여백을 채워가기 위하여 열심히 그리고 조화롭게 살아가도록 내 삶을 추슬러보아야 할 것 같다.

정년 후 10년을 정리하면서

주여

내 인생에 가을을 맞아
많은 것을 거두게 하여주시니 감사드립니다.

인생 여정에 있어서 삶의 전환기였던 정년이
새로운 길을 갈 수 있는
기회가 되게 하여주시고,

정년 후 다시 일할 일터를 주셔서
이웃과 사회에 봉사하면서
인생 후반부를 살아가게 해주시니 감사합니다.

주말이 되면 농장에 와서
자연의 섭리에 따라 살아가게 해주시고,
식물을 심고, 가꾸고, 거두면서
내 인생도 함께 가꾸어나가게 해주시니 감사합니다.

직장 은퇴로 인하여 비어버린 삶의 한 공간을
손자들과 동행하는 삶으로 채워주시고
새롭고 아름다운 인생을 누리며
살아가게 해주시니 감사드립니다.

원하옵기는
인생이 유한함을 잊지 않고 살아가게 하시고
늘 이웃을 섬기며 겸손하게 살아가도록
내 삶을 인도하여 주시옵소서.

젊은 시절에 품고 살았던 야망은
다 버리게 하여주시고
그 빈자리에 소박한 삶으로 채워주시옵소서.

직장에서 물러나는 정년이
뒷방 늙은이로 물러나는
인생의 종착점이 되지 않게 하시고
새로운 꿈을 가꾸며 살아가는
인생 2막의 시작이 되게 하여주시옵소서.

정년으로 인하여
이전에 가보지 못한 새로운 길을 만나게 될지라도
다시 도전할 수 있는

용기를 허락하여주소서

자신이 존재함으로 인해
가족에게 행복이 더 하여지게 해주시고
이웃과 사회에 아름다움이 더해지는
삶을 살아갈 수 있도록 인도하여주시옵소서.

먼 훗날 자신의 존재가 필요 없고,
가족들에게 짐이 될 때에는 내 삶을 거두어주시고,
아비가 자식들을 사랑하며 키웠던 기억들을
아름다운 유산으로 남겨두고
떠나가게 하여주시옵소서.